Rolf Uliczka

Peldemühlenmord in Wittmund

Die Kommissare Bert Linnig und Nina Jürgens ermitteln: 18. Fall

Ostfrieslandkrimi

Klarant Verlag

Anmerkung des Autors: Es handelt sich bei dem Ostfrieslandkrimi
»Peldemühlenmord in Wittmund« um eine frei erfundene Geschichte.
Eventuelle Ähnlichkeiten mit realen Personen, Firmen, Gesellschaften,
Behörden, Vereinen oder Örtlichkeiten wären grundsätzlich rein zufälli-
ger Natur. Dies gilt auch für Orte, Institutionen und Personen der Hand-
lungen, die konkret benannt sind, sowie kulturelle und touristische
Sehenswürdigkeiten, die real, aber im Zusammenhang mit der frei erfun-
denen Geschichte ausschließlich fiktiv eingebunden sind. Als Beispiele
seien hier genannt: die *Peldemühle* in Wittmund, der *Förderverein
Peldemühle Wittmund e. V.*, die Wittmunder Kultfigur *Jan Schüpp* –
namentlich dargestellt durch *Roman Mayer,* der außer als Vorstands-
mitglied im Förderverein auch als *Jan Schüpp* als Stadtführer fungiert –
sowie eine namentlich benannte Augenzeugin, *Michaela Kaiser,* ferner
das Restaurant *Harle-Stübchen* mit dem namentlich genannten Inhaber
Lars Ch. Kröger und das am *Jan-Schüpp-Brunnen* gelegene *Huus bi d'
Pütt*, eine Einrichtung der *Lebenshilfe Wittmund e. V.*, welche der Begegnung, Kommunikation und Beratung für Menschen mit Beeinträchtigungen und deren Freunden dient. Ferner die Rheinländer *St. Hubertus
Schützenbruderschaft e. V. Rheinbach-Oberdrees* mit dem ebenso
namentlich genannten Vorsitzenden/Brudermeister *Manfred von
Goscinski.*

Printed in the EU.

Klarant Verlag

Rolf Uliczka ist geboren und aufgewachsen am Rande der romantischen Holsteinischen Schweiz und lebt mit seiner Frau seit einigen Jahren im Saterland. Menschen in all ihren Facetten und ihre Geschichten haben ihn schon immer fasziniert. Auch das Schreiben war und ist eine seiner größten Leidenschaften. Ostfriesland, das Land der Leuchttürme, des Wattenmeeres, der grünen Landschaften mit seinen geheimnisvollen Mooren und Inseln, wo jährlich Millionen ihren Urlaub verbringen, bietet ihm viel Stoff für das Unerwartete. Genau das macht auch die Spannung seiner Ostfrieslandkrimis aus.

Prolog

Es war der erste Samstag im August, und die Peldemühle in Wittmund hatte ihren monatlichen Backtag im Programm. Dazu wurden im Backhaus neben der Mühle nicht nur verschiedene Brotsorten gebacken, sondern auch süße Stuten mit und ohne Rosinen. Der historische offene Backofen war bereits über Nacht mit Torfballen aus der Region angeheizt worden.

Als die ersten Besucher eintrafen, lagen schon duftende Brotlaibe aus Roggenvollkorn, Dinkel mit Sonnenblumenkernen und Bauernbrot auf dem Regal und den Verkaufstheken. Rosinen- und süße Stuten befanden sich noch im Backhaus im Ofen.

Kurz nach elf traf ein angemeldeter Bus aus dem Rheinland ein, und Roman Mayer, der für die Öffentlichkeitsarbeit des Fördervereins Peldemühle Wittmund e. V. zuständig war, ging, um die Gäste zu begrüßen. Mit der Gruppe hatte er gestern schon eine Stadtführung durch Wittmund gemacht. Es handelte sich um eine Schützenbruderschaft aus dem rheinländischen Rheinbach-Oberdrees.

Der Busfahrer fuhr, nachdem er seine Fahrgäste abgesetzt hatte, ein paar Meter weiter, wo er einen Parkplatz für Kunden eines großen Schuhgeschäftes gesehen hatte. Die Leute von der Schützenbruderschaft würden dann nachher die paar Schritte zu dem Parkplatz laufen können, das hatte der Fahrer schon mit dem Brudermeister so abgesprochen, damit der Bus nicht den Parkplatz bei der Mühle blockieren würde.

»Moin, ihr kommt ja gerade wieder richtig für ein kleines zweites Frühstück mit frischgebackenem Brot und Stuten«, begrüßte Roman seine Gäste.

Nachdem alle draußen an den Tischen unter dem Sonnendach oder drinnen im Bewirtungsraum einen Platz gefunden hatten, kam der Brudermeister der Oberdreeser Schützen, Manfred von Goscinski, zu Roman und sagte: »Hallo Roman, ich bin ein ausgesprochener Mühlenfan. Bei uns kenne ich viele Mühlen der Westfälischen Mühlenstraße, sind ja auch noch nicht einmal fünfzig an der Zahl. Bei euch in Niedersachsen haben nicht wenige Regionen des Landes schon alleine so viele Mühlen wie wir auf unserem Mühlenweg in NRW. Außerdem ist einer meiner besten Freunde in der Nordeifel für einen Förderverein wie der eure als Freizeitmüller einer Wassermühle engagiert.«

»Manfred, jetzt weiß ich auch, warum ihr unbedingt unsere Peldemühle im Programm haben wolltet. Das scheint ja fast ein Hobby von dir zu sein, und unsere Peldemühle ist zudem auch noch etwas ganz Besonderes. Mit ihrem urkundlich dokumentierten Erbauungsjahr 1741 ist sie wohl eine der ältesten funktionsfähigen Galerie-Holländer-Windmühlen Deutschlands. Zu der damaligen Zeit gehörten Mühlen aber in der Regel der jeweiligen fürstlichen Herrschaft. Im Flecken Wittmund wurden damals bereits zwei Kornmühlen in Erbpacht betrieben. Der Erbauer und erste Betreiber der Peldemühle, Poppe Embcken, bekam seine fürstliche Lizenz auch nur, weil er – zumindest anfangs – den Kornmühlen keine Konkurrenz machte. Er verarbeitete die in Ostfriesland sehr stark verbreitete Gerste zu Graupen und Grütze. Da Graupen durch das sogenannte Pelden hergestellt werden, was Schälen bedeutet, leitet sich daraus auch der Name Peldemühle ab. Und dich interessiert jetzt sicher besonders die Technik einer solchen Mühle, richtig?«

»Ja, genau das. Wie ich schon sagte, einer meiner besten Freunde ist für einen Förderverein als Müller tätig. Daher kenne ich seine Wassermühle natürlich sehr gut und bin ihm schon manches Mal zur Hand gegangen. Hat richtig Spaß gemacht. Im eigentlichen Mahlvorgang unterscheiden sich Wind- von Wassermühlen natürlich nur wenig. Den entscheidenden Unterschied macht die Antriebsenergie, Windkraft beziehungsweise Wasserkraft. Daher würde mich natürlich ganz besonders die Antriebs- und Mahltechnik einer windgetriebenen Peldemühle interessieren. Ich hab schon im Internet gesehen, dass man eure Mühle besichtigen kann.«

»Natürlich, grundsätzlich schon. Aber wir haben im Moment ein technisches Problem, sodass die Mühle innen aus Sicherheitsgründen nicht zur Besichtigung freigegeben ist. Sorry, das hätte ich euch gestern auch noch sagen wollen, aber dann kam ich doch etwas in Zeitdruck und zudem steht heute ja das zweite Frühstück beim Backtag für euch im Vordergrund. Im unteren Bereich der

Mühle haben wir einige Exponate, die ich euch nach dem Frühstück noch zeigen werde. Das ist dann aber auch nur für eure Gruppe. Ansonsten muss die Mühle heute leider für Besucher geschlossen bleiben.«

»Das kann ich verstehen, das ist mir bei Mühlen in Nordrhein-Westfalen auch schon passiert. Da geht die Sicherheit für Besucher vor. Aber ich glaube sagen zu können, dass ich die Gefahren in einer Mühle durchaus gut einschätzen kann und mich entsprechend vorsichtig zu verhalten weiß. Könntest du da nicht mal eine Ausnahme machen? Ich möchte nur mit meinem Smartphone ein paar Aufnahmen machen, da mich vor allem die spezielle Mühlentechnik, wie ich schon sagte, interessiert.«

»Ah, Manfred, verstehe. Das kann ich natürlich nachvollziehen, und ich denke, da kann ich sicher mal eine Ausnahme machen. Wir müssen es ja nicht an die große Glocke hängen«, meinte Roman und führte den Gast durch den Anbau zum Seiteneingang in die Mühle. Dabei sagte er: »Den Vordereingang habe ich vorsorglich aus den besagten Gründen bereits verschlossen gehalten und an der Tür einen Hinweis aufgehängt.«

Dann ging er vor dem Brudermeister durch die Seitentür in die Mühle, die im unteren Bereich einen großen Raum hatte, in dem auch schon Krimilesungen und andere Veranstaltungen durchgeführt worden waren. Die Seitentür hatte er hinter sich wieder abgeschlossen, damit ihnen keine anderen Gäste des Backtages folgen konnten. Vor dem Aufstieg zur Treppe hing links und rechts ein durchgerissenes Absperrband herunter.

»Nanu, welcher Vollpfosten reißt denn das Band durch? Das brauchte man doch nur auszuhängen«, wunderte sich Roman und stieg vor seinem Besucher die steile Treppe in die erste Ebene hinauf. Dort beantwortete er auch erste Fachfragen, wobei sein Gast fleißig seine Aufnahmen machte.

»Auf die Außengalerie gehen wir besser nicht raus«, sagte Roman. »Das könnten dann andere Besucher sehen und versuchen uns zu folgen. Obwohl wir auch unten neben dem Seiteneingang zur Mühle einen entsprechenden Hinweis hängen haben.«

»Mühlengalerien habe ich schon genug gesehen. Interessant finde ich hier, dass der Sackaufzug sogar bis in die zweite Ebene geht. Da würde ich auch gerne nochmal raufschauen.«

Roman ging wieder vorweg. Als er oben auf der zweiten Ebene ankam, entfuhr ihm: »Oh mein Gott, Nane. Was ist passiert?« Dann stürzte er auf die neben der Öffnung für den Sackaufzug liegende Frau zu. »Das ist eine unserer Bäckerinnen, mit der ich gestern noch den Ofen angeheizt habe.« Er fasste der Frau an den Hals und zog sofort erschrocken seine Hand zurück. Obwohl es draußen mindestens fünfundzwanzig Grad waren, war sie eiskalt. Jedenfalls erschien es ihm so. Für ihn war äußerlich auf den ersten Blick nicht erkennbar, was die Ursache für ihren Tod sein könnte. Er war wie gelähmt, bis sein Gast schließlich sagte:

»Die Flecken am Hals der Frau sehen so aus, als wenn sie erwürgt worden wäre. Wir sollten die Polizei rufen.«

Erst jetzt nahm auch Roman die dunklen Flecken wahr. Sowas hatte er zuvor noch nie gesehen. Wie in Trance nahm er sein Handy aus der Hosentasche und wählte die 110.

Als sich die Notrufstation der Polizei meldete, sagte er: »Hier ist Roman Mayer vom Förderverein Peldemühle. Wir haben hier oben in der Peldemühle Wittmund eine tote Frau liegen. Es ist eine unserer Bäckerinnen, Nane Immenga. So wie es aussicht, wurde sie erwürgt. Sie muss schon länger hier oben liegen, da sie eiskalt ist.«

»Sie haben doch heute Backtag mit Brotverkauf, wie ich auf einem Plakat gesehen habe. Da hätte ich eigentlich auch hingewollt«, sagte die Polizistin am Telefon. »Da sind doch sicher eine Menge Besucher auf dem Gelände und in der Mühle. Lassen Sie bitte niemand zur Leiche und bewahren Sie Ruhe! Bleiben Sie bitte noch einen Moment in der Leitung, ich werde sofort unsere Sonderkommission alarmieren und melde mich gleich wieder.«

Kurz darauf war die Beamtin wieder am Telefon: »Herr Mayer, ich komme aus Wittmund. Daher weiß ich übrigens auch, dass Sie als Jan Schüpp Stadtführungen machen. Wer außer Ihnen weiß noch von der Toten?«

»Das ist ein Besucher, der zu einer Reisegruppe aus dem Rheinland gehört und der sich mit Mühlen auskennt und die Mühlentechnik anschauen wollte. Deshalb habe ich ihn in das Mühlengebäude gelassen, obwohl dieses wegen Reparaturarbeiten aus Sicherheitsgründen zurzeit gesperrt ist. Die anderen Besucher halten sich draußen oder im Verkaufs- und Bewirtungsraum unseres Anbaus auf.«

»Das ist gut, dann sprechen Sie beide bitte nicht über Ihren Fund, bis meine Kollegen eintreffen und das Weitere veranlassen werden. Ein Streifenwagen müsste eigentlich schon da sein, denn die Kollegen waren ganz in der Nähe. Am besten gehen Sie gleich mal nachschauen. Und bitte am Tatort nichts verändern!«, sagte die Polizistin und beendete das Telefonat.

Als Roman und sein Gast aus dem Bewirtungsraum ins Freie traten, sahen sie, wie zwei Uniformierte aus einem Streifenwagen ausstiegen, den sie quer vor die Einfahrt zum Parkplatz gestellt hatten. Das Blaulicht zeigte an, dass sie im Einsatz waren. Der männliche Beamte blieb beim Polizeiwagen stehen. Seine Kollegin näherte sich über den Platz vor der Mühle dem Anbau, durch dessen große Schiebetür Roman mit seinem Besucher gerade herausgekommen war.

Roman hob die Hand. Die Polizistin blieb daraufhin mitten auf dem Vorplatz stehen und gab durch ein Handzeichen zu erkennen, dass sie verstanden hatte. Einige Gäste, die draußen an den Tischen saßen, schienen auch auf das Geschehen aufmerksam geworden zu sein; wahrscheinlich auch durch das Blaulicht irritiert. Unter dem Sonnendach waren die Gäste nicht in Hörweite. Sicher ein Grund, warum die Beamtin mitten auf dem Platz stehen geblieben war.

»Polizeikommissarin Ava Eekhoff«, stellte sich die gut aussehende Polizistin mit der modernen dunklen Kurzhaarfrisur vor. »Sind Sie Herr Mayer?«

Roman stellte der Polizistin sich und seinen Besucher aus dem Rheinland vor und sagte: »Wir haben oben in der Mühle eine Frauenleiche gefunden. Es handelt sich um eine unserer Bäckerinnen, mit der ich gestern Abend noch den Steinofen mit Torf angeheizt habe. Ich kann es immer noch nicht fassen. Ich gehöre selbst zum Vorstand des Fördervereins Peldemühle Wittmund e. V. und bin eigentlich für die Öffentlichkeitsarbeit zuständig.«

9

»Ich kann gut verstehen, dass Sie das ganz besonders trifft, zumal wenn es sich bei der Toten um eine gute Bekannte oder Kollegin handelt«, versuchte die Polizistin beruhigend auf Roman einzuwirken. »Haben Sie beide schon mit jemand darüber gesprochen?«

»Nur mit Ihrer Notrufzentrale«, antwortete Roman. »Und Ihre dortige Kollegin hatte mir gesagt, dass wir mit niemand sprechen sollen. Ich habe auch den Zugang zur Mühle wieder abgeschlossen.«

»Das ist sehr gut! Wir müssen nämlich sehr behutsam vorgehen. Da es sich hier um einen potentiellen Tatort handelt, darf im Moment niemand mehr den Platz verlassen. Dabei wollen wir natürlich jede Panik vermeiden. Wir müssen von allen Besuchern und Mitarbeitern die Personalien aufnehmen, da alle automatisch im weiteren Sinne als Zeugen gelten.«

»Wie wollen Sie das machen? Sie können die Leute doch hier auf dem Platz nicht einfach einsperren, und unsere Reisegruppe hat gleich noch einen anderen Termin«, sagte Manfred von Goscinski. »Die Fähre in Neuharlingersiel nach Spiekeroog wartet nicht auf uns, wenn wir nicht pünktlich sind.«

»Tut mir leid, bevor wir nicht alle Personalien aufgenommen haben, müssen alle hier bleiben. Es wird aber gleich Verstärkung kommen, damit das schneller geht.«

»Die ersten Besucher sind ja schon aufmerksam geworden«, sagte Roman. »Was sollen wir denen sagen?«

»Das übernehme ich«, sagte die Beamtin, und an die Gäste und Mitarbeiter des Veranstalters gewandt, rief sie laut über den Platz: »Moin, ich bin Kommissarin Ava Eekhoff vom hiesigen Polizeikommissariat. Bitte bleiben Sie auf Ihren Plätzen. Es ist etwas in der Mühle passiert. Es besteht für Sie alle aber keine Gefahr! Wir müssen Sie gleich alle nur kurz befragen, ob Sie etwas bemerkt haben. Das Weitere wird Ihnen gleich mein Chef, Erster Kriminalhauptkommissar Bert Linnig, sagen, der sicher jeden Moment hier eintreffen wird.«

»Ist jemand umgekommen?«, rief einer der Besucher von einem der vor dem Backhaus stehenden Tische.

»Darüber wird Sie mein Vorgesetzter informieren. Bitte bleiben Sie so lange auf Ihren Plätzen!«, erwiderte die Beamtin.

Als der Brudermeister zu seinem Tisch zurückkam, wurde er sofort bestürmt: »Was ist denn los? Was ist denn passiert? ... Manfred, du bist ja ganz blass! So kenn ich dich sonst gar nicht«, stellte seine Frau besorgt fest. »Ist dir nicht gut?!«

»Mir selbst fehlt nichts«, gab der Angesprochene seiner Frau zur Antwort. Und weil seine Mitreisenden überhaupt keine Ruhe gaben, sagte er schließlich: »Ich soll eigentlich nicht darüber sprechen, deshalb behaltet es für euch! Roman und ich haben eine tote Frau oben in der Mühle gefunden.«

»Oh mein Gott«, entfuhr es einer Schützenschwester am Tisch. »Und dabei sprechen alle immer vom beschaulichen Ostfriesland.«

»So habe ich das bisher auch immer gesehen, wenn wir zum Boßeln hier in der Gegend waren«, sagte einer der Schützenbrüder. »Da sprach bei unserem letzten Besuch beim Grünkohlessen der Gastwirt davon, dass wohl kaum in einer Region so viel gemordet würde wie in Ostfriesland. Dann machte der Wirt eine kurze Pause und schob lachend nach: ›Aber nur in unzähligen Ostfrieslandkrimis.‹ Manfred, und jetzt kommst du mit einer echten Leiche! Ich fass es ja nicht!«

1. Kapitel

Unzählige Feriengäste wurden in Ostfriesland an diesem ersten Freitagmorgen im August von strahlend blauem Himmel mit kleinen Kumuluswölkchen begrüßt. In den Badeorten an der Küste des Weltnaturerbes Wattenmeer war bereits in den frühen Morgenstunden reger Betrieb. Vor mancher Bäckertheke standen frühstückshungrige Feriengäste bis an die Tür, und nicht wenige Urlauber nutzten die milden Temperaturen und das aufgelaufene Wasser bereits für ein erfrischendes Bad im Wattenmeer.

Auch in der malerischen Kreisstadt Wittmund herrschte rege Betriebsamkeit. Unweit des Zentrums am Schlosspark entließ ein Reisebus aus dem Rheinland seine Fahrgäste für eine Stadtführung. Es waren Mitglieder eines Schützenvereins aus Rheinbach-Oberdrees bei Bonn.

Sie wurden bereits erwartet, von Roman Mayer, der in der Wittmunder Kultfigur eines Ostfriesen als *Jan Schüpp* auftrat. Eigentlich hätten die Rheinländer jetzt einen großgewachsenen friesischen Hünen erwartet. Aber hier zeigte sich ganz schnell, dass Charisma nicht von der Körperlänge abhängig war. Roman Mayer zog die Gruppe sofort mit seinem Auftritt in seinen Bann. Gekleidet war er wie ein ostfriesischer Krabbenfischer: dunkle Hose mit Hosenträger, hellblaues Fischerhemd mit schmalem rotem Halstuch, lockige weiße Haarmähne, die von einem flotten Elbsegler im wahrsten Sinne des Wortes gekrönt wurde. Dazu hielt er eine Schaufel mit übergroßem Schaufelblatt so in der Hand, dass er mit seinen Holzpantinen darauf Platz hatte.

»Herzlich willkommen in Wittmund«, verkündete er mit kräftiger Stimme. »Ihr seht, wir Ostfriesen können uns auch selbst auf die Schüppe nehmen.«

Damit hatte er im Nu das Herz der frohsinnigen Rheinländer erobert, wie der Brudermeister der St. Hubertus Schützenbruderschaft aus Rheinbach-Oberdrees, Manfred von Goscinski, gleich zu erkennen gab: »Das hätte ich jetzt zwar nicht unbedingt als typische ostfriesische Charaktereigenschaft erwartet, aber das können wir Rheinländer auch, wie unzählige unserer Büttenreden belegen.«

»Ich bin schon ein wenig in der Welt rumgekommen, war längere Zeit auch in Österreich und in verschiedenen Regionen Deutschlands«, antwortete Roman. »Und der rheinische Frohsinn wird nicht umsonst als legendär bezeichnet. Über das, was es mit *Jan Schüpp*, den ich hier darstelle, auf sich hat, werden wir am Schluss meiner Führung bei dem nach ihm benannten Brunnen noch mehr erfahren. Aber jetzt lasst uns mal nach eurem Frühstück ein klein wenig die Natur mit einem Spaziergang in unserem idyllischen Schlosspark genießen. Übrigens ist hier in Ostfriesland eher das Du üblich. Ich gehe mal davon aus, dass ihr damit kein Problem habt.«

Zustimmendes Gemurmel zeigte das Einverständnis der Besuchergruppe an, und Jan marschierte mit dem Brudermeister voraus die flachen Stufen zu einer der ältesten Wallanlagen in Ostfriesland hinauf. Von dort hatte man einen schönen Überblick über die Anlage und die Wege, die weiter unten entlang der Wasserkanäle verliefen.

»Wo ist denn nun hier das Schloss?«, wollte eine Schützin nach einer Weile wissen.

»Gegen Ende des 18. Jahrhunderts fiel die Grafschaft Ostfriesland und damit auch Wittmund an die Preußen. Friedrich der Große ließ einige Zeit danach die gesamte Befestigungsanlage samt Schloss schleifen, sodass davon heute nur noch Reste des Walles erhalten sind«, erläuterte Roman.

Als er mit seiner Gruppe den Marktplatz vor dem Amtsgericht erreichte, war es inzwischen schon nach elf Uhr. Die Rheinländer machten noch einige Fotos von der Skulpturengruppe *Treiber mit Schafen*, die von dem deutschen Maler und Bildhauer Albert Bocklage Ende der 90er Jahre geschaffen worden war. Von dort ging es dann am Amtsgericht und Kreishaus vorbei zur Schlossstraße, wo Roman nach rechts in die Osterstraße abbog. Kurz darauf erreichten sie das Restaurant *Harle-Stübchen*, wo er einen kleinen Imbiss eingeplant hatte.

Die Reisegruppe war beeindruckt von den riesigen Wandgemälden, die zwei der Wände zierten. »Das ist ja ein Bild von der *Concordia*«, stellte eine der Reisenden fest. »Gestern sind wir doch mit dem Raddampfer *Concordia II* vom Museumshafen in

Carolinensiel bis zum Yachthafen nach Harlesiel gefahren. Der hatte aber keinen rauchenden Schornstein gehabt.«

»Das ist richtig«, stimmte Lars Kröger, der Wirt des *Harle-Stübchens*, ihr zu. »Der Raddampfer auf dem Bild war die erste *Concordia*, und die fuhr tatsächlich noch mit Dampf, wie man an dem rauchenden Schlot unschwer erkennen kann. Heute sind nur noch die Antriebsräder wie bei dem historischen Vorgänger. Den Antrieb besorgt ein Schiffsdiesel.«

»Ich habe gerade durch die offen stehende Tür in Ihrem Nebenzimmer an der Wand einen Spruch gesehen«, meldete sich ein anderer Gast an den Wirt gewandt zu Wort. »Da steht: ›Stammtisch, hier sitzen die, die immer hier sitzen!‹ Darf man mal fragen, für wen da bereits so schön eingedeckt ist? Vielleicht auch eine Schützenbruderschaft wie wir. Dafür wäre der Raum aber ein wenig zu klein.«

»Das ist wohl wahr«, stimmte der Wirt ihm zu. »Aber für das Team der Sonderkommission des hiesigen Polizeikommissariats reicht der Platz in jedem Fall aus. Sie sind doch vom Schlosspark gekommen, wie ich gehört habe. Da müssten Sie die Rückseite des Gebäudes des Kommissariats gesehen haben. Es ist gar nicht weit von hier.«

»Stimmt«, sagte der Gast. »Roman hat uns sogar darauf hingewiesen.«

Nachdem alle frisch gestärkt waren, blies Roman zum Aufbruch. Vom *Harle-Stübchen* aus waren es kaum einhundert Meter, bis die Osterstraße in einer Linkskurve in die Marktstraße mündete. Geradeaus ging es ab hier in die Fußgängerzone, wo auch in der Drostenstraße die *Hands of Fame* begannen. Hier hatten Prominente ihre Handabdrücke in Keramik hinterlassen. Die Tonklinkerplatten waren dann in das Straßenpflaster integriert worden. Schon bald hatte Roman mit seiner Gruppe die Handabdrücke eines Prominenten erreicht, den wirklich alle kannten und von dem sie auch nicht besonders überrascht waren, ihn hier in den *Hands of Fame* von Wittmund zu finden: Otto Waalkes.

Als die Rheinländer seine Unterschrift mit dem vorangestellten Ottifanten sahen, sagte einer: »Also Otto kennt von uns ja wirklich jeder. Der hätte auch gut bei uns in die Karnevalsbütt gepasst.«

»Da sagst'e wat«, stimmte ihm ein anderer Schützenbruder zu. »Ich glaub, von dem stammen bestimmt unzählige Ostfriesenwitze, die auch bei uns im Rheinland kursieren.«

»Na, das bestätigt doch das, was ich über meine Schüppe sagte«, mischte sich Roman in das Gespräch ein. »Nämlich, dass die Ostfriesen sich auch selbst nicht immer so ernst nehmen.«

»Was ich aber nicht verstehe«, warf ein anderer Mitreisender ein. »In vielen Ostfriesenwitzen ist immer die Rede davon, dass die Ostfriesen so mundfaul sind, mal von Otto selbst und auch Roman abgesehen.«

»Das mit den mundfaulen Ostfriesen ist ein Mythos«, stellte eine der Schützinnen fest. »Mein Mann und ich fahren ja schon seit über zehn Jahren mit unserem Wohnmobil und unserem Hund in der Saison zum Hundestrand nach Harlesiel. Mit der Zeit lernt man dann nicht nur Urlauber, sondern auch Einheimische kennen. Vor allem, wenn man im Supermarkt in der Schlange an der Kasse steht.«

»Wir waren auch schon öfter mit unserem Camper in Bensersiel auf dem Platz. Mir fällt besonders im Supermarkt immer die Ruhe und die Gelassenheit auf, und das gerade auch bei den Einheimischen. Wir Urlauber haben ja Zeit, aber die müssten doch eigentlich genauso im Stress sein wie wir zu Hause auch. Aber im Gegenteil, die haben die Ruhe weg. Die unterhalten sich nicht nur mit Leuten, die sie kennen, sondern auch mit uns Urlaubern.«

»Genau das wollte ich sagen«, meldete sich die Schützenschwester von eben wieder zu Wort. »Und wenn du mal genau hinhörst, über was die sich sogar alles unterhalten, da geht's um Familieninterna, da würde bei uns im Rheinland außerhalb der eigenen vier Wände keiner ein Wort drüber verlieren.«

»Ja, so hat jede Region in Deutschland ihre Eigenheiten«, unterbrach Roman die Diskussion. »Aber wir müssen weiter. Da vorne ist gleich das *Robert von Zeppelin- und Fliegermuseum*, wo wir angemeldet sind.«

»Ist das da vorne, wo das Rohrgestänge in der Form eines Zeppelins zu sehen ist?«, wollte ein Mann aus der Gruppe wissen.

»Ja, das ist ein vor dem Museum stehendes Klettergerüst mit Rutsche für die Kinder in Form eines Zeppelins«, bestätigte Roman den Mann. »Übrigens: Manchmal sitze ich ehrenamtlich da auch im Museum an der Kasse.«

Kurz darauf staunten die Besucher, was es in diesem Museum alles zu sehen gab. Keiner der Rheinländer hatte gewusst, dass es in Wittmund schon zu Beginn des 19. Jahrhunderts einen *Luftschiffhafen* gegeben hatte und dass hier im 1. Weltkrieg bereits einige Zeppeline stationiert waren, die sogar unter anderem Aufklärungsflüge über England flogen. Eindrucksvoll präsentierte sich der historische Flugplatz *Wittmundhafen* als großes Modell mit entsprechenden Exponaten von Zeppelinen und Flugzeugen. Aber auch über die jüngere Geschichte des hiesigen Flugplatzes wurde informiert. Als Besonderheit zeigte die Ausstellung auch Exponate der damaligen Zeit wie historische Druckmaschinen, Fahrräder mit Hilfsmotor und vieles mehr.

Weiter ging es die Drostenstraße und die *Hands of Fame* entlang bis zum *Bundespräsidentenplatz,* vor dem die Kirchstraße in Richtung Norden abzweigte. Am *Bundespräsidentenplatz* bestaunten die Besucher die im Pflaster eingelassenen Platten der Bundespräsidenten der Bundesrepublik Deutschland. Eine Infotafel informierte über die Präsidenten, von denen einige sich auch bereits mit Handabdrücken im gebrannten Ton verewigt hatten.

Roman begann ein wenig auf die Tube zu drücken, ihm lief die Zeit davon. »Ich bin nachher noch mit Nane Immenga, der Bäckerin in unserem *Förderverein Peldemühle e.V.*, in der Mühle verabredet, die ihr morgen auch noch im Programm habt. Wir müssen heute den Steinofen mit Torf bestücken, der über Nacht abbrennen muss, damit morgen das Backen der Brote und Kuchen durchgeführt werden kann. Ihr könnt nachher beim *Jan-Schüpp-Brunnen* meine Führung direkt dort im Café *Huus bi d' Pütt* mit Kaffee und selbstgebackenem Kuchen beenden. Das Café ist eine Einrichtung der *Lebenshilfe Wittmund e.V.*, welche der Begegnung, Kommunikation und Beratung für Menschen mit Beeinträchtigungen und deren Freunden dient. «

Die Gruppe folgte ihm weiter auf den *Hands of Fame* in die Kirchstraße. Nach etwa fünfzig Metern bog Roman ab in die kleine Straße Am Kirchplatz, den sie kurz darauf erreichten. Schon beim Betreten des Kirchplatzes fiel den Besuchern das dem Hauptportal an der Südseite der Kirche gegenüberliegende Germania-Denkmal auf.

»Das Denkmal wurde Ende des 19. Jahrhunderts den Gefallenen des Deutsch-Französischen Krieges 1870/71 gewidmet«, sagte Roman, der die fragenden Blicke einer Frau bemerkt hatte. Dann fuhr er fort: »Geschaffen wurde die Figur vom klassizistischen Bildhauer Johannes Janda. Die Sankt-Nicolai-Kirche mit ihrem wuchtigen Turm – das Wahrzeichen unserer ostfriesischen Kreisstadt – ist nach außen hin, wie ihr seht, ein schlicht wirkender Klinker-Saalbau. Im Innern überrascht die Kirche aber mit einer hellen, freundlichen Ausstattung, wie ihr noch sehen werdet, und mit einer nach Westen ausgerichteten U-förmigen Galerie. An deren westlicher Stirnseite befindet sich eine inzwischen mehrfach restaurierte Orgel im Rokoko-Stil aus dem 18. Jahrhundert, wie die jetzige Kirche auch. Von der sagt man, es sei bereits der vierte Bau, der auf einer ehemaligen Warft erbaut wurde. Zugleich ist dies die höchste Erhebung der Stadt und diente den Bewohnern des Ortes in vergangenen Jahrhunderten bei Sturmfluten mit Hochwasser als Schutzhort. Nachweislich entstand der erste Bau einer Kirche aus Holz an dieser Stelle bereits Ende des 9. Jahrhunderts.«

Nachdem die Besucher die helle, freundliche Kirche gebührend bestaunt und etliche Fotos gemacht hatten, führte Roman sie auf die Kirchstraße zurück, die kurz darauf in die Brückstraße mündete. Und da lugte er auch schon hervor, keine fünfzig Meter entfernt, der *Jan-Schüpp-Brunnen.*

Als die Rheinländer sich um den Brunnen versammelt hatten, sagte eine Frau aus der Gruppe: »Roman, eins muss man dir lassen, du könntest bei der Figur auf dem Brunnen tatsächlich mit deinem Outfit und deiner Schippe Modell gestanden haben.«

»Habe ich aber nicht«, erwiderte der Angesprochene lachend. »Und um der Wahrheit die Ehre zu geben, war es genau umgekehrt.«

Und es kam, wie es kommen musste, und das nicht zum ersten Mal: Roman musste neben dem Brunnen für manches Erinnerungsfoto Modell stehen, was er auch mit einem stillen Schmunzeln geduldig tat. Dank der heutigen Smartphone-Technik entstand dabei auch manches Selfie mit dem Wittmunder Original *Jan Schüpp,* sozusagen im Doppelpack.

Inzwischen hatten sich schon die meisten Teilnehmerinnen und Teilnehmer von Romans Stadtführung draußen und drinnen im Café *Huus bi d' Pütt* ein Plätzchen gesucht und die ersten bereits ihre Bestellungen aufgegeben. Für Roman war das hier heute seine letzte Station. Eigentlich hätte er die Gruppe jetzt noch nach dem Kaffeetrinken nicht ganz einen Kilometer weiter bis zur Peldemühle geführt und seine Führung in der Mühle beendet. Da morgen aber Backtag war und die Reisegruppe diesen nicht verpassen wollte, war vorgesehen, dass der Bus die Rheinländer morgen direkt zur Mühle bringen würde.

Jan ging zunächst in das Café, um sich dort von seinen Gästen zu verabschieden. Bei denen, die draußen einen Platz gefunden hatten, wollte er das anschließend machen. Der Brudermeister der Schützen saß drinnen und bedankte sich bei Roman mit einer gerahmten Schützenurkunde.

»Herzlichen Dank für das tolle Präsent«, sagte Roman und fügte dann mit einem schelmischen Grinsen hinzu: »Das wäre doch nicht nötig gewesen … Aber unnötig war es auch nicht! Und wenn wir schon bei kleinen Geschenken sind, ihr habt sicher schon gesehen, dass diese Einrichtung der *Lebenshilfe Wittmund e. V.* hier nicht nur das Café betreibt, sondern zugleich auch in dem dazugehörigen Laden *Bumerang* handgefertigte Artikel überwiegend aus Holz anbietet. Manches davon eignet sich sicher auch gut als Souvenir für die Lieben daheim. Gleichzeitig habt ihr damit geholfen, einen Arbeitsplatz für Menschen mit Beeinträchtigung zu sichern. Also, es hat mir mit euch viel Spaß gemacht und wir sehen uns ja morgen nochmal beim Backtag in der Peldemühle.«

Draußen wiederholte Roman nochmal seine kurze Ansprache, bevor er die Gruppe verließ. Denn er hatte es eilig. Nane würde bei der Mühle sicher schon auf seine Hilfe warten. Er musste aber vorher noch zu Hause vorbei, um sich umzuziehen und seinen Hund abzuholen. Seine Frau wollte mit dem Bus zu ihrer Schwester fahren und da auch bis Sonntag bleiben. Der Hund war in solchen Fällen immer gut bei seinem Nachbarn aufgehoben. Für den Rentner war sein Hund immer eine willkommene Abwechslung.

***

Als Roman zu Hause ankam, lag auf dem Küchentisch ein Zettel, dass seine Frau, kurz bevor ihr Bus ging, noch mit Paul einen ausgedehnten Spaziergang gemacht hatte und dass dieser jetzt beim Nachbarn war. Einen Moment überlegte er, ob er Paul nicht einfach später abholen sollte. Sein Nachbar würde bestimmt gerne heute Nachmittag mit dem Hund einen Spaziergang machen.

Aber dann fiel Roman ein, dass er morgen beim Backtag seinen Nachbarn auch schon wieder in Anspruch nehmen müsste, denn dazu konnte er Paul wirklich nicht mitnehmen. Der Besuch seiner Frau bei Ihrer Schwester war nämlich nicht geplant gewesen und überstrapazieren wollte er das Entgegenkommen seines Nachbarn auch nicht. Er musste berücksichtigen, dass sein Hund bei Spaziergängen sehr fordernd sein konnte. Daher entschloss er sich, Paul jetzt mitzunehmen und später mit ihm von der Blersumer Straße aus einen ausgedehnten Spaziergang bis zum Wittmunder Wald zu machen.

Als er beim Nachbarn klingelte, war die Freude seines Hundes groß und sein Nachbar sagte: »Ich wäre nachher auch mit Paul über die Felder gegangen. Ist nur schade, dass ich mich nicht mehr trauen kann, ihn von der Leine zu lassen wie unseren Bruno, den meine Frau und ich immer noch vermissen. Aber ich hab's dir ja schon ein paar Mal gesagt, in unserem Alter nochmal einen Hund anzuschaffen ist problematisch. Da muss man weiterdenken. Was passiert dann mit dem Tierchen, wenn wir mal in die Pflege müssten oder versterben? Oft bleibt dann nur das Tierheim, und das wollen wir nicht. Deswegen freuen wir uns immer, wenn wir mal wieder mit deinem Paulchen spazieren gehen dürfen. Auch wenn's langsam schon ein wenig anstrengend wird.«

»Weiß ich doch«, beruhigte Roman ihn. »Wir sind ja froh, dass wir einen solchen tollen Nachbarn haben, der uns mal gelegentlich unseren Paul abnimmt. Aber ich weiß, dass Paul als Border Collie nicht so ein gemütlicher Hund ist wie euer Chow-Chow Bruno, der es doch wesentlich gemächlicher angehen ließ. Und da meine Frau bis Sonntag bei ihrer Schwester ist, würde ich morgen wegen des Backtages in der Mühle nochmal gerne deine Hilfe in Anspruch nehmen. Heute lasse ich Paul nach dem Anheizen des Steinofens in der Mühle sich nochmal richtig austoben.«

»Roman, du hast schon recht. Dann machen wir es so und du kannst morgen früh gerne deinen Paul vorbeibringen. Dann gehe ich morgen Vormittag mit ihm. Der Backtag geht ja normalerweise nur bis vierzehn Uhr dreißig. Dann kann er bei dir danach auch nochmal richtig Dampf ablassen.«

Paul sprang voller Vorfreude in den kleinen SUV seines Herrchens, in der Hoffnung, dass es gleich in die Natur gehen würde. Aber da hatte er sich geirrt. Als Erstes fuhr sein Herrchen zur Peldemühle. In einem Schattenplätzchen neben dem Backhaus legte er für Paul eine Decke hin, stellte ihm eine Wasserschale dazu und leinte ihn an einem eigens für diesen Zweck in der Wand verankerten Ring an. Dann ging Roman zu Nane Immenga ins Backhaus.

»Moin Nane«, begrüßte Roman die großgewachsene Ostfriesin, die gerade begonnen hatte, Torfstücke in den Steinofen neben der alten Schmiede zu stapeln. »Sorry, meine Führung hat sich doch etwas länger hingezogen als geplant.«

»Moin Roman. Ich wusste nicht, wann du kommst. Irgendjemand hatte schon eine Schubkarre voll Torf in das Backhaus gestellt, wahrscheinlich einer unserer beiden Müller, die heute Morgen vielleicht zufällig reingeschaut haben. Jedenfalls dachte ich, ich fange schon mal an. Aber es wäre schön, wenn du den Torf aus dem Lagerschuppen holen und das Stapeln übernehmen würdest. Ich muss auf meine Bandscheiben aufpassen. Deswegen bin ich auch schon länger nicht mehr in der Backstube, sondern nur noch hinter der Ladentheke. Dann könnte ich nachher schon mal den Teig für das Schwarzbrot vorbereiten, das muss ja noch bis morgen gehen.«

»Ich hab mich schon gewundert, dass du heute das mit dem Anheizen und dem Schwarzbrot übernommen hast. Wegen deiner

Rückenprobleme und weil von unseren Müllern heute keiner kann, hat unser Vorstand mich gefragt, ob ich dich dabei unterstützen könnte. Auch die Backvorbereitungen macht doch sonst immer Aika«, sagte Roman.

»Stimmt. Aber Aikas Mann feiert heute seinen dreißigsten Geburtstag, und da haben sie heute Abend die ganze Nachbarschaft, Verwandtschaft und Freunde zum Grillen im Garten. Das haben Aika und ich schon vor ein paar Tagen abgesprochen und deswegen hatte sie sich heute in der Bäckerei auch freigenommen. Ich bin froh, dass du dich spontan zu meiner Unterstützung angeboten hast, nachdem unsere beiden Müller heute Nachmittag überraschend ausgefallen sind. Alleine würde ich das gar nicht schaffen. Ich merke von den paar Stücken Torf schon mein Kreuz. Und dann ist es auch nicht so einfach, abgestochene Torfstücke, die sich vom Trocknen verzogen haben, richtig übereinander zu bringen, dass die nachher auch gleichmäßig durchglühen.«

»Na, war doch klar, dass ich das übernommen habe, als der Vorstand vom Förderverein bei mir anfragte. Aber das Stapeln solltest du mit deinen Bandscheiben auch wirklich mir überlassen. Mit dem Vorbereiten des Schwarzbrotteiges hast du schon genug zu tun, und morgen musst du dann doch auch nochmal ran mit den anderen Brotteigen.«

»Nee, das musste Aika mir versprechen, dass sie morgen trotz der heutigen Feier ihres Mannes wieder übernimmt. Denn morgen hat mein Ältester seinen fünfunddreißigsten Geburtstag und hat auch das Haus voll, wie du dir denken kannst. Da braucht der seine Mama zur Hilfe und ich bin morgen bis Sonntag in Leer. Mit Kochen und Backen hat es seine Frau nicht so. Dafür ist sie gerade bei ihrer Bank zur Abteilungsleiterin befördert worden. Wie das heutzutage bei den jungen Leuten so ist. Die Karriere kommt vor den Kindern. Ob mein Sohn mich überhaupt nochmal zur Oma macht, steht wohl auch noch in den Sternen. Wenn ich frage, eiern seine Frau und er bei diesem Thema immer so rum und wollen nicht so richtig mit der Sprache raus.«

»Hört man heute viel. Ist natürlich auch eine Herausforderung, vor allem für die jungen Frauen, Kinder und Karriere unter einen

Hut zu bringen, trotz Elternteilzeit, die es, als wir so jung waren, auch noch nicht gab.«

»Roman, du bist ja schon im Rentenalter. Wie hat man das denn in deiner Generation gelöst?«

»Sehr unterschiedlich, das kam immer auf die Situation des Einzelnen an. Da, wo jemand Verwandte wie Oma, Opa und so weiter im Ort hatte, konnte auch damals eine junge Frau schon nach kurzer Zeit wieder ihren Job weitermachen. Wo das aber nicht der Fall war, mussten viele Frauen zwangsläufig zu Hause bleiben, bis die Kinder mit frühestens drei Jahren in den Kindergarten konnten. Kitas gab es damals in Westdeutschland noch nicht. Oder man hatte zum Beispiel eine Leih-Oma in der Nachbarschaft oder konnte sich eine andere Kinderbetreuung leisten.«

»Als mein Mann noch lebte und mein Sohn und meine Tochter noch klein waren, wohnte die Mutter meines Mannes in Rhauderfehn gleich nebenan. Da war das für mich überhaupt kein Problem. Ich musste ja schon immer mitten in der Nacht in die Backstube. Aber Oma hatte einen Schlüssel und ging dann morgens rüber und hat die Kinder betreut, bis ich von der Arbeit nach Hause kam. Da brauchte ich keine Kita. Und später brachte Oma unseren Sohn und seine zwei Jahre jüngere Schwester auch in den Kindergarten und holte sie wieder ab. Das war für uns eine wesentliche Erleichterung.«

»Aber heute lebst du doch alleine, wie ich mal gehört habe, und wohnst jetzt auch in Wittmund, sogar nur wenige Kilometer von mir entfernt«, merkte Roman an.

»Das stimmt, ich komme ja eigentlich von hier. Als ich meinen Mann kennenlernte und wir geheiratet haben, bin ich zu ihm nach Rhauderfehn gezogen. Seine Eltern hatten nebenan ein Baugrundstück, und da haben wir uns ein Häuschen drauf gebaut. Übrigens war ich viele Jahre auch in der dortigen Mühle bei Backtagen dabei. Das war in der Hahnentanger Mühle in Westrhauderfehn.«

»Und warum bist du jetzt wieder in Wittmund?«

»Mein Mann hatte, als die Kinder gerade aus dem Haus waren, einen tödlichen Unfall. Und nachdem Oma inzwischen auch schon verstorben war und das Haus nebenan ein Bruder meines Mannes mit seiner Frau übernahm, hielt mich dort nichts mehr und ich bin in meine Geburtsstadt Wittmund zurückgegangen. Das passte gerade, weil meine Eltern in betreutes Wohnen gingen. Meine Kinder wohnen beide in Leer. Zwar habe ich von Wittmund aus ein paar Kilometer mehr zu fahren als von Rhauderfehn aus, aber mit der Schwägerin meines verstorbenen Mannes wäre es auf Dauer nicht gut gegangen. Wir konnten einfach nicht miteinander.«

»Soll vorkommen. Es geht mich zwar nichts an, aber du bist als Witwe doch eigentlich noch zu jung und immer noch eine attraktive Frau. Das darf ich als glücklich verheirateter Rentner ja wohl mal sagen. Und an eine neue Beziehung hast du noch nicht gedacht?«

Roman hatte recht. Nane war eine großgewachsene, schlanke Ostfriesin mit leicht gewellten halblangen blonden Haaren, sehr sympathischen freundlichen Gesichtszügen und einem gewinnenden Lächeln auf den Lippen.

»Ich hatte mal ein Intermezzo noch in Rhauderfehn. Aber das war kein Ersatz für meinen Mann«, sagte sie schließlich. Und nach einigem Zögern fuhr sie fort: »Na ja, und wenn ich ganz offen sein soll: Seit ich hier wohne, habe ich auch schon mal die eine oder andere Bekanntschaft gehabt. Aber alles nichts von Dauer. Im letzten Sommer hab ich aber einen Feriengast kennengelernt, mit dem ich heute noch in Verbindung stehe. Er war gerade mal wieder eine Woche hier, musste aber heute noch wieder zurück. Bei mir spart er sich dann die Kosten für ein Hotel oder eine Pension. Ist aber immer schwierig mit solchen Fernbeziehungen. Ich möchte hier das Haus meiner Eltern nicht verlassen. Er würde sogar gerne hierherziehen. Aber vorher muss er noch zu Hause in Hessen ein paar Probleme lösen. Und so sehen wir uns nur, wenn er hier in Ostfriesland Urlaub macht oder mal über ein verlängertes Wochenende kommt.«

Roman schaute auf die Uhr. »Meine Güte, jetzt verquatschen wir uns hier und haben noch eine Menge Arbeit«, sagte er und nahm ein paar Torfscheite aus der Schubkarre, um sie in den offenen Steinofen zu stapeln. Nane, die bis dahin vor dem Ofen gestanden hatte, wollte in die Küche gehen, als sie über einen auf dem Boden liegenden Torfscheit stolperte. Roman ließ seine Torfscheite fallen und konnte sie gerade noch auffangen.

»Das ist ja nochmal gut gegangen«, sagte er.

»Ja, ich danke dir! Den Torfscheiten, die du fallen gelassen hast, hat es nicht wehgetan.«

»Für dich hätte es schlimm ausgehen können, wenn du gestürzt wärst. Ist ja ein bisschen eng hier, wo die Karre auch noch im Weg steht, da hättest du dir auch den Kopf anschlagen können«, stellte Roman dann fest.

Nane bedankte sich nochmal und machte sich dann auf den Weg zur Küche. Diese war mit dem Bewirtungs- und Verkaufsraum hinter einer großen Schiebetür im Anbau zwischen Mühle und Backhaus untergebracht.

Nachdem Roman den Ofen mit Torf vollgestapelt und das Anfeuerholz in der halbrunden Ofenöffnung vor dem Torfstapel angezündet hatte, ging er nochmal zur Küche, in der Nane noch mit dem Teig beschäftigt war.

»Feuer brennt«, sagte er. »Wie weit bist du?«

»Ich habe noch eine Weile zu tun«, erwiderte Nane. »Du könntest mir gerade noch helfen, die Tische für morgen herzurichten.«

Nachdem das erledigt war, sagte Roman: »Okay, ich will meinen Hund noch ein bisschen laufen lassen. So ein Border braucht Bewegung. Ich fahre ein Stück in Richtung Blersum und gehe dann mit ihm in Richtung Wittmunder Wald. Auf dem Rückweg schaue ich dann nochmal nach dem Feuer.« Dann ging er, um seinen Hund ins Auto zu laden.

2. Kapitel

Für die Mitarbeiter des Wittmunder Soko-Teams war es nicht das erste Mal, dass sie an einem Samstagvormittag für einen Einsatz alarmiert wurden. Da alle im näheren Umkreis um Wittmund wohnten und heute offensichtlich niemand anderweitig verhindert war, trafen alle sogar bereits innerhalb einer halben Stunde beim Kommissariat ein. Auch der Leiter der Spurensicherung, Sören Nansen, saß für eine Kurzeinweisung im Meetingraum.

Leiter der Sonderkommission für Gewaltkriminalität war der Erste Kriminalhauptkommissar Bert Linnig, ein gebürtiger Rheinländer. Er war Mitte fünfzig und bereits über dreißig Jahre im Polizeidienst, der auch schon so manche Spur bei ihm hinterlassen hatte. Seine erste Ehe war schon vor vielen Jahren kinderlos auf der Strecke geblieben. Einen großen Teil seiner Dienstzeit war er im Ruhrgebiet in Essen eingesetzt gewesen. Er war ein Mann der Tat, der von sich selbst und seinem Team sehr viel verlangte, aber dabei ausgesprochen fair blieb. Mit seinen über eins achtzig verfügte er über ausgeprägte Züge und eine muskulöse Figur. Sein glattrasierter Schädel mit dem bereits leicht ergrauten Dreitagebart und sein stechender Blick verliehen ihm entsprechende Autorität.

Seine Stellvertreterin war Kriminalhauptkommissarin Nina Jürgens, die mit ihm verheiratet war, was aber nur Eingeweihte wussten, da die beiden ihre Namen behalten hatten. Nina kam aus Hannover und war dort bei der Drogenfahndung eingesetzt gewesen. Die nicht planbaren Dienstzeiten führten zum Scheitern auch ihrer ersten Ehe, woraufhin sie sich auf eine freie Stelle beim Kommissariat in Wittmund beworben hatte und so Berts Partnerin geworden war. Als Frau besaß sie fast etwas harte Gesichtszüge, was durch ihre extrem kurzen schwarzen Haare noch unterstrichen wurde. Trotzdem hatte sie eine sehr sympathische Ausstrahlung. Nina war fünfzehn Jahre jünger als ihr Mann und etwa einen halben Kopf kleiner als dieser. Sie hatte eine drahtige, sportliche Figur und schon manchen Karatekampf gewonnen.

Aus der dienstlichen Partnerschaft der beiden Kommissare war im Laufe der Zeit auch eine emotionale Bindung entstanden, die beide schließlich in eine zweite Ehe geführt hatte. Inzwischen bewohnten sie einen ehemaligen Ferienbungalow in Carolinensiel, und ihre Vermieterin freute sich darüber, ein Polizistenehepaar in ihrer Nachbarschaft zu haben.

Ungewöhnlich war dabei nicht, dass sie verheiratet waren. Heutzutage durften bei der Polizei auch Paare in einer Dienststelle Dienst tun. Allerdings sah man es nicht gerne, wenn beide zusammen in einem Team im Einsatz waren. Im Fall Linnig/Jürgens drückte man allerdings gerne diesbezüglich die Augen zu, weil die beiden – gerade im dienstlichen Zusammenspiel – ein außergewöhnlich erfolgreiches Duo waren.

In diesem Zusammenhang war allerdings besonders tragisch, dass Nina bei einem Einsatz das mit Bert gemeinsame ungeborene Kind verloren hatte. Sie war mit ihrem Privat-Pkw einem gesuchten Fahrzeug gefolgt und hatte durch eines der berüchtigten ostfriesischen Funklöcher mit ihrem privaten Handy nicht rechtzeitig Hilfe herbeirufen können, wodurch sie in einen Hinterhalt geraten war.

Zum Stammteam der Wittmunder Soko gehörte darüber hinaus die Polizeioberkommissarin Silke Jansen. Die in Ostfriesland geborene blonde Silke war mit ihren etwa ein Meter fünfundsechzig, ihrer gemütlichen Figur und sympathischen Ausstrahlung fast sowas wie das emotionale Zentralgestirn im Team. Sie kümmerte sich überwiegend um den Innendienst. Mit der ostfriesischen Scholle war sie sehr verbunden und hatte inzwischen auch das Haus ihrer Großeltern übernommen, die in betreutes Wohnen nach Wittmund gezogen waren.

Weiter gehörte zum Team Polizeioberkommissarin Rita Schneider, die vor einiger Zeit aus Osnabrück nach Wittmund versetzt worden war. Eine sehr ehrgeizige und quirlige junge Polizistin mit einer sportlichen Figur wie Nina und einer mittelblonden Kurzhaarfrisur. Sie hatte sehr sympathische, ebenmäßige Gesichtszüge mit einem gewinnenden Lächeln. Als ehemalige Landesmeisterin im Sprint hatte sie schon so manchen Ganoven mit ihrer Schnelligkeit überrascht.

Das Stammteam komplett machte als Jüngster der erst vor Kurzem zum Polizeioberkommissar ernannte Oke Frederik Helmers.

Er kam aus Neuharlingersiel, wo seine Eltern einen Hof mit Milchwirtschaft betrieben, den eines Tages nach der Niedersächsischen Höfeordnung sein Bruder übernehmen sollte. Er war mit gut zwei Metern Länge und seinen blonden Strubbelhaaren auch optisch ein typischer Ostfriese. Oke war auf dem Hof seines Großvaters, den jetzt sein Vater führte, mit seinem Cousin und seiner Cousine aufgewachsen, deren Mutter eine dunkelhäutige Niederländerin von den niederländischen Antillen war. Daher wuchsen er und sein Bruder zweisprachig auf. Zudem war er der Computer- und IT-Freak im Team.

Bert stand an seinem Flipchart, dessen Blätter später an Leisten gehängt wurden, die an der Wand der fensterlosen Stirnseite des Raumes befestigt waren. So konnten sich alle zum Soko-Team gehörenden Mitglieder immer auf dem Laufenden halten.

Nachdem der Soko-Leiter sein Team und seinen Kollegen von der Forensik begrüßt hatte, öffnete sich die Tür und der Rechtsmediziner aus Oldenburg, Dr. Klaus Rabe, betrat überraschend den Meetingraum. »Moin, ich habe gehört, es gibt hier in Wittmund eine Frauenleiche«, sagte er und setzte sich auf einen freien Stuhl.

»Stimmt, Herr Doktor. Hat man Sie von Oldenburg hierher gebeamt, oder hat man die Rechtsmedizin nach Wittmund verlagert?«, fragte Bert ganz verwundert.

»Weder das eine noch das andere«, antwortete der Angesprochene mit einem Schmunzeln. »Ich habe seit diesem Frühjahr in Neuharlingersiel auf dem Campingplatz einen Dauerstellplatz gemietet. Da der Platz hinter dem Deich liegt, kann ich den auch das ganze Jahr über nutzen. Daher verbringe ich manches Wochenende auf dem Campingplatz, und meine Einsatztasche habe ich ohnehin immer im Auto liegen. Oldenburg hat mir eine Message geschickt, dass hier in der Peldemühle Wittmund eine tote Frau gefunden wurde.«

»Stimmt, wir haben vorhin von unserer Notrufzentrale die Meldung einer Frauenleiche reinbekommen. Es soll sich um eine der Bäckerinnen des dortigen Fördervereins handeln, Nane Immenga. Etwas problematisch ist für uns dabei, dass ausgerechnet heute dort Backtag mit entsprechendem Publikumsverkehr ist. Unsere

Kollegin von der Streife, Ava Eekhoff, hat mir gerade noch gemeldet, dass sich dort nach ihrer Schätzung etwa fünfzig Personen aufhalten. Sie hat mit ihrem Kollegen bereits die Zufahrt zum Platz vor der Mühle mit ihrem Streifenwagen zugestellt, um zu verhindern, dass mögliche Zeugen die Mühle verlassen und unbeteiligte neue Besucher den Platz betreten können.«

»Da hat Ava wieder einmal klug gehandelt«, bemerkte Nina. »Und ich habe gerade, bevor ich zum Meetingraum ging, noch schnell die Eingänge im Messenger von heute Vormittag gecheckt. Da wurde Nane Immenga von ihrem Sohn aus Leer als vermisst gemeldet.«

»Na, in dem Fall wissen wir ja schon mal, warum«, warf die quirlige Rita in den Raum.

»Ja, leider, und besonders tragisch für die Familie«, sagte Nina. »Wie in der Meldung stand, feiert der Sohn ausgerechnet heute seinen fünfunddreißigsten Geburtstag und seine Mutter wollte ihm heute Morgen bei den Vorbereitungen einer Grillfete helfen. Da sie nicht kam und er sie auch über das Telefon und ihr Handy nicht erreichen konnte, hat er ihre Erste Nachbarin angerufen.«

»Die wie bei uns in Ostfriesland üblich den Schlüssel hat«, merkte Silke an. »Oh mein Gott! Die Nachricht vom Tod seiner Mutter müssen wir ihm dann heute an seinem Geburtstag überbringen.«

»Richtig, Silke, ich fürchte, das wird mir nicht erspart bleiben, denn ich möchte das auch nicht den Kollegen in Leer überlassen. Logischerweise fand die Nachbarin Nane nicht im Haus, auch das Auto war nicht in der Garage. Deshalb wird bereits danach gefahndet. Und aus dem Grund hat der Sohn auch hier bei uns im Kommissariat angerufen, um zu erfragen, ob ein Unfall gemeldet worden wäre.«

»Wer hat die Bäckerin denn wo genau in der Mühle gefunden?«, wollte der Erste Kriminalhauptkommissar Sören Nansen, der Leiter der Spurensicherung, wissen. Das war für ihn wichtig, damit er einschätzen konnte, was auf seine Leute zukommen würde. Der Besucherauftrieb eines Backtages ließ ihn nichts Gutes erahnen.

»Sören, in der Meldung steht, dass die Tote mit Würgemalen oben in der Mühle entdeckt wurde. Und dass sie heute auch nur mehr oder weniger durch Zufall gefunden wurde«, antwortete der Soko-Leiter.

»Wieso Zufall?«, hakte Sören nach. »An solchen Tagen ist doch normalerweise die Mühle für den Publikumsverkehr offen. Manchmal wird dabei, wenn Wind und Witterung es zulassen, sogar Getreide gemahlen.«

»So wie es in der Meldung steht, werden in der Mühle im Moment dringende Reparaturarbeiten durchgeführt, wodurch die Mühle selbst aus Sicherheitsgründen für Besucher gesperrt ist. Und Zufall deswegen, weil Roman Mayer, den ihr als Stadtführer in der Figur des Jan Schüpp sicher kennt und der auch zum Förderverein der Mühle gehört, mit einem Feriengast aus dem Rheinland, der sich besonders für die Mühlentechnik interessierte, in der Mühle nach oben gestiegen ist. In der zweiten Ebene fanden sie die tote Frau neben dem Sackaufzug.«

»Na, dann werden wir ja hoffentlich noch einige Spuren des potenziellen Mörders finden«, stellte Sören erleichtert fest.

»Das kann man nur hoffen«, bestätigte Bert seinen Kollegen. »Angesichts dieser Umstände ist wohl kaum zu erwarten, dass einer der Besucher als Mörder in Betracht kommt. Wir werden daher gleich mit dem ganzen Team rausfahren, damit wir die Leute nicht zu lange festhalten müssen. Ihr braucht dann nur die Personalien der Gäste und des Personals aufnehmen und dabei fragen, ob jemand irgendetwas Auffälliges bemerkt hat.«

»Wobei wir aber nicht außer Acht lassen sollten, dass nicht selten der Täter an den Tatort zurückkehrt, und sei es nur, um zu sehen, wie die Polizei damit umgeht«, merkte Nina an.

»Nicht von der Hand zu weisen«, bestätigte ihr Mann. »Deswegen sollten wir bei unseren Personenfeststellungen auf merkwürdiges Verhalten der Befragten achten. Hat von euch noch jemand Fragen?«

Nachdem keine Meldung gekommen war, gab Bert das Zeichen für den Abmarsch. Vom Polizeikommissariat bis zur Peldemühle waren es nur wenige Minuten Fahrzeit. Bert hatte bereits über Funk den Kollegen des Streifenwagens angewiesen, die Zufahrt zum Mühlenparkplatz frei zu machen, sobald er die Kolonne der Polizeifahrzeuge kommen sehen würde.

Daher konnten das Soko-Team, die Fahrzeuge der Spurensicherung und der Rechtsmediziner sofort auf den Mühlenvorplatz fahren. Der Einsatzleiter, der Leiter der Spurensicherung und der Mediziner ließen sich von der Kollegin der Streife, Ava Eekhoff, und den beiden Zeugen in die aktuelle Situation einweisen. Danach führte Roman den Leiter der Spurensicherung und Dr. Rabe in die Mühle zu der Toten.

Bert bat auch die Gäste aus dem Verkaufs- und Bewirtungsraum und das Personal nach draußen. Nachdem er sich vorgestellt und die Anwesenden begrüßt hatte, sagte er: »Es tut uns sehr leid, dass wir Ihren Backtag hier stören müssen. Aber in der Mühle wurde eine Leiche gefunden. Sie werden verstehen, dass wir deswegen sofort mit unseren Ermittlungen beginnen müssen. Da die Mühle zurzeit, wie Sie am Aushang sicher schon gesehen haben, wegen Reparaturarbeiten aus Sicherheitsgründen nicht besichtigt werden konnte und kann, brauchen wir nur Ihre Personalien und Ihre Aussage, ob Sie irgendeine Wahrnehmung gemacht haben, die mit dem Vorfall in einem Zusammenhang stehen könnte.«

»Wir haben doch alle nichts bemerkt und die Mühle war abgeschlossen, was sollen wir da gesehen haben? Da können Sie uns doch gleich gehen lassen«, rief ein Mann von den Tischen.

»Das können wir leider nicht, weil wir die Todesumstände noch nicht genau kennen und es sich damit bei der Mühle und deren Umfeld um einen potenziellen Tatort handeln könnte. In dem Fall sind Sie, egal ob Sie etwas bemerkt haben oder nicht, als potenzielle Zeugen zu behandeln. Wobei wir Ihnen aber in diesem Fall die Abgabe von Fingerabdrücken und Speichelproben ersparen können.«

Inzwischen war Roman, der für die Beamten der Spurensicherung auch die vordere Eingangstür zur Mühle aufgeschlossen hatte, wieder zurück und fragte den Einsatzleiter, ob er noch etwas für die Polizei tun könnte.

»Ja, Roman, es ist gut, dass du nachfragst«, sagte Bert. Er und sein Team und der Angesprochene kannten sich von verschiedenen Begegnungen. »Wir brauchen fünf Tische für die Erfassung der Personalien der Besucher und des Personals.«

»Haben wir rechts im Seitengang der Mühle. Wir können die Tür hier vorne ja jetzt sicher auflassen. Außer euren Leuten wird ja niemand nach oben gehen«, sagte Roman.

»Das ist grundsätzlich sicher richtig, aber lass die Tür doch lieber zu«, sagte Bert, und bevor er sich die Tische zeigen ließ, winkte er sein Team heran. Mit diesem folgten Nina und er dann Roman.

»Rita, Silke und Oke, ihr fangt schon mal hier mit der Feststellung der Personalien und den Befragungen der Besucher an«, gab Bert Anweisung. »Und damit uns keiner durch die Lappen geht, erhält jeder Befragte von euch eine Visitenkarte und ihr schreibt den Namen des Betreffenden auf die Rückseite. Ava und ihr Kollege lassen keinen Besucher an ihrem Streifenwagen vorbei, der keine solche Karte hat. Falls ihr nicht genug einstecken habt, Nina hat von ihren Karten vorsorglich genügend mitgenommen.«

Und zu Roman gewandt, sagte er: »Es gibt ja hier noch einen zweiten Eingang zu diesen Tischen, wie ich sehe.«

»Das ist richtig«, bestätigte der Angesprochene, zeigte auf die Tür, die zum Verkaufs- und Bewirtungsraum führte, und ging, um sie aufzuschließen und zu öffnen.

»Dann sollen die Leute zu der Befragung durch diese Tür gehen«, gab Bert an sein Team Anweisung. »Ich möchte doch vermeiden, dass die Leute vorne durch den Haupteingang kommen, der bis jetzt noch wenig kontaminiert ist. Der Weg durch den Bewirtschaftungsraum ist durch den Publikumsverkehr für eine eventuelle Spurensicherung ohnehin nicht mehr zu nutzen. Nina und ich machen erstmal eine Tatortbesichtigung oben in der Mühle und verstärken euch danach! Wir übernehmen dann die Befragung des Mühlenpersonals.«

»Braucht ihr mich noch?«, wollte Roman wissen.

»Ja, Roman«, antwortete Bert. »Du bist für mich mit dem Feriengast aus dem Rheinland der wichtigste Zeuge! Daher liegt mir das Gespräch mit dir besonders am Herzen. Dazu hätte ich eine Bitte. Du und dein Gast, ihr habt ja auf jeden Fall schon Spuren in der unmittelbaren Umgebung der Toten hinterlassen.

31

Daher würde ich euch beide bitten, uns freiwillig eure Fingerabdrücke und eine Speichelprobe zu geben, damit wir diese Spuren dann entsprechend zuordnen können. Ich melde mich nach der Tatortbesichtigung bei dir.«

Nina hatte in weiser Voraussicht von den Kollegen der Spurensicherung für sich und ihren Mann schon Überzieher für die Schuhe und Handschuhe besorgt. Nachdem sie diese angezogen hatten, machten sich die beiden Kommissare an den Aufstieg. Als sie bei der Leiche ankamen, war der Rechtsmediziner noch bei seiner vorläufigen Untersuchung.

»So viel kann ich jetzt schon sagen: Die Frau wurde von kräftigen Händen erwürgt, was eher auf einen Mann als Täter schließen lässt. Sie hat an der linken Kopfseite ein Hämatom. Möglicherweise wurde sie mit einem stumpfen Gegenstand niedergeschlagen, bevor sie dann durch Erwürgen ihr Leben verlor. Das um ihre Handgelenke immer noch fest verknotete Seil spricht eindeutig dafür, dass sie auf diese Weise nach oben gezogen wurde. Zum Todeszeitpunkt kann ich noch keine konkrete Aussage machen. Da die Leichenstarre noch voll anhält, würde ich schätzen, zwischen gestern Mittag und heute Morgen ganz früh. Alles Weitere erst nach eingehender Untersuchung.«

»Und wie sieht es bei euch aus?«, wollte Bert von Sören wissen.

»Die Tote hat außer einem Päckchen Papiertaschentücher weder Handy noch Schlüssel oder Ähnliches in ihrer roten Mühlenschürze, die sie über Shirt und Rock trägt. Ich habe daher gerade bei ihrer Kollegin Aika Feldkamp, die heute Morgen in der Küche die Leitung hat, nachgefragt. Sie sagte, dass sowohl sie als auch Nane Immenga Schlüssel für das Backhaus, die Küche mit dem Verkaufs- und Bewirtungsraum und den Seiteneingang vom Bewirtungsraum zur Mühle haben. Normalerweise hätte Nane wie sie auch den Schlüsselbund in der Schürzentasche.«

»Frauen haben doch normalerweise solche Sachen auch in ihren Handtaschen, wenn sie nicht gerade in einer Jeans herumlaufen«, merkte Nina an.

»Es gibt einen kleinen Raum, wo das Personal seine Sachen deponieren kann«, erläuterte der Forensiker. »Da hat die Kollegin nachgeschaut. Dort war keine Tasche von der Toten. Sie meinte allerdings, dass Nane ihre Handtasche meistens im Auto lässt und nur die Objekt- und den Autoschlüssel sowie ihr Handy in der Schürze dabeihat.«

»Wenn ich das richtig verstanden habe, dann hat sicher der Täter die Schlüssel an sich genommen und ist wahrscheinlich auch mit dem Auto der Toten weggefahren. Bin mal gespannt, wo das wieder auftaucht. Gefahndet wird ja schon danach«, merkte Bert an.

»Das ist auch meine Annahme«, stimmte Sören dem Kollegen zu. »Dann können wir wahrscheinlich davon ausgehen, dass der Täter mit dem Autoschlüssel auch den Hausschlüssel des Opfers hat. Viele haben beide ja an einem Ring. Daher habe ich bereits die Hälfte meiner Leute zur Adresse von Nane Immenga geschickt. Die sollen bei der Nachbarschaft fragen, wer die Erste Nachbarin ist, und sich den Hausschlüssel geben lassen.«

»Zur Not könnten wir ja beim Sohn anrufen und nach der Nachbarin fragen«, sagte der Soko-Leiter. »Aber Sören, du hast richtig entschieden, das finden deine Leute auch so ganz schnell heraus. Das Überbringen der schlimmen Nachricht an den Sohn überlassen wir später besser Nina.«

In diesem Moment klingelte Sörens Handy. Er hörte nur zu und es war auch kein langes Telefonat. Danach sagte er: »Es war jemand von meinen Leuten. Die Nachbarin wohnt gleich nebenan und die Kollegen sind schon im Haus. In einem Raum sieht es so aus, als wenn jemand etwas gesucht hat. Dieser wurde offensichtlich als Büro genutzt, denn es stehen Bildschirm, Drucker und so weiter mit entsprechenden Anschlusskabeln darin, aber kein PC, Notebook oder Tablet. Ob andere Räume auch durchsucht wurden, lässt sich noch nicht sagen. Mitbekommen hat die Nachbarin jedenfalls nichts, auch heute Nacht kein Auto gehört. Sie hat nur kurz gestern Abend nach Sonnenuntergang einen Mann mit Hund vor dem Haus gesehen und war sich nicht sicher, ob der beim Haus selbst gewesen war. Heute Morgen hat sie sich gewundert, dass alle Rollläden heruntergelassen waren. Das machte die Tote sonst eigentlich nur im Winter.«

»Normalerweise hört man doch aber, wenn nachts alles ruhig ist und irgendwo Rollläden runtergelassen werden«, merkte Bert an. »Jedenfalls ist das in unserer Nachbarschaft so.«

»Mein Kollege sagte, bevor ich genau danach fragen würde, die seien alle neu und elektrisch. Er ging davon aus, dass es sich um einen nachträglichen Einbau handelt und dass auch noch andere Modernisierungen am Haus durchgeführt worden seien. Andernfalls wäre es in Bezug auf die Rollläden wahrscheinlich genau wie in deiner und meiner Wohnsiedlung auch, wo die Häuser schon einige Jahrzehnte stehen.«

Auf dem Weg nach unten sagte Bert zu seiner Frau: »Ich werde gleich als Erstes das Gespräch mit Roman Mayer führen. So wie er es vorhin andeutete, könnte er der Letzte gewesen sein, der außer dem Täter die Tote lebend gesehen hat.«

»Hast du vorhin ja schon gesagt, Bert. Ich werde mir als Erstes den Zeugen aus dem Rheinland holen und auch seine Fingerabdrücke und eine Speichelprobe nehmen. Danach werde ich mit der Bäckerkollegin der Toten sprechen.«

Als die beiden Kommissare im Küchen-, Verkaufs- und Bewirtungsraum ankamen, bediente die Bäckerin gerade einen Besucher. Roman war nicht zu sehen, deshalb fragte Bert, wo er ihn finden würde.

»Roman ist gerade ins Backhaus gegangen«, sagte die Frau.

Bert fand ihn dort. Er war alleine und hantierte am Steinofen. Bert machte die Tür des Backhauses zu und sagte: »Es ist gut, Roman, dass ich dich hier alleine antreffe. Hier können wir uns ungestörter unterhalten. Ich glaube, dass du die Tote außer dem Täter als Letzter lebend gesehen hast. Was dich für mich, wie ich schon sagte, zum wichtigsten Zeugen macht. Damit hat deine Aussage ein ganz anderes Gewicht als die Feststellung der Personalien der anderen Besucher des Backtages. Hättest du etwas dagegen, wenn ich unser Gespräch mit meinem Smartphone aufzeichne?«

»Nein, Bert, natürlich habe ich nichts dagegen. Und auch ich gehe davon aus, dass ich Nane als Letzter lebend gesehen habe. Ich zermartere mir schon die ganze Zeit den Kopf, was da passiert sein könnte. Ich kann übrigens zwei Stühle für uns reinholen, ist etwas bequemer, als wenn wir die ganze Zeit stehen müssen.«

»Dann lass uns das Ganze mal etwas strukturiert angehen«, begann Bert die Zeugenanhörung, nachdem Roman die Stühle besorgt und er die persönlichen Daten abgefragt sowie die formelle Zeugenbelehrung durchgeführt hatte. »Wann trafst du zur Befüllung des Steinofens mit Torf hier ein?«

»Da muss ich ein wenig ausholen, damit du auch die Hintergründe kennst«, sagte Roman.

»Wir haben Zeit, und du hast recht, auch das Drumherum kann von Wichtigkeit sein. Also bitte …«

»Ich hatte gestern eine Stadtführung mit der Busreisegruppe aus dem Rheinland. Das ist eine Schützenbruderschaft, und den Brudermeister, Manfred von Goscinski, hast du ja vorhin schon kennengelernt. Mit ihm zusammen habe ich Nane oben in der Mühle gefunden. Wenn Manfred mich nicht gedrängt hätte, unbedingt die Mühlentechnik einer Peldemühle fototechnisch festhalten zu wollen, dann hätte Nane wahrscheinlich bis Montag früh unentdeckt da oben gelegen, bis der Reparaturtrupp sie gefunden hätte.«

»Okay, und um wie viel Uhr warst du nach der Stadtführung dann hier bei der Mühle? Übrigens, hätte die bei einer solchen Führung nicht auch in deinem Programm gestanden?«

»Hätte sie. Aber die Reisegruppe hatte gestern noch einen weiteren Termin und da wäre es etwas eng geworden. Außerdem war die Mühle ohnehin für Besichtigungen gesperrt. Daher hatte ich die Gruppe für heute zum Backtag für ein zweites Frühstück eingeladen, dabei allerdings nicht erwähnt, dass eine Besichtigung nicht möglich ist. Die Stadtführung habe ich gestern nach der Mittagszeit beim *Jan-Schüpp-Brunnen* und *Huus bi d' Pütt* beendet. Von da bin ich nach Hause gefahren, um meinen Border Collie zu holen, den meine Frau beim Nachbarn abgegeben hatte, weil sie übers Wochenende ihre Schwester besuchen wollte. Es mag so zwei/drei Uhr gewesen sein, bis ich hier bei der Mühle eintraf. Ich hab nicht auf die Uhr geschaut.«

»Und was hast du dann gemacht?«

Roman schilderte dem Kommissar den Ablauf des gestrigen Nachmittags. Dabei erwähnte er auch, dass er Nane danach gefragt hatte, ob sie als doch noch recht attraktive Frau immer noch ohne Partner leben würde, und was sie dazu geantwortet hatte. Ferner informierte er Bert, dass er nach dem Anfeuern des Ofens noch mit seinem Hund unterwegs gewesen war. Als Roman dabei erwähnte, dass er danach nochmal zur Mühle zurückgefahren war, um im Backhaus nach dem Rechten zu sehen, wollte es der Kommissar ganz genau wissen: »Kannst du sagen, um wie viel Uhr genau du hier nach deinem Spaziergang mit deinem Hund bei der Mühle angekommen bist?«

»Nein, auch da hab ich nicht auf die Uhr geschaut. Es könnte siebzehn Uhr, aber auch später gewesen sein. Ich hatte es nicht eilig, zu Hause wartete ja niemand auf mich. Jedenfalls war Nane wohl schon mit den Vorbereitungen und dem ersten Brotteig fertig gewesen, denn ihr Auto stand nicht mehr auf dem Parkplatz neben dem Backhaus und die Küche war schon abgeschlossen. Für mich sah es so aus, dass niemand mehr da war. Ach ja, ich weiß nicht, ob das wichtig sein könnte. Nanes Sonnenhut lag noch hier im Backhaus, und ich dachte, dass sie den am nächsten Tag beim Gartengrillen bei ihrem Sohn brauchen würde.«

»Es ist alles wichtig, was im Zusammenhang mit der Toten steht. Hier sehe ich aber keinen Sonnenhut mehr.«

»Nein, Bert, den habe ich mitgenommen und wollte ihn bei Nane in ihrem Haus vorbeibringen. Das hätte für mich fast auf dem Weg gelegen.«

»Du sprichst von ›hätte‹. Heißt das, du bist doch nicht zum Haus eurer Bäckerin gefahren?«

»Genau. Wie das manchmal so geht. Ich hatte den Hut schon auf meinem Rücksitz liegen, als meine Frau anrief, bevor ich losfuhr. Es war ein etwas längeres Telefonat und dann hatte ich nicht mehr an den Hut gedacht.«

»Das heißt, der liegt noch bei dir im Auto?«

»Nein, ich hab es zu Hause bemerkt. Zum Sonnenuntergang bin ich mit meinem Hund nochmal Gassi gegangen und habe den Hut mitgenommen. Es war nicht allzu weit. Da Nane aber nicht zu

Hause war, hab ich ihn auf die Bank neben der Haustür gelegt und auf die Krempe einen kleinen Blumentopf gestellt.«

»Kannst du mir dazu eine Uhrzeit sagen?«

»Also meine Uhr habe ich eigentlich immer nur dann im Blick, wenn ich Termine habe. Die Sonne war schon untergegangen und es dämmerte bereits.«

»Weißt du, ob die Rollläden heruntergelassen waren?«

»Die waren definitiv nicht heruntergelassen, weil ich noch dachte, dass man ja eigentlich Licht im Haus sehen müsste, wenn Nane zu Hause wäre. Außerdem bin ich um das Haus herumgegangen, um zu sehen, ob Nane vielleicht im Garten oder auf der Terrasse war. Aber auch da ist alles dunkel gewesen.«

Für Bert stand fest, dass Roman der Mann mit dem Hund gewesen sein musste, von dem die Nachbarin dem Kollegen der Spusi erzählt hatte. Das behielt er aber für sich und fragte stattdessen: »Ist dir sonst noch etwas dort am Haus aufgefallen, vielleicht ein parkendes Auto oder Ähnliches?«

Roman überlegte einen Moment, dann antwortete er: »Es ist dort eine ältere Wohnsiedlung mit kleinen Einfamilienhäuschen. Die meisten haben Garagen und/oder Stellflächen auf ihren Grundstücken. Vielleicht fünfzig Meter weg von Nanes Haus schien eine Fete im Gang zu sein, dort standen mehrere Autos auf der Straße, aber sonst ist mir da nix aufgefallen.«

»Und wie war das heute Morgen?«, wollte Bert wissen.

»Ich habe mit meinem Border einen ausgedehnten Spaziergang über die Felder gemacht. Der ist jetzt wieder bei meinem Nachbarn, und ich bin hierher. Wie viel Uhr ich hier ankam, na, du weißt schon. Jedenfalls rechtzeitig, bevor die ersten Besucher des Backtages kamen. Einige davon erschienen – eigentlich wie üblich – schon vor der offiziellen Eröffnung um zehn Uhr dreißig. Manche sind sicher jetzt noch da. Die meisten haben sich mit frischem Brot und Backwaren eingedeckt und sind wieder gefahren. Einheimische kennen die Mühle ja und bleiben dann meist nicht so lange. Trinken vielleicht noch einen Tee oder Kaffee, wenn sie hier Bekannte oder Freunde treffen.«

»Wann kam denn heute Morgen deine Besuchergruppe von der gestrigen Stadtführung?«

»Die waren für elf Uhr für ein zweites Frühstück angemeldet und auch ziemlich pünktlich da. Den restlichen Ablauf hab ich ja schon geschildert, bevor ich Sören und den Arzt zu Nane geführt habe.«

»Das ist richtig, Roman, aber bitte nochmal fürs Protokoll.«

Roman wiederholte noch einmal den Ablauf seit dem Eintreffen der Besuchergruppe aus dem Rheinland. Dann beendete der Kommissar die Zeugenanhörung und sagte: »Vielen Dank, Roman! Falls sich noch Fragen ergeben sollten, werden wir uns bei dir melden.«

Danach ging der Soko-Leiter zu seinem Team. Seine Leute waren gerade mit den Feststellungen der Personalien durch. Bis auf das Mühlenpersonal und die Busreisegruppe hatten alle Besucher mit ihren Fahrzeugen das Mühlengelände verlassen. Nina saß an einem Tisch im unteren Mühlenbereich noch bei der offiziellen Zeugenbefragung des Mühlenpersonals, wobei sie die Gespräche mit ihrem Smartphone aufzeichnete. Die Befragung des Brudermeisters der Schützenbruderschaft war bereits abgeschlossen. Er hatte zudem bereitwillig seine Fingerabdrücke und eine Speichelprobe abgegeben.

Dann kam Sören zum Soko-Team und sagte: »Dr. Rabe ist schon gegangen. Er lässt grüßen. Seinen Bericht bekommen wir voraussichtlich Montag. Der Bestatter ist informiert und wird die Leiche gleich abholen. Meine Leute lassen sie gerade von oben herunter. Die Leichenstarre hat schon begonnen sich zu lösen, woraus Dr. Rabe schloss, dass der Tod wahrscheinlich gestern zwischen achtzehn Uhr und Mitternacht eingetreten ist. Meine Leute hier sind mit der Sicherung von Spuren fertig. Wir warten nur noch, bis der Bestatter kommt. Dann versiegeln wir die Mühle. Den Küchenbereich und das Backhaus lassen wir unversiegelt.«

»Das ist gut«, sagte Bert. »Dann kann das Mühlenpersonal in aller Ruhe aufräumen und den Backtag abschließen. Wir sind auch so weit durch und fahren jetzt zum Kommissariat zurück. Unsere Streife kann ebenso wieder ihren normalen Dienst aufnehmen.«

Als das Soko-Team aus dem Bewirtungsraum auf den Mühlenvorplatz kam, hatte Roman seine Besuchergruppe aus dem Rheinland gerade verabschiedet. Die Rheinländer waren nun auf dem Weg zu ihrem Bus, der unweit von der Mühle auf dem großen Parkplatz stand. Bert bedankte und verabschiedete sich von Roman und machte sich mit seinem Team auf den Weg zum Kommissariat. Nina hatte Ava und ihren Kollegen bereits über Funk wieder auf Streife geschickt.

Im Kommissariat entließ Bert sein Team. Die Zeugenaussagen waren dokumentiert und warteten jetzt auf die Verknüpfung mit forensischen Daten, was für Sörens Leute mal wieder Überstunden bedeutete. Aber so war es eben, eigentlich ein ganz normaler Polizistenalltag, auch wenn es Wochenende war. Doch je schneller Ergebnisse vorlagen, umso weniger Zeit blieb einer Täterin oder einem Täter, Spuren zu beseitigen und unterzutauchen.

Nur Oke, der IT-Freak im Team, wollte, bevor auch er ins Wochenende ging, noch eine Ortung von Nanes verschwundenem Handy durchführen und beim Provider den Kontaktnachweis und ein Bewegungsprofil anfordern.

Nina und Bert machten sich auf den Weg zum Sohn der Ermordeten. Auch für routinierte Kommissare immer wieder eine der schwierigsten Aufgaben ihres Dienstes: das Überbringen von Todesnachrichten. Nanes Sohn hatte im Laufe des Tages mehrfach im Kommissariat nachgefragt, ob es schon ein Lebenszeichen von seiner Mutter gäbe. Dazu konnten und durften die Beamten der Telefonzentrale natürlich keine Auskunft geben.

Grundsätzlich waren solche Informationen zu diesem Zeitpunkt auch nur den an solchen Ermittlungen unmittelbar beteiligten Kolleginnen und Kollegen bekannt. Obwohl es natürlich im Kommissariat schnell die Runde machte, wenn es einen Leichenfund gegeben hatte. Aber auch das waren dann Informationen, die grundsätzlich nicht am Telefon nach außen gegeben wurden.

Eigentlich hatte Nina vorgehabt, Rita mitzunehmen. Doch weil Bert den anderen Teammitgliedern den Rest vom Wochenende gönnen wollte, begleitete er seine Frau selbst nach Leer. Da die beiden Kriminalbeamten ohnehin grundsätzlich in Zivil ihren Dienst versahen, wollten sie die Gelegenheit nutzen, um nach dem Besuch beim Sohn der Toten einen Bummel durch die malerische Leeraner Altstadt zu machen.

Nanes Sohn, Dedo Immenga, wohnte mit seiner Frau in einem kleinen Einfamilienhäuschen im Ortsteil Loga. Als Bert das Häuschen erreichte, parkte vor der Garage bereits ein Pkw, sodass er seinen zivilen Dienstwagen auf der Straße vor dem Haus abstellte.

Kurz nachdem Bert geklingelt hatte, wurde die Tür geöffnet. Ein großgewachsener Mann mit modern gestylter Frisur, Dreitagebart und markanten Gesichtszügen stand in der Tür und sagte: »Sie sind bestimmt von der Polizei und haben keine guten Nachrichten. Was ist mit meiner Mutter?«

Nachdem sich die Kommissare kurz vorgestellt hatten, sagte Bert: »Herr Immenga, leider haben wir wirklich keine guten Nachrichten für Sie. Dürfen wir reinkommen?«

Der Angesprochene machte die Tür frei und wortlos eine einladende Handbewegung. Dann sagte er: »Ich hatte schon gestern Abend so ein komisches Gefühl. Was ist denn bloß passiert? Wir sitzen in der Küche, ich gehe mal voraus.«

In der Küche saßen auf einer Friesencouch ein Mann und eine Frau. Am Fenster stand eine dunkelhaarige Frau mit langen, leicht gewellten Haaren und besorgter Miene. Sie ging auf die beiden Kommissare zu und sagte: »Moin, ich bin die Schwiegertochter und hörte schon, wie Sie an der Haustür meinem Mann sagten, dass Sie keine guten Nachrichten haben.« Dann wies sie auf das auf dem Friesensofa sitzende Paar mit den Worten: »Das ist die Schwester meines Mannes, Gesa, mit ihrem Mann. Die machen sich auch große Sorgen.«

Nachdem alle sich vorgestellt und Platz genommen hatten, ergriff Nina das Wort: »Es tut uns sehr leid, aber Ihre Mutter und Schwiegermutter, Nane Immenga, wurde heute Vormittag tot in der Wittmunder Peldemühle aufgefunden. So wie es aussieht, starb sie keines natürlichen Todes.«

»Oh mein Gott, Mama!«, entfuhr es der jungen Frau auf dem Sofa, die ihrer Mutter wie aus dem Gesicht geschnitten ähnlich sah. Sie brach in Tränen aus, und ihr Mann, der dem Klischeebild eines Krabbenfischers entsprach, schlang tröstend die Arme um sie.

»Wer tut denn unserer Mutter etwas an? Sie ist doch zu jedem freundlich und hilfsbereit!«, entfuhr es Dedo, und auch er schlug die Hände vors Gesicht und seine Frau nahm ihn tröstend in den Arm.

Schließlich fragte die Hausherrin die Kommissare, ob sie ihnen etwas zu trinken anbieten könnte. Beide entschieden sich für ein Wasser. Nachdem dies vor ihnen stand und sich die Anwesenden etwas beruhigt hatten, wollte Bert wissen: »Hatte gestern jemand von Ihnen mit Ihrer Mutter oder Schwiegermutter Kontakt? Und wenn ja, wann?«

»Ich habe gestern Mittag noch mit ihr telefoniert«, meldete sich der Sohn zu Wort. »Meine Mutter war gerade von der Bäckerei nach Hause gekommen, wo sie von früh bis mittags bedient. Wir haben dann über die Vorbereitungen zu meiner Geburtstagsfeier, die heute Abend stattfinden soll, gesprochen. Und sie wollte gestern am Nachmittag zur Mühle, wie sie sagte, um den heutigen Backtag vorzubereiten.«

»War das der letzte Kontakt zu ihr?«, hakte Nina nach.

»Ich hab am Mittwoch das letzte Mal mit ihr telefoniert«, sagte Gesa immer noch mit tränenerstickter Stimme. »Da haben wir gar nicht lange gequatscht, weil wir davon ausgingen, dass wir uns heute beim Geburtstag meines Bruders sehen. Außerdem war ihr Besuch noch da.«

»Was für ein Besuch?«, wollte Nina es genau wissen.

»Im letzten Sommer hat unsere Mutter einen Feriengast aus Hessen kennengelernt«, übernahm Dedo die Antwort für seine Schwester. »Als der in diesem Jahr in der Karnevalszeit wieder eine Unterkunft an der Küste suchte, hat sie ihm angeboten, bei ihr zu übernachten statt in einem Hotel oder einer Pension. Und jetzt war er in der letzten Woche wohl bis gestern bei ihr. Wie sie mir am Telefon sagte, hätte er an diesem Wochenende Termine und musste daher gestern schon nach Hause fahren. Sonst hätte er ja auch an meiner Geburtstagsfeier teilnehmen können.«

»Haben Sie den Mann schon mal persönlich kennengelernt?«, fragte Bert nach.

»Ja«, antwortete Dedo. »Meine Mutter hat uns vier und die fünf-jährige Tochter meiner Schwester, als er im Frühjahr hier war, nachmittags zum Tee und Kuchen eingeladen.«

»Wobei ich mir nicht sicher bin, ob der nicht schon vorher öfter bei eurer Mama Quartier bezogen hatte«, warf Dedos Frau in den Raum.

Ohne auf diese Anmerkung einzugehen, wollte die Kommissarin wissen: »Wo ist denn die Kleine jetzt?«

»Unsere Tochter ist bei einer Kindergartenfreundin«, sagte Gesas Mann. »Wir haben uns ja seit gestern Abend schon Sorgen gemacht, weil weder Dedo noch meine Frau ihre Mutter erreichen konnte. Weder auf dem Festnetz noch auf ihrem Handy. Das fanden wir schon ungewöhnlich, weil Dedo meinte, dass sie eigentlich zu Hause sein wollte, sobald sie mit den Vorbereitungen in der Mühle fertig war. Dann kam uns aber der Gedanke, dass ihr Bekannter es sich vielleicht doch noch anders überlegt hatte und sie mit ihm in irgendeinem Lokal zum Essen gegangen war. Dann ließ sie schon mal ihr Handy zu Hause, weil sie es furchtbar fand, wenn Leute in einer Gaststätte nur mit ihren Smartphones beschäftigt sind.«

»Ich hatte irgendwann gegen neunzehn Uhr noch versucht meine Mutter auf ihrem Handy zu erreichen, weil auch ich sie nicht auf dem Festnetz erreichen konnte. Ich hatte noch eine Frage zu heute Abend gehabt«, sagte der Sohn der Toten. »Erst dachte ich, dass die Vorbereitungen vielleicht doch länger gedauert hätten und sie auf dem Heimweg war, und versuchte es einige Zeit danach nochmal. Dann habe ich bei meiner Schwester nachgefragt, ob sie etwas von unserer Mutter gehört hätte, was aber nicht der Fall war, wie mein Schwager gerade ja schon sagte. Daher dachten wir, dass sie möglicherweise nach einem Gaststättenbesuch mit ihrem Bekannten nicht gestört werden wollte und deswegen auch später am Abend nicht mehr ans Telefon ging.«

»Aber wie wir inzwischen wissen, haben Sie heute Morgen die Nachbarin mobilisiert«, sagte Bert.

»Stimmt. Eigentlich hätte meine Mutter schon um neun Uhr bei uns sein wollen. Daher habe ich schon in der Früh bei ihr angerufen. Sie hätte nämlich noch etwas von zu Hause mitbringen sollen. Als ich sie auch dann weder auf Festnetz noch auf Handy erreichen konnte, habe ich bei der Nachbarin angerufen. Die rief kurz darauf zurück, dass die Haustür verschlossen gewesen war und von innen kein Schlüssel steckte. Den ließ meine Mutter immer stecken, wenn sie von innen abgeschlossen hatte. Ihr Auto war auch nicht in der Garage. Deshalb habe ich danach meine Mutter bei Ihrem Kommissariat als vermisst gemeldet und gefragt, ob es vielleicht irgendwo im Kreis Wittmund einen Unfall gegeben hätte.«

»So wie es aussieht, war Ihre Mutter gestern Abend nicht zum Abendessen in einem Lokal«, stellte die Kommissarin fest. »Zu diesem Zeitpunkt lebte sie wahrscheinlich schon nicht mehr. Wäre es aus Ihrer Sicht denkbar, dass der Bekannte Ihrer Mutter etwas mit ihrem Tod zu tun hat?«

»Eigentlich machte der einen ganz sympathischen Eindruck«, meldete sich Gesa zu Wort, die sich wohl wieder etwas gefasst hatte. »Wie mir meine Mama mal sagte, hätte daraus vielleicht nochmal eine ganz große Liebe werden können. Die beiden hatten wohl sogar schon mal darüber gesprochen, dass er seine Zelte in Hessen abbrechen wollte, um bei ihr einzuziehen, zumal er auch nicht von dort gebürtig war.«

»Mir war der einen Tick zu freundlich und überschwänglich«, sagte Dedos Frau. »Mag sein, dass ich als erfahrene Bankerin zu kritisch bin. Aber mein Instinkt hat mich diesbezüglich noch nie im Stich gelassen. Bei dem kann ich das Gefühl nicht loswerden, dass der mit seiner Freundlichkeit irgendetwas zu verbergen hat. Mit Geldanlagen scheint er sich allerdings auszukennen. Was er beruflich genau macht, hat er nicht rausgelassen. Er sprach immer nur von ›Geschäften‹.«

»Wenn Sie sagen, dass Sie eine erfahrene Bankerin sind, haben Sie sich doch sicher nicht so einfach abspeisen lassen«, hakte Nina weiter nach.

»Das sehen Sie richtig. Ich saß ja beim Teetrinken neben ihm. Er sagte mir, dass er sich mit Aktiengeschäften und Kryptowährungen ganz gut auskennt. Dazu hat er mir dann auch einige Beispiele genannt, an denen ich erkennen konnte, dass er tatsächlich Ahnung davon zu haben schien. Bevor ich aber weiter nachbohren konnte, was er wirklich macht, ging meine Schwiegermutter dazwischen. Sie war der Meinung, dass er und ich bei ihrem Kaffeetrinken nur über unsere Geschäfte reden würden, was Mama überhaupt nicht leiden konnte. Mein Mann und ich mussten dann auch kurz nach dem Kaffeetrinken schon wieder nach Leer zurück, weil ich an dem Abend ein Fachseminar halten musste.«

»Haben Sie Namen und Adresse des Mannes?«, fragte der Kommissar.

»Wie der heißt, kann ich Ihnen sagen«, antwortete Dedo. »Alex Hannemann. Aber die Adresse habe ich nicht. Ich weiß noch nicht einmal genau, wo der in Hessen wohnt.«

»Mama sprach mal davon, irgendwo in oder bei Kassel«, ergänzte seine Schwester. »Aber eine Adresse habe ich auch nicht. Jedenfalls kam der für mich, und sicher auch für Mama, äußerst sympathisch rüber und ich könnte mir bei bestem Willen nicht vorstellen, dass ausgerechnet Alex unserer Mama etwas angetan haben sollte.«

»Das war nach meinem Empfinden auch ganz sicher der Eindruck, den er vermitteln wollte«, konnte sich die Bankerin nicht zurückhalten. »Er schien auch nicht ganz unvermögend zu sein, Kleidungsstil Business Casual, nicht übertrieben, auch sein Auto nicht, ein kleiner E-SUV, also kein Porsche oder so. Aber, wie ich schon sagte, irgendetwas an seiner Art störte mich. Dabei könnte ich noch nicht einmal genau sagen, was es war. Dazu hatte ich nicht genügend Zeit, ihm auf den Zahn zu fühlen.«

»Wir klären das«, sagte Bert. »Haben Sie vielleicht ein Bild von dem Mann?«

»Meine Mama hat mir mal ein Bild von ihm per WhatsApp geschickt. Das kann ich Ihnen weiterleiten«, sagte Gesa.

Als Bert das Bild auf seinem Smartphone hatte, schauten Nina und er sich dieses an. »Da kann ich Ihre Mutter schon verstehen, wirkt wirklich sehr sympathisch«, stellte die Kommissarin fest. »Sehr gut aussehender Mann, gepflegte dunkle Frisur und ein äußerst charmantes Lächeln.«

»Für mich wirkt der wie ein guter Schauspieler, der seine Wirkung auf Frauen sehr genau kennt«, meldete sich Gesas Schwägerin nochmal zu Wort.

»Schauen wir mal«, sagte der Kommissar und beendete das Gespräch.

Als die beiden Kriminalisten im Auto unterwegs zur Leeraner Innenstadt waren, sagte Nina: »Ich bin der Meinung, dass wir die Beobachtungen der Bankerin mal im Hinterkopf behalten sollten. Zumindest machte sie den Eindruck, dass sie wusste, wovon sie redet.«

»Das ist auch meine Wahrnehmung«, stimmte Bert seiner Frau zu. »Wenn sie in der Bank sogar Fachseminare hält, kann man sicher davon ausgehen, dass sie auch entsprechende Fachkompetenz hat. Wäre nicht auszuschließen, dass Mutter und Tochter da einem Kriminellen auf den Leim gegangen sind. Na, wir werden Montag sicher etwas dazu von Sören hören. Seine Leute werden wahrscheinlich schon irgendwo im Haus der Toten auf die Adresse des Mannes gestoßen sein.«

»Davon gehe ich auch aus. Ich werde später mal bei Sören nachhören. Aber jetzt freue ich mich auf einen Bummel durch Leer. Es ist schon eine ganze Weile her, als wir uns das letzte Mal dafür Zeit genommen haben.«

Es dauerte nicht lange, dann hatte Nina, die den Wagen fuhr, über die B436 und die Bremer Straße den Kreisel vor dem Bahnhof erreicht und fuhr in das gegenüberliegende Parkhaus am Bahnhofsring. Kurz darauf schlenderten die zwei Kommissare in Zivil über die Fußgängerzone der Mühlenstraße. Bert ahnte bereits, was ihm jetzt bevorstand, obwohl das eigentlich bei seiner Frau nicht sehr oft vorkam. Er nannte das gern Boutiquen-Hopping. Und genau so kam es. Nina schleppte ihn von einer Boutique in die nächste. Und obwohl er immer wieder betont hatte, dass er doch genügend Bekleidung zu Hause im Schrank hätte, blieb er nicht verschont. Schon als sie den Denkmalplatz erreichten, lag bereits ein Herren-T-Shirt für ihn mit in der Papiertüte.

Mitten auf dem Platz, der von einem Kino, mehreren Bankhäusern und diverser Gastronomie umrahmt war, stand das imposante

Kriegerdenkmal mit einem auf einer Kanone sitzenden Adler, mit dem die Gefallenen des Krieges 1870/71 geehrt wurden.

Als sie das *Bünting-Teemuseum* erreichten, wo die Mühlenstraße in die Brunnenstraße mündete und die lebensgroße weibliche Bronzefigur *Teelke* mit der Teekanne und -tasse in der Hand stand, hatte Nina die Einkaufstüte bereits in eine größere stecken müssen. Obwohl sie sich eigentlich selten zu solchen Einkaufsorgien hinreißen ließ, wie sie meinte.

Am Ende hatten sie schließlich das historische Gebäude der *Alten Waage* zwischen dem *Leeraner Rathaus* und dem *Museumshafen* erreicht. Draußen vor dem Hafenkai konnten sie in Biergartenatmosphäre den Blick bei schönem Wetter auf die Takelagen der alten Segler genießen und den Tag mit einem leckeren Fischgericht ausklingen lassen.

Sie waren schon öfter in Leer gewesen und nutzten daher für den Rückweg zum Parkhaus den Weg direkt am Hafen entlang bis zum Lokal *Schöne Aussicht*, von wo sie dann über den Denkmalplatz schon bald ihr Auto erreichten.

3. Kapitel

Bereits am Montagvormittag war der Bericht der Rechtsmedizin beim Wittmunder Polizeikommissariat eingegangen, und auch die Auswertungen in der Forensik liefen auf Hochtouren. In Absprache mit Sören hatte Bert für fünfzehn Uhr ein Meeting angesetzt, in dem erste Ermittlungsergebnisse zusammengetragen werden sollten.

Pünktlich saß das Soko-Team mit dem Leiter der Spurensicherung im Meetingraum. Bert stand an seinem Flipchart, und Nina hatte über den Beamer den Bericht der Rechtsmedizin an die Wand projiziert.

Der Soko-Leiter fasste den Bericht zusammen: »Nach Dr. Rabes Bericht lag der Todeszeitpunkt etwa bei achtzehn Uhr plus/minus ein bis zwei Stunden. Todesursache war Erwürgen, was zum Bruch des Zungenbeins führte. Die Kopfverletzung, das Hämatom an der linken Kopfseite, lässt vermuten, dass der Täter Rechtshänder ist. Der Schlag wurde vermutlich mit einem harten gerundeten Gegenstand mit großer Wucht ausgeführt, was sehr wahrscheinlich sogar zu einer kurzen Besinnungslosigkeit des Opfers geführt haben dürfte. Weitere Hämatome am Körper der Toten sind typisch für einen spontanen Zusammenbruch. Was auch ein Hinweis darauf ist, dass ihr Blutkreislauf in diesem Moment noch funktionierte.«

»Wir haben den Bericht ja auch schon heute Vormittag auf dem Tisch gehabt, und ich habe zwei meiner Leute nochmal zur Mühle geschickt«, meldete sich Sören zu Wort. »Die sind fündig geworden. Im Küchenraum befand sich an einer Wand ein Brett mit drei historischen schweren Teigrollen. An einer davon konnten wir ein Haar und Hautpartikel der Toten nachweisen.«

»Dann müssen wir nochmal mit dem Küchenpersonal sprechen«, stellte Bert fest. »Es wäre ja nicht unwichtig zu wissen, ob der Täter die Küchenrolle selbst wieder an den Platz zurückgehängt hat.«

»Mein Team hatte die Bäckerin wegen der Schlüssel angerufen. Die hat meine Leute reingelassen und gesagt, dass die Rolle am Samstagmorgen, als sie als Erste in den Küchenbereich gekommen war, auf einem der Tische gelegen und sie diese wieder in das Brett zurückgehängt hätte.«

»Danke, Sören, dann haben wir das schon mal geklärt«, übernahm wieder der Soko-Leiter das Wort. »Nach dem medizinischen Bericht ist der Tod durch Erwürgen kurz nach dem Niederschlag erfolgt. Also vermutlich noch im Küchenbereich. Jedenfalls weisen die Fersen der Toten Verletzungen ohne Ausblutungen auf. Wahrscheinlich wurde die Frau nach Eintritt des Todes zum Sackaufzug in die Mühle geschleift, wobei sie die Schuhe verlor.«

»Als wir Nane oben haben liegen sehen, hatte sie aber Sneaker an. Das fiel mir nämlich auf«, warf Nina in den Raum.

»Stimmt. Der Bericht geht davon aus, dass der Täter ihr die Schuhe später wieder übergestreift haben muss.«

»Auch danach haben meine Leute vorhin geschaut«, informierte Sören. »An den zwei oberen der rauen Holzauflagen der drei Stufen, die im Bewirtungsraum zum Seiteneingang der Mühle führen, konnten wir noch Hautpartikel der Toten sicherstellen, obwohl inzwischen alle von euch vernommenen Besucher über diese Stufen gegangen waren. Wahrscheinlich wurden ihr bei der ersten Stufe bereits die Sneaker abgestreift.«

»Das klingt plausibel«, stimmte Bert seinem Kollegen zu. »Übrigens geht der medizinische Bericht davon aus, dass der Täter mit Talkum versehene Haushaltshandschuhe getragen hat. Das lassen die Spuren am Hals der Toten vermuten.«

»Zu den Talkumspuren habe ich nachher auch noch etwas zu sagen«, fügte Sören hinzu.

Dann gab der Soko-Leiter einen Überblick über die Zeugenanhörungen: »Wie zu erwarten war, konnte keiner der Besucher etwas zum Tatvorgang sagen. Dies gilt auch für das Personal. Auch der Schützenbruder aus dem Rheinland konnte ausschließlich etwas zum Auffinden der Leiche sagen. Und selbst Romans Aussagen gaben keinerlei Aufschluss über den Tathergang, geschweige denn über den Täter. Aber aus dem Gespräch mit den engsten Angehörigen der Toten in Leer ergab sich ein – wenn auch vager – Verdacht, dass eine Ferienbekanntschaft der Mutter als Täter in Betracht kommen könnte. Von unserer Spurensicherung, die im Haus der Toten im Einsatz war, haben wir eine Adresse mit Festnetznummer in Kassel erhalten.«

»Ich habe dort inzwischen mehrfach versucht jemand zu erreichen und auf dem AB um Rückruf gebeten«, ergänzte Nina. »Gemeldet hat sich aber noch niemand. Auch eine Suche in unserer Zentraldatei ergab keinen Treffer. Wir haben von der Tochter der Toten ein Bild des Bekannten bekommen. Damit habe ich die Kollegen in Kassel um Amtshilfe gebeten.«

»Wir warten noch auf Antwort«, übernahm wieder Bert das Wort und übergab an den Leiter der Forensik.

»Zunächst, die Sicherung von Spuren in der Mühle war schon eine Herausforderung«, begann Sören seinen Vortrag. »Einerseits ist in einer Mühle sehr viel raues Holz verarbeitet, auf dem Fingerabdrücke schwer zu identifizieren sind. Ausnahme sind die geschliffenen und lackierten Handläufe der steilen Treppen. Diese sind natürlich von unzähligen unterschiedlichen Personen angefasst worden, wodurch immer wieder sich überlagernde Abdrücke entstanden sind. Wobei wir davon ausgehen können, dass die aktuellsten Fingerabdrücke wahrscheinlich dem Reparaturtrupp zuzuordnen sein dürften.«

»Von denen ihr aber keine Referenzwerte habt«, mutmaßte Oke.

»Wir hatten uns noch am Wochenende vom Vorstand des Fördervereins die Kontaktdaten der Firma geben lassen und haben heute Morgen die fünf Handwerker vor der Mühle in Empfang genommen. Alle waren freiwillig zur Abgabe der Fingerabdrücke und Speichelproben bereit. Die Abgleiche laufen noch. Wobei wir inzwischen aber auch – wie der medizinische Bericht – davon ausgehen, dass der Täter Handschuhe getragen hat. Einerseits haben wir an verschiedenen Stellen der Handläufe der Treppe Talkumspuren gefunden, andererseits fanden sich solche auch an den Griffen der besagten Teigrolle. Der am späten Vormittag eingegangene Bericht der Rechtsmedizin gab mit seinem entsprechenden Hinweis auf die Talkumspuren am Hals der Leiche die letzte Gewissheit, dass diese tatsächlich vom Täter stammen.«

»Dann hättet ihr euch ja sparen können, die Fingerabdrücke der Handwerker zu nehmen«, stellte Oke grinsend fest.

»Möglicherweise hast du recht«, bestätigte Sören den jungen Kollegen. »Aber die Auswertung der meisten Speichelproben läuft noch. Und vielleicht hat uns der Täter wenn schon keine Fingerabdrücke, dann aber wenigstens seine DNA hinterlassen. Für uns hatte zunächst die Auswertung der DNA der Toten Priorität. Wie dem medizinischen Bericht zu entnehmen ist, hatte Nane jedenfalls unter einem Fingernagel Hautpartikel, zu denen im Bericht bereits die DNA mitgeliefert wurde. Wie gesagt, unsere meisten Abgleiche laufen noch.«

In diesem Moment klingelte Sörens Handy. »Es ist mein Labor. Ich muss mal drangehen, es könnte wichtig sein.«

Nachdem er das kurze Telefonat beendet hatte, sagte er: »Wir haben einen Treffer bei den Hautpartikeln, die unter dem Fingernagel der Toten sichergestellt wurden.«

»Na bitte, dann haben wir doch möglicherweise schon unseren Täter«, warf Rita in den Raum.

»Ehrlich gesagt, sträubt sich alles in mir, das zu glauben«, erwiderte der Forensik-Leiter.

»Wieso?«, wollte Bert wissen.

»Es ist die DNA von Roman Mayer, unserem *Jan Schüpp*«, sagte Sören. »Aber das dürfte sich ja sicher ganz schnell aufklären lassen. Mal abgesehen von einem sehr wahrscheinlich fehlenden Motiv, wird er bestimmt ein wasserfestes Alibi haben. Zumal er – soweit ich weiß – glücklich verheiratet ist und dann ja auch noch an zwei Orten gewesen sein müsste. Nämlich nach Durchführung des Mordes im Küchenraum und Verbringen der Leiche in die Mühle müsste er sich später auch noch im Haus der Toten aufgehalten haben. Denn dort haben wir die gleichen Talkumspuren sichergestellt wie in der Mühle.«

»Auch wenn ich es mir bei bestem Willen nicht vorstellen kann, dass er der Mörder von Nane Immenga sein sollte«, sagte Bert, »aber es hilft nichts, wir müssen ihn auf jeden Fall vorladen.«

»Werde ich gleich nach unserem Meeting machen«, sagte Nina. »Ich bin sicher, dass es eine plausible Erklärung für die DNA geben wird.«

Da keine weiteren neuen Erkenntnisse vorlagen, beendete Bert das Meeting. Nina rief kurz darauf von ihrem Dienstzimmer aus

Roman Mayer auf seinem Handy an: »Moin Roman, wir haben da noch ein paar wichtige Fragen. Wie schnell könntest du hier im Kommissariat sein?«

»Ich bin gerade mit meiner Frau im *Huus bi d' Pütt* beim Kaffeetrinken, und wir sind gerade fertig. Wenn meine Frau mitkommen könnte, dann sofort. Andernfalls müsste ich meine Frau vorher nach Hause bringen.«

»Das trifft sich sehr gut. An deine Frau hätten wir dann auch noch ein paar Fragen. Dann bis gleich«, beendete Nina das Telefonat und informierte danach sofort ihren Mann.

»Da der DNA-Abgleich sicher nicht lügt, bin ich gespannt, was Roman uns dazu gleich zu sagen hat«, meinte Bert.

»Geht mir genauso. Obwohl wir Roman gleich als einen Verdachtsfall vernehmen müssen, würde ich trotzdem vorschlagen, das Verhör in deinem Dienstzimmer durchzuführen. Seine Frau ist auch dabei, die können wir dann anschließend gleich als Zeugin anhören. Sie soll sich, solange wir Roman verhören, von Silke mit Tee oder Kaffee versorgen lassen. Ich informiere Silke und hole dann das Ehepaar Mayer am Eingang ab.«

Als Nina unten beim Eingang des Kommissariats ankam, sah sie, wie Roman mit seiner Frau gerade sein Auto auf dem Besucherparkplatz abstellte. Nina nahm die beiden in Empfang und mit zu ihren Dienstzimmern im ersten Stock. Romans Frau führte sie zu Silke und bat um Verständnis, dass Bert und sie die Gespräche mit den Eheleuten einzeln führen müssten.

Nachdem in Berts Dienstzimmer am Besprechungstisch Roman, Nina und er mit Kaffee versorgt waren, sagte der Kommissar: »Roman, es tut mir leid und ich bitte das auch nicht falsch zu verstehen, aber wir müssen dich im Moment leider als Verdachtsfall vernehmen! Deshalb muss ich dich auch darüber belehren, dass du nicht zu einer Aussage verpflichtet bist, wenn du dich damit selbst belasten würdest. Somit hast du das Recht, Aussagen zur Sache zu verweigern und vor unserer Vernehmung einen Anwalt hinzuzuziehen.«

»Um Gottes willen, Bert! Ich hab Nane doch nichts getan, geschweige denn sie umgebracht. Wie kommt ihr denn auf einmal auf so etwas? Und um das auszusagen, brauche ich keinen Anwalt, und ich habe auch nichts zu verschweigen.«

»Nach dem Bericht der Rechtsmedizin hatte Nane Immenga unter einem ihrer Fingernägel Hautpartikel mit deiner DNA. Hast du dafür eine plausible Erklärung?«, wollte der Kommissar wissen.

»Habe ich«, antwortete der Verdächtige und zeigte auf einen Kratzer an seinem Hals. »Das ist die Erklärung, woher die Hautpartikel stammen. Aber um es gleich zu sagen, dieser Kratzer entstand nicht, weil Nane sich gegen mich verteidigen musste, weil ich ihr etwas hätte antun wollen, sondern weil sie Halt bei mir suchte. Sie war über einen am Boden liegenden Torfscheit gestolpert und ich habe sie gerade noch im letzten Moment vor einem Sturz bewahren können.« Dann beschrieb er die Situation, wie sie sich an Nanes Todestag im Backhaus abgespielt hatte.

»Klingt in der Tat schlüssig und plausibel«, sagte Bert. »Und so wie ich die Örtlichkeit in der Backstube, in der wir uns ja eine ganze Weile aufgehalten haben, in Erinnerung habe, könnte es tatsächlich auch so gewesen sein. Trotzdem sind wir aber verpflichtet, auch den weiteren Zeitablauf nach dem Beinahe-Sturz der Ermordeten minutiös genau zu überprüfen. Diesen hast du mir ja in groben Zügen bereits bei deiner Anhörung als Zeuge im Backhaus geschildert. Jetzt brauchen wir dazu beweiskräftige Details.«

»Das heißt, ihr braucht genaue Angaben, wann ich mich wo aufgehalten habe und aus denen sich dann ergibt, dass ich nicht Nanes Mörder sein kann, richtig?«, wollte Roman es genau wissen.

»Das siehst du absolut richtig«, bestätigte Nina. »Hast du zum Beispiel dein GPS in deinem Handy abgeschaltet? Wenn du es nicht abgeschaltet hast, dann hätten wir nämlich ein Bewegungsprofil, das deine Aussagen unterstützen könnte. Dabei wäre vor allem die Zeit wichtig, wo du mit deinem Hund unterwegs warst und mit deiner Frau telefoniert hast, als du nochmal hier warst, um nach dem Feuer zu schauen. Sehr hilfreich könnte auch sein, wenn es einen Zeugen gäbe, den du vielleicht beim Gassigehen mit deinem Hund getroffen hast.«

»Also ich wusste gar nicht, dass Handys über ein solches Bewegungsprofil, wie du das genannt hast, verfügen. Daher wüsste ich auch gar nicht, wie ich das abschalten könnte.«

»Das ist ja schon mal gut«, sagte Bert. »Über das Telefonat mit deiner Frau werden wir gleich auch noch mit ihr sprechen. Daher war es auch wichtig, dass deine Frau jetzt bei diesem Gespräch nicht dabei ist. So kann sie deine diesbezügliche Aussage dann sicher nachher auch bestätigen. Und wie ist es mit weiteren Zeugen, die deine Aussagen untermauern könnten?«

»Da gibt es tatsächlich eine Zeugin, mit der ich sogar eine ganze Weile auf dem Feldweg zwischen der Blersumer Straße und dem Wittmunder Wald zusammengestanden habe«, antwortete Roman und erinnerte sich:

Paul schien zu spüren, dass es jetzt für ihn endlich losging. Sein Herrchen hatte den Karabiner seiner Leine vom Haltering am Schattenplatz neben dem Backhaus losgemacht, seine Decke notdürftig zusammengerollt, die Wasserschüssel ausgeleert und die Autoklappe des kleinen SUVs mit der Fernbedienung geöffnet. Der Border konnte es kaum erwarten und war im Nu mit einem Satz in das Heck des Autos gesprungen.

Als Roman an der Blersumer Straße, die links und rechts von Feldern mit Baum- und Buschstreifen gesäumt war, eine geeignete Stelle fand, wo er sein Auto stehen lassen konnte, hielt er an. Nachdem er einige hundert Meter auf dem Feldweg von der Straße weg war, machte er Paul los und gab ihm Zeichen, dass er laufen konnte, denn seit vierzehn Tagen war die jährliche Anleinpflicht in Niedersachsen zu Ende. Paul machte auf einem bereits abgeernteten Feld im Radius von mehreren Hundert Metern seine Laufrunden, um seine Energie abzubauen.

Auf einmal sah Roman am Ende des Feldes ein Reh. Paul hatte es offensichtlich auch schon entdeckt, denn er näherte sich dem Tier in gedeckter Haltung, wie Border das beim Hüten von Schafen auch machen. Er war zu weit weg, als dass er Romans Rufen gegen den Wind noch hätte hören können. Dass er das Reh nicht angreifen würde, da war sich Roman aus Erfahrung sicher. Paul folgte nur seinem Hüteinstinkt. Aber das Reh schien verletzt zu sein, denn es hinkte und verschwand auf einmal aus dem Blickfeld, wahrscheinlich in einem Schloot.

Auch Paul war auf einmal hinter einer Buschreihe nicht mehr zu sehen. Roman machte sich aber keine Sorgen. Er war sich sicher, dass sein Border in wenigen Minuten wieder zu ihm zurückkommen würde. Das passierte aber diesmal nicht. Paul tauchte nicht wieder auf, obwohl inzwischen mehr als eine Viertelstunde vergangen war.

Nach einer ganzen Weile näherte sich auf dem Feldweg, der vom Wittmunder Wald in Richtung Blersum führte, eine Frau mit einem Jagdhund an der Leine. Als diese ihn erreichte, sagte sie: »Hallo, warten Sie hier auf jemand? Ich konnte Sie ja schon von Weitem sehen. Ist Ihnen vielleicht Ihr Hund weggelaufen?«

»Weggelaufen, das will ich nicht hoffen«, antwortete Roman. »Aber mein Border Collie hat dahinten in vielleicht fünfhundert Meter Entfernung ein Reh entdeckt. Auf einmal war das wohl in einem Schloot verschwunden. Es hinkte etwas. Ich muss aber hier bleiben, weil ich davon ausgehe, dass mein Paul hierher wieder zurückkommen wird. Ich verstehe allerdings nicht, warum der noch nicht wieder da ist. Der weiß als Hütehund doch gar nicht, was er mit einem verletzten Reh machen soll. Den muss noch irgendetwas anderes angezogen haben.«

»Paul, sagen Sie«, sagte die Frau mit einem wissenden Grinsen. »Meine Laika ist läufig und hinterlässt überall ihre Duftnoten. Dann wird Ihr Paul wahrscheinlich in Kürze auf dem Feldweg, den wir gekommen sind, auftauchen. Laika ist eine Hannoversche Schweißhündin, die hatte mir schon im Wittmunder Wald angezeigt, dass sie eine Blutspur von einem Wild aufgenommen hatte. Deshalb hat sie mich von der anderen Seite zu dem Schloot dahinten gezerrt. Das Reh muss wohl etwas davon mitbekommen haben, verschwand und tauchte auf einmal auf der anderen Seite, also Ihrer Seite des Schlootes, wieder auf. Ich hatte aber keine Lust, den Schloot zu durchwaten, und bin deshalb wieder in Richtung Wittmunder Wald zurückgegangen.«

»Ah, jetzt verstehe ich«, sagte Roman. »Sie sind mit Ihrer Hündin wieder zu dem Feldweg zurück, von dem Sie gekommen sind. Da der Wind aus Westen bläst, hat mein Paul die Hundedamenwitterung Ihrer Laika aufgenommen. Dann ist er durch den Schloot Ihrer Hündin gefolgt.«

»Das vermute ich auch«, bestätigte die Frau. »Ich bin übrigens Michaela Kaiser und mache hier mit meinem Mann Urlaub. Der fühlte sich heute aber nicht so gut, deswegen bin ich mit Laika alleine unterwegs. Wir kommen aus Garmisch-Partenkirchen. Jedenfalls durch den Schloot, der sich fast bis zum Wald zieht, musste ich bis dahin auch wieder zurück, um auf den Feldweg nach Blersum zu kommen, wo wir zurzeit in einer kleinen Pension eingemietet sind.«

»Kommen Sie denn überhaupt zum Spazierengehen, wenn Ihre Laika jeder Blutspur folgt?«, wollte Roman wissen, nachdem auch er sich vorgestellt hatte.

»Es muss schon eine recht frische Blutspur sein, wenn meine Hündin sich so aufgeregt gebärdet, wie sie es vorhin tat. Kurz vor unserem Urlaub hat sie mich zu Hause zu einem gerade verendeten Keiler geführt, der offensichtlich von einem Auto angefahren worden war. Und auch hier war das schon mal im letzten Jahr im Wittmunder Wald in der Nähe der B 210. Da war auch ein Reh angefahren worden. Das hat dann ein Jäger aus Angelsburg erlöst. Und da ich seine Nummer noch in meinem Handy hatte, hab ich den vorhin angerufen.«

»Ich wollte auch gerade schon sagen, dass wir das melden sollten«, sagte Roman.

»Ja, ich habe dem Jäger beschrieben, wo ich das Reh gesehen habe. Er wusste, wo das war, und wird sich mit seinem Hund darum kümmern. Er sagte mir, wenn sein Hund erstmal die Spur aufgenommen hat, dann findet er auch das Reh.«

In diesem Moment sah Roman in der Ferne Paul angelaufen kommen und sagte: »Ich glaube, es ist besser, wenn Sie mit Ihrer Laika jetzt gehen. Sonst haben wir am Ende kleine Hannoveraner Borders.«

Schon von Weitem sprach Roman seinen Hund an und lobte ihn überschwänglich, wodurch sich Paul auch tatsächlich voll der Wiedersehensfreude mit seinem Herrchen hingab. Aber das war nur von kurzer Dauer, dann war ihm wohl wieder der Duft seiner Begierde in die Nase gekommen. Roman hatte ihn aber bereits wieder angeleint und ging mit ihm noch ein ganzes Stück in die Richtung Wittmunder Wald, aus der Paul gerade gekommen war. Erst nach einer ganzen Weile machte Roman sich dann mit seinem Hund wieder auf den Rückweg zu seinem Auto. Dann fuhr er zur Mühle zurück, um nochmal nach dem Rechten zu sehen.

»Als ich bei der Mühle ankam, war in Küche und Bewirtungsraum alles dunkel und die Türen abgeschlossen«, kam Roman wieder in die Gegenwart zurück. »Das Feuer im Steinofen brannte, wie es sollte. Es war alles in Ordnung und offensichtlich war Nane auch inzwischen nach Hause gefahren, jedenfalls dachte ich das, weil ihr Auto nicht mehr auf dem Parkplatz beim Backhaus stand.«

»Ich werde gleich mal eine Kollegin bitten, bei den Pensionen in Blersum nachzufragen, wo sich die Urlauberin Michaela Kaiser aufhält«, sagte Nina. »Bert und ich können nach Dienstschluss vielleicht sogar in Blersum vorbeifahren und deine Aussage bestätigen lassen. Von deinem und dem Handy deiner Frau werden wir die Gesprächsnachweise und die Bewegungsprofile anfordern.«

Danach nahm die Kommissarin Roman mit, um seine Frau zu holen. Sie gab Silke die Anweisung, nach der Pension in Blersum zu forschen. Die anschließende Zeugenanhörung in Berts Dienstzimmer war recht schnell beendet. Romans Frau hatte seine Aussagen im Wesentlichen alle bestätigt und auch einer Anforderung ihrer Gesprächsnachweise und ihres Bewegungsprofiles zugestimmt.

Dann ging Nina mit ihr wieder zu Silkes Dienstzimmer, wo Roman auf sie wartete. »Können wir jetzt gehen?«, wollte dieser wissen. Er hatte schon insgeheim die Befürchtung gehabt, als Verdächtiger verhaftet zu werden.

»Natürlich«, sagte Nina. »Für die DNA gibt es eine durchaus glaubhafte Erklärung. Ich denke, dass bei dir zudem weder Flucht- noch Verdunklungsgefahr besteht. Du hast alle Fragen plausibel und umfassend beantwortet. Soweit dies möglich war, hat deine Frau diese Aussagen auch bereits bestätigt. Es haben sich auch keinerlei Widersprüche zu der von dir genannten zeitlichen Abfolge ergeben. Daher gehen wir davon aus, dass auch die Kontaktdaten und die Bewegungsprofile eurer Handys keine anderen Erkenntnisse bringen werden.«

In diesem Moment meldete sich Silke zu Wort: »Nina, ich habe die Pension der Urlauberin ausfindig gemacht und habe sie persönlich am Telefon, falls du selbst mit ihr sprechen willst.«

Nina übernahm das Telefonat. Nachdem sie sich vorgestellt hatte, wollte sie wissen: »Kennen Sie einen Roman Mayer?«

»Ja, der ist mir am Freitagnachmittag mit seinem Border Collie Paul auf dem Feldweg zwischen dem Wittmunder Wald und der Straße zwischen Blersum und Wittmund begegnet«, war die spontane Antwort. Dann erzählte Michaela ohne Aufforderung die gleiche Geschichte, die Nina schon von Roman kannte. Es wurde vereinbart, dass sie am nächsten Morgen vorbeikommen und ein entsprechendes Protokoll unterschreiben sollte.

Nach dem Telefonat sagte Nina zu den Eheleuten Mayer: »Auch diesen Teil von Romans Aussagen haben wir damit bestätigt bekommen. Das ist schon mal sehr gut. Wir melden uns, wenn es etwas Neues gibt.«

Nachdem Nina die Eheleute zum Eingang gebracht hatte und wieder das Dienstzimmer ihres Mannes betrat, beendete dieser gerade ein Telefonat und sagte: »Das waren die Kollegen aus Kassel. Die sind bei der Adresse von Alex Hannemann gewesen. Ihn selbst haben sie nicht angetroffen, aber eine Nachbarin. Nach dem Bild hat diese bestätigt, dass es sich dabei um ihren Nachbarn handelt, der in einem Hochhaus im sechsten Obergeschoss eine Zweizimmerwohnung gemietet hat. Die Nachbarin wohnt mit ihrer dreiköpfigen Familie direkt neben ihm.«

»Konnten die Kollegen denn etwas über ihn in Erfahrung bringen?«, wollte Nina wissen. »In Hochhäusern ist das ja bekanntlich nicht wie in Ostfriesland, wo einer den anderen kennt und es in den meisten Siedlungen eine gut funktionierende Nachbarschaft und gegenseitige Unterstützung gibt.«

»Erstaunlicherweise schien die Nachbarin sich zumindest um seinen Briefkasten zu kümmern. Jedenfalls hat sie den Kollegen erzählt, dass er wohl als Handelsvertreter oft mehrere Wochen irgendwo in Deutschland unterwegs sei. Was er allerdings genau vertreibt, wusste sie auch nicht. Wichtige Post bekäme er eigentlich nie. Sie würde aus seinem Briefkasten nur die kostenlos verteilten Wochenzeitungen und die Werbung entnehmen, damit der Briefkasten nicht überläuft.«

»Vielleicht lässt er seine Post ja an ein Postfach oder eine Packstation schicken«, überlegte Nina. »Gerade, wenn er nur unregelmäßig zu Hause ist.«

»Das könnte eine Erklärung sein. Auf die Frage, wann ihn die Nachbarin zum letzten Mal gesehen hat, hätte sie geantwortet, das sei bestimmt schon ein paar Wochen her. Sie hat dann noch erzählt, dass er manchmal, wenn er zu Hause ist, Damenbesuch erhält. Aber scheinbar hielten seine Beziehungen in der Regel nie lange, was die Nachbarin darauf schob, dass er zu selten zu Hause wäre.«

»Also, Bert, wenn ich an die Aussage der Bankerin vom Samstag denke, dann scheint mir das auch schon wieder so eine Merkwürdigkeit zu sein. Zumal der Sohn der Toten doch gemeint hatte, dass die Ferienbekanntschaft seiner Mutter am vergangenen Freitag dringend nach Hause gemusst hätte. Da stellen sich doch zumindest ein paar Fragen. Ist er vielleicht gar nicht nach Hause gefahren? Wenn nein, warum hat er das dann zu Nane gesagt? Ist er vielleicht am Ende doch sogar unser gesuchter Mörder?«

Bevor Bert seiner Frau darauf antworten konnte, klingelte sein Telefon. Nachdem er sich gemeldet und einen Augenblick zugehört hatte, sagte er: »Moment, Sören, ich stelle mal auf laut. Dann kann Nina gleich mithören.«

»Moin Nina«, sagte der Angesprochene. »Ich wollte Bert gerade sagen, dass wir zu dem Feriengast der Toten eine wichtige neue Information haben. Unsere DNA-Auswertungen aus der Wohnung, in der sich der Mann offensichtlich einige Tage aufgehalten hat, ergaben, dass es sich bei dem nicht um einen Alex Hannemann handelt, sondern um einen vorbestraften Betrüger – der Volksmund würde ihn vielleicht als eine Art Heiratsschwindler bezeichnen – und sein richtiger Name ist Alexander Salewski.«

»Dann hatte Nanes Schwiegertochter mit ihrem unguten Gefühl also doch absolut recht«, sagte Nina. »Und das würde auch genau ins Profil solcher Krimineller passen. Ohne einen gewissen

Charme würden die ihr kriminelles Handwerk gar nicht erledigen können. Allerdings hört man selten, dass die ihre Opfer dann auch noch umbringen. Das bringt ja viel zu viel Aufmerksamkeit.«

»Das ist wohl grundsätzlich richtig, aber bei Salewski kam noch etwas hinzu«, sagte der Forensik-Leiter. »Gegen ihn wurde im Zusammenhang mit der Verurteilung als Betrüger, was ihm aufgrund von Geldflüssen und Zeugenaussagen nachgewiesen werden konnte, auch wegen Mordes ermittelt.«

»War das Opfer auch erwürgt worden?«, wollte Bert wissen.

»Das ist nicht auszuschließen, auch wenn an der Leiche kein gebrochenes Zungenbein nachgewiesen werden konnte. Die genaue Todesursache konnte nicht mehr ermittelt werden. Die Lunge wies keine Rauchrückstände auf, wie es bei jemand der Fall ist, der durch Feuer umkommt. Fakt ist, dass es um Brandstiftung ging und dass das Opfer zum Zeitpunkt des gelegten Brandes im Haus nicht mehr geatmet hat.«

»Dann konnte man Salewski offensichtlich nicht nachweisen, dass er das Feuer gelegt hatte, stimmt's?«, bohrte Nina weiter nach.

»Das vermutest du richtig«, sagte Sören. »Er hatte zu dieser Zeit ein Date mit einer Frau, und auch das Bewegungsprofil seines Handys bestätigte das. Jedenfalls konnte der Brandstifter nicht ermittelt werden, wie in der Gerichtsakte stand.«

»Heiratsschwindel wird strafrechtlich ja als Betrug behandelt, wie du schon sagtest, und geht oft mit einer Geld- oder Bewährungsstrafe aus«, stellte der Soko-Leiter fest. »Wie sah das denn bei Salewski aus?«

»Offensichtlich Wiederholungstäter mit mehrfachen Geldstrafen. Wobei nicht alle Anzeigen gegen ihn erfolgreich waren, aber zu einer umfangreichen Akte geführt haben. Meine Mitarbeiterin meinte, seine Gerichtsakte könnte man als ›Buch der betrogenen Bräute‹ veröffentlichen. Wobei er offensichtlich bevorzugt in beliebten Feriengebieten angeln geht und es da normalerweise auf Urlauberinnen abgesehen zu haben scheint«, erläuterte der Forensiker.

»Du meinst also, dass ihm Nane Immenga als Einheimische nur zufällig ins Netz gegangen ist, um bei deiner Metapher zu bleiben?«, wollte Nina es genau wissen.

»Könnte sein, wenn seine Hauptzielgruppe allein reisende Damen mittleren Alters sind. Nane war zwar nicht alleinreisend, aber dürfte ihm vielleicht in einem Restaurant irgendwo ohne Begleiter zufällig begegnet sein, sodass sie in sein Beuteschema passte.«

»Nane war für ihre Mitte fünfzig eine noch recht gut aussehende Frau«, ließ Nina ihren Gedanken freien Lauf. »Aber das war für einen Typen wie den sicher weniger interessant. Also, was hat ihn dann dazu bewegt, sich mehrfach mit ihr zu treffen, wie wir von ihren Kindern und Schwiegerkindern in Leer erfahren haben? Offensichtlich sind Frauen ja für ihn nur das Mittel zum Zweck, an deren Geld zu kommen.«

»Genau das, Nina, hat sich meine Mitarbeiterin auch gefragt. Deshalb würde sie gerne mit jemand von euch nochmal zu Nanes Haus fahren und nach Unterlagen schauen, die uns auf diese Frage eine Antwort geben könnten.«

Kurz darauf waren Nina und die Kollegin der Forensik, Frauke Klein, in einem Fahrzeug der Spurensicherung unterwegs zum Haus der Toten.

»Wahrscheinlich hätte uns der PC, der möglicherweise vom Täter mitgenommen wurde, bereits Aufschluss über unsere Fragen geben können«, merkte Frauke an. »So müssen wir uns jetzt mit den Ordnern aus den Schränken beschäftigen. Die Ordner waren ja nicht der Schwerpunkt unserer Spurensuche, als wir am Samstag hier waren. Wir suchten in erster Linie nach Hinweisen auf einen Täter. Zwar standen einige Schranktüren und Schubladen auf, aber wir gingen davon aus, dass der Mörder – wenn überhaupt – Papiere, nach denen er gesucht haben könnte, mitgenommen hat. Außerdem sah das so aus, als wenn ihm das irgendwann zu viel geworden wäre, denn er schien nicht alle Ordner durchsucht zu haben.«

Systematisch nahmen sich die beiden Polizistinnen einen Ordner nach dem anderen vor und arbeiteten sich durch Handwerkerrechnungen, Banken- und Versicherungsunterlagen und vieles mehr, was sich im Laufe eines Lebens so ansammelt. Nane hatte offensichtlich alles aufgehoben, auch das, was aus der Zeit stammte, als ihr Mann noch lebte.

Aber auf einmal war Nina wie elektrisiert und rief: »Frauke, das musst du dir ansehen! Im April hat Nane das Haus ihres verstorbenen Mannes in Rhauderfehn verkauft. Das hier ist der Notarvertrag.«

»Wie viel hat sie denn dafür bekommen?«

»Zweihundertachtzigtausend. Ich bin noch dabei herauszufinden, ob sie davon auch noch eine Resthypothek tilgen musste. Da stellt sich dann doch die Frage: Ist da vielleicht schon Geld an Salewski geflossen?«

»Da haben wir ja schon etwas, wonach wir gezielt suchen müssen«, stellte ihre Kollegin fest.

»Vielleicht können uns ihre Kinder dazu etwas sagen. Ich frage gleich mal nach. Die Handynummer ihres Sohnes habe ich«, sagte Nina.

Gleich darauf war Dedo in der Leitung. Nachdem sie sich begrüßt hatten, sagte die Kommissarin: »Herr Immenga, wussten Sie, dass Ihre Mutter das Haus Ihres Vaters in Rhauderfehn verkauft hat?«

»Ja, da es um das Erbe unseres Vaters ging, musste sie uns informieren. Sie wollte sich wohl nicht noch länger mit Mietern herumschlagen. Es gab zudem auch einen größeren Schaden an der Heizung, von dem sie glaubte, dass der Mieter daran nicht unbeteiligt gewesen war, um sie damit zu einer Neuanschaffung zu zwingen. Aber wie das dann so ist, nachzuweisen war das nicht. Jedenfalls brauchte sie tatsächlich eine neue Heizung. Nutznießer war der Mieter, der dadurch nicht unerheblich Heizungskosten einsparen konnte.«

»Der Umwelt hat das sicher auch gutgetan, weil moderne Heizungen wesentlich effizienter heizen«, stellte Nina fest.

»Stimmt zwar, aber die Kosten für die Heizungsanlage musste meine Mutter aufbringen. Eine höhere Miete brachte ihr das jedenfalls nicht ein. Aber warum fragen Sie danach?«

»Wir suchen nach Hinweisen auf den Mörder Ihrer Mutter und da fiel mir der Notarvertrag zufällig in die Hände«, antwortete die

Kommissarin. Dabei behielt sie den wahren Grund ihrer Suche natürlich für sich. »Gab es da noch eine Hypothek auf dem Haus? Sie und Ihre Schwester haben doch von dem Verkauf sicher auch profitiert?«

»Stimmt. Das Haus haben mein Vater und meine Mutter gemeinsam gebaut, und sie waren je zur Hälfte im Grundbuch eingetragen. Daher gehörte meiner Mutter die eine Hälfte sowieso schon. Die andere Hälfte wurde dann zwischen meiner Schwester und mir sowie meiner Mutter geteilt. Das war für uns alle ein willkommener Geldsegen. Das muss ich zugeben.«

»Wissen Sie, was Ihre Mutter mit dem Geld gemacht hat?«, hakte Nina weiter nach.

»Darüber hat sie nicht mit mir gesprochen. Ich glaube, auch mit meiner Schwester nicht. Die hätte mir dann bestimmt etwas darüber gesagt. Und bevor Sie fragen, meine Frau wird es auch nicht wissen, weil meine Mutter ihre Konten bei einer anderen Bankgesellschaft hat. Gibt es einen bestimmten Grund, warum Sie danach fragen?«

»Reine Routine«, bagatellisierte die Kommissarin und beendete das Telefonat.

»Ich hab mir gerade mal die Kontoauszüge der letzten Monate seit April angeschaut«, sagte Frauke. »Da sind im Mai, Juni, Juli und August – also vor wenigen Tagen – jeweils fünfundzwanzigtausend Euro auf ein ausländisches Konto gegangen. Empfänger ist eine Gesellschaft mit vier nichtssagenden Großbuchstaben und beschränkter Haftung mit der englischen Bezeichnung ›Ltd‹, was für Limited steht und mit beschränkter Haftung bedeutet, ähnlich wie bei einer deutschen GmbH.«

»Und was steht da als Verwendungszweck?«

»Eine zehnstellige Ziffernfolge und der Name Nane Immenga, sonst nix.«

»Ich möchte fast wetten, dass es von dem Konto über ein anonymisiertes Wallet letztlich bei Salewski landet«, mutmaßte Nina. »Sowas kenne ich schon von anderen Fällen aus der organisierten Kriminalität.«

»Die Frage ist nur: Wie können wir das nachverfolgen und beweisen?«

»Dazu müssten wir unsere Spezialistin für Wirtschaftskriminalität bei unserer Polizeiinspektion Aurich, Kerstin Heese, mal fragen«, sagte Nina. »Ich werde gleich mal versuchen, sie zu erreichen.«

Kurz darauf meldete sich die Angerufene am Telefon. Nachdem Nina ihr die Situation kurz geschildert hatte, sagte sie: »Wenn wir bei Salewski eine überraschende Hausdurchsuchung durchführen könnten und Zugriff auf seine IT-Speichermedien bekämen, könnte das sehr hilfreich sein. Ob wir dann auch das Glück haben, die Zahlungswege über Wallets bis zu ihm zurückzuverfolgen, müsste man dann sehen. Aber für eine solche Hausdurchsuchung braucht man, wie du weißt, entsprechende Verdachtsmomente, die man bei einem Betrug in aller Regel nicht so einfach bekommt. Und so wie ihr das beschreibt, handelt es sich hier ja offensichtlich nicht um organisierte Kriminalität.«

»Aber es könnte dabei um Mordverdacht gehen«, erwiderte Nina.

»Wenn eure Verdachtsmomente dafür ausreichen, dann sicher. Aber das wirst du selbst einschätzen können.«

»Ich fürchte, dass unsere Indizien dafür im Moment noch nicht ausreichen«, sagte Nina. Dann bedankte sie sich bei der Fachkollegin und beendete das Telefonat.

Nachdem Nina und Frauke auch noch die restlichen Akten ohne weitere nennenswerte Erkenntnisse durchgeschaut hatten, beendeten die beiden ihre Aktion und machten sich mit den Unterlagen im Zusammenhang mit dem Hausverkauf auf den Rückweg zum Kommissariat.

4. Kapitel

Ein sonniger Dienstagmorgen begrüßte mal wieder Ostfriesland und seine unzähligen Feriengäste. Frühaufsteher, die schon das Frühstück hinter sich hatten und bereits die Strände der Sielorte und Kurbäder bevölkerten, konnten sich an diesem Morgen über auflaufendes Wasser freuen und schon ein erstes kühles Bad im Wattenmeer nehmen.

Das Polizistenehepaar Linnig/Jürgens hatte sich entschlossen, heute Morgen das Auto in der Garage zu lassen und die Strecke von etwa fünfzehn Kilometern von Carolinensiel nach Wittmund mit dem Fahrrad zu fahren. Das machten sie öfter, wenn die Wetterprognose auch für die Heimfahrt noch einigermaßen akzeptabel war.

Sie genossen die Fahrt auf dem sehr gut ausgebauten Radweg neben der B461, die von Wittmund bis nach Harlesiel führte. Kurz hinter dem Ortsausgangsschild von Carolinensiel in Richtung Wittmund und dem dahinter liegenden Kreisel floss die Harle auf der linken Seite der Bundesstraße. Einige hundert Meter weiter führte eine Brücke über das Flüsschen, und von da an begleitete die Harle – mit mehr oder weniger Abstand – die B461 auf der rechten Seite in Richtung Wittmund.

Es machte den beiden Kommissaren Freude, den Blick über die weite ostfriesische Landschaft schweifen zu lassen, mit ihren Äckern und Weiden, auf denen die Schwarzbunten ebenfalls die Sonne zu genießen schienen. Nach Westen standen unzählige Windräder, die inzwischen die gesamte Region weitgehend mit Strom versorgten. Dazwischen immer wieder die inmitten der Felder und Weiden liegenden baumumstandenen Gehöfte mit ihren für die Region typischen Gulfhöfen.

Das waren zum Teil sehr mächtige Gebäude, die unter einem durchgehenden riesigen Satteldach Scheune, Stallung und Wohngebäude beherbergten. Wobei die Dächer über Scheunen und Stallungen weit nach unten gezogen wurden und so die zwei- oder sogar dreistöckigen Wohnhäuser links und rechts seitlich überragten.

Nach etwa fünf Kilometern ließen Nina und Bert Neufunnixsiel rechter Hand liegen. Wenige Kilometer weiter passierten sie die Zufahrt nach Altfunnixsiel. Gar nicht weit von hier hätte Bert bei einem Einsatz im ›Wattführermord-Fall‹ fast sein Leben verloren. Unwillkürlich schwiegen beide beim Passieren der Abfahrt zu dem Ort des damaligen Geschehens. Bert hatte an das Ereignis selbst kaum Erinnerungen.

Für Nina war der Gedanke an die Situation jedes Mal wie eine Wiedergeburt, so auch jetzt. Im Grunde hatte Bert ihr wohl sogar das Leben gerettet, denn sie hatte in der Linie, aus der ein Geschosssplitter wahrscheinlich von einem Auto abgeprallt war, genau hinter ihm gehockt. Das war ihr seinerzeit in dem Augenblick sofort bewusst geworden. Jedenfalls, wenn er direkt aus einer der Waffen der Gangster getroffen worden wäre, hätte er vom Winkel her seitlich im Kopf getroffen werden müssen. Also konnte es sich nur um einen Querschläger gehandelt haben. Was aber wäre gewesen, wenn er sich nicht gerade in diesem Moment zu ihr umgedreht hätte? Wäre der Geschosssplitter in seinem Auge oder seiner Schläfe gelandet? *Was für blöde Gedanken einem doch wieder und wieder durch den Kopf gehen*, dachte Nina. *Jedes Mal aufs Neue, wenn wir diese Stelle passieren!*

Aber dann überwog der besondere Charme der für Ostfriesland so typischen Landschaft. Soweit das Auge reichte, absolut ebene Felder und Weiden, durchzogen von unzähligen Schlooten, die der Entwässerung dienten. Und immer wieder Windparks und baum- und buschumstandene Gulfhöfe. Nach weiteren Kilometern ließen sie auch Nenndorf rechter Hand liegen. Kurz darauf erreichten sie den Kreisel, an dem die Bundesstraße nach links in Richtung Friedeburg und Wilhelmshaven abbog und rechts nach Esens. Die beiden folgten der Straße auf dem Radweg geradeaus weiter in Richtung Wittmund-Innenstadt und passierten kurz danach das Ortsschild Wittmund. Von dort aus erreichten sie schon bald das Kommissariat in der Isumser Straße.

Sie wurden bereits ungeduldig von Oke vor ihren nebeneinanderliegenden Dienstzimmern erwartet. »Moin, ich habe schon die Gesprächsnachweise und das Bewegungsprofil von Nane Immengas Handy«, platzte es aus ihm heraus.

»Komm erstmal in mein Dienstzimmer«, sagte Bert. Nachdem er und Nina Helm und Handschuhe abgelegt hatten, fuhr er fort: »Das ging ja verdammt schnell. Lässt sich denn schon sagen, ob da auch eine Verbindung zu ihrem Feriengast zu finden ist?«

»Ihr hattet gestern Abend ja noch eine interne Teamnachricht über den Betrüger Salewski geschickt. Daher habe ich gleich heute Morgen alle uns bekannten Telefonnummern von Nanes Kindern, Kollegen und so weiter namentlich kenntlich gemacht. Nummern, für die ich keine Referenz finden konnte, habe ich gemarkt und werde sie mir noch gezielt vornehmen. Eine Nummer tauchte immer wieder auf. Ich nehme mal an, das könnte die Nummer ihres Feriengastes sein. Ich weiß zwar, dass es nicht erlaubt ist, aber ich habe eine Stille SMS rausgeschickt. Das Handy befindet sich zurzeit auf dem großen Campingplatz in Neuharlingersiel.«

»Bert, was hältst du davon, wenn Oke und Rita mit zivilem Dienstfahrzeug nach Neuharlingersiel fahren und den dortigen Stellplatz observieren?«, schlug Nina vor. »Unsere Fahrzeuge sind ja in der Schrankenautomatik des Campingplatzes erfasst. Dadurch wird niemand auffallen, dass wir dort eine Observation durchführen. Und wenn Rita und Oke den Mann nach dem uns vorliegenden Foto identifizieren, dann brauchen wir von der Stillen SMS offiziell keinen Gebrauch zu machen.«

»Sehr gute Idee«, sagte Bert, und zu Oke gewandt: »Dann fahrt gleich mal raus. Bin gespannt, ob unser Heiratsschwindler sich schon ein neues Opfer gesucht hat.«

»Sollen wir den dann vorläufig festnehmen?«, wollte Oke wissen.

»Nein, aber wenn ihr ihn identifiziert habt, haben wir einen Grund, von seinem Handy einen Gesprächsnachweis und ein Bewegungsprofil beim Provider anzufordern. Und dann werden wir sehen, ob er zum Tatzeitpunkt bei der Peldemühle gewesen ist. Offensichtlich war er ja nicht, wie er es Nane gesagt hatte, nach Kassel zurückgefahren.«

Kurze Zeit darauf waren Rita und Oke unterwegs nach Neuharlingersiel. »Bin mal gespannt, ob die beiden Salewski da auf dem

Campingplatz aufspüren«, sagte Nina und ging dann in ihr Dienstzimmer, um die eingegangenen Mails zu sichten.

Kaum war eine Stunde vergangen, waren Rita und Oke bereits wieder zurück. Da sie dem Trackingsignal folgen konnten und auf dem Platz Schritttempo vorgeschrieben war, fiel es auch nicht auf, als Rita mit dem zivilen Dienstwagen ganz langsam an dem Wohnmobil vorbeifuhr, bei dem das Handy geortet worden war. Vor dem Wagen saßen unter einem Sonnendach eine blonde gut aussehende Frau und Salewski beim Frühstück. Oke machte mit dem verdeckten Handy eine Fotoserie. Darauf war der Gesuchte eindeutig zu erkennen.

Im Kommissariat kümmerte sich Oke dann gleich um die Anforderung der Handydaten. Dazu hatte Bert sich bereits die Genehmigung der Staatsanwaltschaft für eine Datenanforderung mit Priorität eingeholt.

Noch vor der Mittagspause meldete Oke den Eingang der Daten und setzte sich mit Rita sofort an die Auswertung des Bewegungsprofils.

»Manchmal wundert man sich doch, wie schnell das mit den Daten gehen kann«, sagte Rita.

»Theoretisch könnte das immer so schnell gehen. Die Daten sind doch alle digitalisiert. Da würden ein paar Klicks genügen, wenn man es denn wollte«, erläuterte ihr Kollege.

Nach einer Weile sagte Rita: »Also, wenn Salewski wirklich Nanes Mörder sein sollte, dann war der ganz schön blöd, dass er sein Prepaid-Handy nicht einfach hat verschwinden lassen. Und dann hat er noch nicht einmal die GPS-Ortung ausgeschaltet.«

»So wie ich das bisher mitbekommen habe, ist das ein Einzelkämpfer«, sagte Oke. »Der hat es auf das Geld von einer ganz bestimmten Frauen-Zielgruppe abgesehen. Möglicherweise kennt der sich mit der IT auch nicht so gut aus wie manche Mitglieder der organisierten Kriminalität.«

»Das könnte natürlich eine Erklärung sein«, stimmte seine Kollegin zu, und beide konzentrierten sich auf das Bewegungsprofil im zeitlichen Ablauf.

Plötzlich entfuhr es Oke: »Kuck dir das an! Das darf doch nicht wahr sein! Der war tatsächlich von kurz nach siebzehn Uhr bis etwa siebzehn Uhr fünfundvierzig am vergangenen Freitag bei der Peldemühle in der Esenser Straße!«

»In der Zeit konnte er Nane im Bewirtungsraum locker niederschlagen, ihr die Kehle zudrücken, sie in die Mühle schleifen und mit dem Sackaufzug nach oben ziehen«, stellte Rita fest. »Jetzt fehlt nur noch, dass er auch in der Nacht im Haus der Toten war.«

Nach einer Weile sagte Oke: »Nach dem Bewegungsprofil wohl eher nicht. So wie es aussieht, war er wieder kurz auf dem Campingplatz und von da aus im Hafen von Neuharlingersiel, wahrscheinlich zum Abendessen. Von da ist er dann zum Campingplatz zurückgefahren und dort die ganze Nacht bis zum Nachmittag geblieben.«

»Bis nachmittags?«, hakte Rita ein. »Wie auf unseren Fotos von heute zu sehen ist, steht ein Korb mit Brötchen auf dem Tisch. Ich gehe mal davon aus, wie es oft der Fall ist: Mann holt Brötchen, Frau kocht Kaffee.«

»Ja, und was soll mir das jetzt sagen?«, wollte Oke wissen.

»Na, ganz einfach. Sein Handy hatte er dann offensichtlich nicht zum Brötchenholen mitgenommen.«

»Wenn deine Annahme so stimmt, dann ist das richtig«, bestätigte Oke. »Ah, jetzt verstehe ich. Du willst damit sagen, dass das Handy auch in der Nacht im Camper geblieben und er ohne Handy in Nanes Haus gewesen sein könnte.«

»Wäre das so abwegig?«

»Eigentlich nicht. Da könntest du tatsächlich recht haben. Komm, wir müssen sofort Bert und Nina informieren.«

Nachdem die beiden ihre Ergebnisse und Überlegungen ihren Vorgesetzten vorgetragen hatten, sahen das sowohl Bert wie auch Nina genauso. Daraufhin meldete Bert dies auch sofort an die Staatsanwaltschaft weiter. Oke war in sein Dienstzimmer gegangen, um dazu seine digitalisierte Auswertung an die Justiz zu schicken. Der Staatsanwalt wollte sich gleich um eine richterliche Entscheidung bemühen, zumal schon allein die Vita des Betrügers für ein gehöriges Potential an krimineller Energie sprach, auch wenn damit noch keine Beweise für Gewaltanwendungen vorlagen.

Es dauerte keine Stunde, bis Bert der Haftbefehl vorlag. Eine erneute Ortung von Salewskis Handy, diesmal mit richterlicher Genehmigung, zeigte, dass er sich in dem Camper aufhielt. Zumindest wurde sein Handy dort geortet.

»Ich glaube, wir können auf die Anforderung eines SEK-Trupps verzichten«, sagte Bert. »In unserer Datenbank war an keiner Stelle die Rede davon, dass der Betrüger im Besitz einer Waffe ist. Ich vermute, dass er sich von Nane verabschiedet hatte, um bei einem neuen Opfer auf dem Campingplatz in Neuharlingersiel einzuziehen. Offensichtlich gehört das Wohnmobil der Frau, denn auf Okes Bildern parkt neben dem Mobil Salewskis SUV.«

»Aber was könnte dann das Mordmotiv von Salewski gewesen sein?«, fragte Nina.

»Kurz bevor der Betrüger am Freitag zur Peldemühle fuhr, hatten er und Nane ein etwa zehnminütiges Telefonat«, sagte Oke. »Wäre doch denkbar, dass Nane irgendetwas herausbekommen hatte und ihm gedroht hat, ihn anzuzeigen.«

»Von einem solchen Telefonat wusste ich ja nichts. Dann könnte das wirklich so sein«, sagte Nina, und an Bert gewandt wollte sie wissen: »Hat der Staatsanwalt gesagt, was mit den beiden Wohnungen in Kassel passiert?«

»Ja, der Richter hat eine Durchsuchung beider Wohnungen angeordnet und diese wird von der Polizeidirektion in Kassel durchgeführt. Für die ist er ja ohnehin ein alter Bekannter. Nur, dass er wohl überwiegend in Urlaubsgebieten wie auch dem unseren sein zweifelhaftes Geschäft betrieben hat.«

Kurz darauf fuhren Nina und Bert mit ihrem zivilen Dienstwagen nach Neuharlingersiel. Ihnen folgten Rita und Oke in einem Polizei-Einsatzbus und ein Fahrzeug der Spurensicherung.

Als Nina, die den Wagen fuhr, und Bert bei dem Stellplatz ankamen, saß der Betrüger mit der gutaussehenden Frau unter der Überdachung des Wohnmobils mit einem Cocktail und sie prosteten sich gerade mit Cocktailgläsern zu.

Nina hatte ihr Auto so geparkt, dass keine Möglichkeit für Salewski bestand, mit seinem SUV wegzufahren. Die beiden anderen Polizeifahrzeuge waren in einiger Entfernung, aber in Sichtweite stehen geblieben.

»Moin, tut mir leid, dass wir Sie stören müssen, auch wenn Sie wohl im Moment etwas zu feiern haben sollten«, sagte Bert, ohne sich und seine Partnerin sofort vorzustellen.

»Feste muss man feiern, wie sie fallen«, antwortete Salewski mit einem charmanten Lächeln. »Suchen Sie jemand? Können wir Ihnen helfen?«

»Ja, beides«, sagte Bert mit einem verschmitzten Grinsen. »Wir suchen Sie, und Sie können uns helfen, wenn Sie mit uns in Ihren Wagen gehen. Ich bin Kommissar Bert Linnig und das ist meine Kollegin, Kommissarin Nina Jürgens. Wir haben einen Haftbefehl und einen Durchsuchungsbeschluss für Sie! Alles Weitere können wir drinnen besprechen.«

»Ich bin mir sicher, dass es sich dabei um einen Irrtum oder eine Verwechslung handelt. Aber wir beugen uns der Staatsgewalt und können gerne reingehen«, antwortete Salewski und machte eine großzügige Handbewegung.

Als die vier in dem geräumigen Wohnmobil Platz genommen hatten und Nina dem Mann den Haftbefehl und den Durchsuchungsbeschluss ausgehändigt hatte, sagte dieser und zog dabei einen Ausweis aus seiner Hosentasche: »Sehen Sie, ich sagte ja schon, es muss sich um eine Verwechslung handeln. Ich bin nicht Alexander Salewski. Mein Name ist Alex Hannemann. Hier haben Sie meinen Ausweis.«

»Und ich bin Sabine Hannemann! Was wollen Sie von meinem Mann?«, sagte die Frau und hatte auch erstaunlich schnell einen Ausweis zur Hand.

»Dass Sie sich als Alex Hannemann ausgeben, wissen wir bereits«, ließ sich der Kommissar nicht beirren. »Sie stehen in Verdacht, Frau Nane Immenga am vergangenen Freitag in der Peldemühle Wittmund ermordet zu haben.« Dann machte Bert die üblichen Belehrungen und legte dem Verhafteten Handschellen an.

»Ich habe niemand ermordet und möchte einen Anwalt«, sagte dieser daraufhin.

»Wann soll mein Mann denn diese Nane Immenga umgebracht haben?«, wollte die Frau wissen.

»Am vergangenen Freitag zwischen siebzehn und achtzehn Uhr«, antwortete die Kommissarin.

»Da war mein Mann die ganze Zeit mit mir zusammen. Wir waren hier in unserem Wohnmobil bis nach achtzehn Uhr und dann sind wir zum Hafen gefahren und waren dort in *Janssen's* Hotel-Restaurant zum Abendessen. Dort hatten wir einen Tisch reserviert. Das können Sie gerne überprüfen. Das Handy meines Mannes liegt da auf dem Küchenschränkchen. Es ist nicht passwortgesichert.«

»Frau Hannemann, es wäre schön, wenn Sie uns freiwillig zu unserem Kommissariat begleiten würden. Dann können wir dort Ihre Aussage gleich protokollieren. Wenn Sie wollen, nehmen wir Sie im Dienstwagen mit und bringen Sie später auch wieder zurück, sofern das Wohnmobil von unserer Spurensicherung bis dahin wieder freigegeben ist.«

»Ich komme dann lieber gleich mit einem Taxi nach. Ich möchte auch nicht als Zeugin wie eine Verbrecherin in Ihrem Dienstwagen mitfahren«, antwortete die Frau. »Aber ich frage mich: Wie kommen Sie dazu, nicht nur meinen Mann zu Unrecht eines Mordes zu beschuldigen und dann auch noch das Wohnmobil, das mir gehört und auf mich zugelassen ist, durchsuchen zu wollen?«

»Ihr Protest bleibt Ihnen unbenommen, Frau Hannemann. Wenn Sie unbedingt wollen, können Sie auch ein Taxi nehmen«, sagte Nina. »Jedenfalls, wenn Sie sich den richterlichen Durchsuchungsbeschluss durchlesen, werden Sie sehen, dass wir uns vorher von der Platzverwaltung Ihre Fahrzeugdaten haben geben lassen und dass dieser Beschluss genau für Ihr Fahrzeug gilt. Bei Herrn Salewski besteht Flucht- und Verdunkelungsgefahr. Er könnte ja auch Beweismittel ohne Ihr Wissen in Ihrem Fahrzeug versteckt haben.«

Inzwischen waren die beiden anderen Dienstfahrzeuge ebenfalls zu dem Stellplatz gekommen. Rita und Oke übernahmen den Verhafteten und die Leute der Spusi die Schlüssel des Wohnmobils. Anschließend fuhren Nina und Bert sowie Rita und Oke mit dem Festgenommenen zurück ins Kommissariat und überließen auf dem Campingplatz den beiden forensischen Kollegen das Feld.

Die hatten bereits neugierige Camper, ohne detaillierte Auskünfte zu geben, weggeschickt.

Bert ließ Salewski im Verhörraum seinen Anwalt in Kassel auf dessen Handy anrufen. Er hatte Glück, dass dieser sich auch sofort meldete, denn er war gerade bei einem Gerichtstermin in einer Pause. Daher würde er auch erst im Laufe des nächsten Tages eintreffen können. Der Festgenommene wurde in die JVA Oldenburg überführt, zumal er ohne Anwalt keine weiteren Aussagen machen wollte.

Nina war direkt nach ihrer Rückkehr ins Kommissariat in ihr Dienstzimmer gegangen, um nach Posteingängen zu schauen. Es verging eine Weile, dann meldete sich Sabine Hannemann im Kommissariat. Nachdem Nina das Protokoll der Zeugenanhörung erstellt hatte, bot sie der Frau nochmals an, sie mit einem Dienstwagen wieder zum Platz zurückbringen zu lassen, was diese aber ablehnte.

Auf Ninas Nachfrage bei den Kollegen der Spusi auf dem Platz erfuhr sie, dass diese dort noch im Einsatz waren. Daraufhin entschied sich die Frau, ein Zimmer in einem Hotel zu nehmen. Dann verließ sie das Kommissariat.

Als Nina zu ihrem Dienstzimmer zurückkam, wurde sie schon von Oke erwartet. Er war Nanes Gesprächsnachweis durchgegangen. Damit hatte er die Handynummer von Salewskis Handy verglichen, welches Nina vom Wohnmobil mitgenommen hatte.

»Es ist nicht die gleiche Nummer wie die des Handys, das uns die Hannemann mitgegeben hat«, sagte er. »Mein Vorschlag: Ich fordere nochmal beim Provider mit Vorrang die Daten von diesem zweiten Handy an. Ich möchte fast wetten, dass wir auf diesem Handy die Aussage der Hannemann bestätigt bekommen. Nämlich, dass Salewski die ganze Zeit auf dem Campingplatz gewesen ist, bis sie zum Essen gefahren sind!«

»Das würde wieder einmal bestätigen, dass ein Bewegungsprofil nur den jeweiligen Standort des Handys zeigt, aber nicht zwingend mit dem Aufenthaltsort des Eigentümers übereinstimmen muss. In jedem Fall ist das eine gute Idee, Oke, und wahrscheinlich wirst du mit deiner Vermutung recht behalten«, stimmte ihm die Kommissarin zu. »Ich werde gleich mal mit der für

Mordfälle zuständigen Kriminalinspektion in Kassel Kontakt aufnehmen. Ich bin sicher, dass die auch noch ein paar Informationen für uns haben.«

Ninas Vermutung wurde nicht nur bestätigt, sondern führte zu dem spontanen Entschluss, ein Angebot aus Kassel zu einer direkten Zusammenarbeit zu nutzen. Sie holte Bert zu dem Telefonat dazu. Dann erfuhren sie, dass dort für beide Wohnungen des Betrügers bereits die Durchsuchungsbeschlüsse vorlagen. Nina vereinbarte mit der zuständigen Kollegin, dass sie heute noch mit Rita zu einem persönlichen Informationsaustausch nach Kassel kommen würde. Dann könnten sie auch an der für morgen angesetzten Durchsuchung teilnehmen. Die Kollegin wollte sich um eine Hotelunterkunft bemühen und auch gleich für neunzehn Uhr einen Platz im hoteleigenen Restaurant reservieren.

5. Kapitel

Gegen achtzehn Uhr erreichten Nina und Rita das Hotel im Zentrum der Stadt Kassel. Mit der dortigen Kollegin hatten sie sich über Handy in der Hotellobby verabredet, um dann gemeinsam zu Abend zu essen. Als die beiden Kommissarinnen aus Wittmund in Zivil das Hotel betraten, wurden sie von der Kollegin bereits an der Rezeption erwartet.

Dass diese eine Erste Kriminalhauptkommissarin war, konnte man bei ihrem Outfit in Jeanshose und -jacke, die das Holster ihrer Pistole verdeckte, über einem rosafarbenen T-Shirt nicht erkennen. Sie war eine großgewachsene Mittfünfzigerin mit bereits von grauen Strähnchen durchzogenen halblangen dunklen Haaren. Lachfältchen an ihren blauen Augen sprachen dafür, dass sie Humor besaß, und ein freundliches Lächeln verlieh ihr eine sympathische Ausstrahlung.

»Hallo, schön, dass ihr uns unterstützen wollt!«, begrüßte sie die beiden Kolleginnen. »Ich bin Carmen Geist, wobei böse Zungen behaupten, dass ich manchmal auch spuken könne. Von meinen Küstenurlauben weiß ich, dass bei euch das Du üblich ist. Also Carmen reicht, den Geist können wir gleich nachher beim Abendessen in die Flasche verbannen und auch jetzt schon weglassen.«

Nachdem die Wittmunderinnen sich ebenfalls vorgestellt hatten, sagte Nina lachend: »Na, einen Geist könnten wir manchmal ganz gut gebrauchen, vor allem, wenn der uns dann zu den Beweisen führt, mit denen wir die Kriminellen überführen können.«

»Ich sagte ja schon, eine Behauptung von bösen Zungen. Wenn ich das könnte, dann würden wir uns heute hier nicht treffen, weil Salewski dann wegen Mordes immer noch hinter Gitter sitzen würde«, sagte Carmen diesmal mit sehr ernster Miene.

Die Formalitäten an der Rezeption waren gerade erledigt und Nina und Rita wollten ihre Sachen auf das Zimmer bringen, als eine junge Frau zielstrebig auf sie zukam.

»Das ist Kriminalhauptkommissarin Dirtje Peters«, sagte Carmen. »Sie stammt übrigens aus Ostfriesland und arbeitet hier bei uns in der Inspektion für Eigentumsdelikte. Sie ist mit dem Fall Salewski schon länger befasst.«

Nina stellte sich und Rita vor und sagte dann: »Dirtje Peters?! Als ich dich gerade zur Tür reinkommen sah, dachte ich, dass Erste Kriminalhauptkommissarin Femke Peters, die Soko-Leiterin von der Polizeiinspektion Aurich, zu unserer Unterstützung kommt. Du hast ihre Größe, auch einen blonden Pferdeschwanz und siehst ihr unheimlich ähnlich.«

»Stimmt. Femke ist meine Cousine und ihr Vater ist mein Onkel«, erwiderte die junge Frau lachend. »Aber ich bin ein paar Jahre jünger als sie und mein Vater ist seinerzeit mal einer Urlauberin aus Kassel gefolgt, nachdem sein älterer Bruder, Femkes Vater, nach der Niedersächsischen Höfeordnung den Hof unserer Großeltern in Großheide übertragen bekam.«

»Da sieht man mal wieder, wie klein die Welt ist«, stellte Carmen fest. »Und wenn Salewski im Landkreis Aurich wie bei euch aktiv geworden wäre, dann hätten sich jetzt wahrscheinlich die beiden Cousinen Femke und Dirtje gegenübergestanden. Übrigens, das will ich an dieser Stelle gleich mal loswerden: Als der Durchsuchungsbeschluss gegen Salewski aus Wittmund kam und mit einem Mordverdacht begründet war, kam Hoffnung in mir auf, dass wir den doch noch für Mord lebenslang hinter Gitter bringen können. Unseren Bemühungen vor etwa drei Jahren hat er sich ja leider entziehen können. Aber darüber können wir nachher noch reden.«

Carmen und Dirtje gingen schon mal in das zum Hotel gehörende Restaurant. Dort hatten sie in einer Nische einen etwas abseits stehenden Tisch reservieren lassen, sodass sie sich ungestört würden unterhalten können.

Als die bestellten Getränke auf dem Tisch standen, nahm Carmen, die mit Mitte fünfzig die Älteste war, das Wort: »Wenn ich das richtig sehe, dann haben wir jetzt zwei Generationen ›kriminalistische Frauenpower‹ am Tisch. Und wenn wir dann noch den Geist aus der Flasche lassen, dann sollte für Salewski ein Leben in Freiheit mit Saus und Braus auf Kosten von gutgläubigen und betrogenen Frauen zu Ende sein! Darauf lasst uns das Glas erheben.«

Nachdem sie getrunken hatten, griff Nina den Gedanken auf: »Carmen, du sprichst mir aus der Seele! Und wenn ich deine

Bemerkung von vorhin richtig deute, dann traust du Salewski tatsächlich einen Mord zu. Dabei tritt der doch so smart und harmlos auf.«

»Das ist ja seine Masche, mit der er auch seine Betrugsopfer einlullt«, konnte Dirtje sich nicht zurückhalten und griff in das Gespräch ein. »Ich kenne den schon seit mehr als drei Jahren und bin mir sicher: Der hat schon mehr Opfer um ihr Erspartes betrogen, als aus seiner Akte hervorgeht. Ich habe selbst mit einigen gesprochen, die sich aber geschämt haben, öffentlich gegen ihn auszusagen.«

»Verstehe ich nicht«, konnte sich auch Rita nicht zurückhalten. »Wenn mich einer um meine Ersparnisse betrogen hat, dann soll er auch dafür büßen! Wie kann man nur so dumm sein?!«

»Rita, du bist noch sehr jung und ungestüm. Daher gehörst du auch wohl kaum zur Zielgruppe eines Mannes wie Salewski«, sagte Carmen. »Aber komm mal in mein Alter, vielleicht schon eine oder sogar mehrere gescheiterte Beziehungen im Gepäck, und dann kommt ein solcher Charmeur und zeigt dir, wie begehrenswert du immer noch bist. Dann teilst du dein unerwartetes Glück vielleicht auch noch mit deinem persönlichen Umfeld, dem nicht entgeht, wie glücklich du auf einmal bist. Manche Freundin schaut vielleicht sogar neidvoll auf dich. Und dann stellt sich raus: Du wurdest ausgenommen wie eine Weihnachtsgans. Ich könnte mir vorstellen, dass manche Frau lieber auf eine Bestrafung des Betrügers verzichtet, als sich dann auch noch obendrauf dem möglicherweise schadenfrohen Gespött ihres privaten Umfeldes auszusetzen. Zumal das Betrugsgeld in den meisten Fällen ohnehin nicht mehr zurückkommt.«

»Das ist genau der Punkt«, bestätigte Dirtje. »Ich habe es normalerweise ja nur mit Betrugsfällen zu tun. Bei Salewski gab es aber eine ressortüberschreitende Besonderheit, über die Carmen aber noch besser Bescheid weiß als ich.«

»Ja, und das ist auch die Antwort auf deine Frage, Nina«, übernahm wieder Carmen das Gespräch. »Für mich ist der ein ganz gerissener Typ mit einer enormen kriminellen Energie, die er hinter einer ganz smart wirkenden Maske verbirgt. Was ihn ganz besonders gefährlich macht, denn wenn es für ihn eng zu werden droht, schreckt der nach meiner Einschätzung auch nicht vor einem Mord zurück.«

»Wir haben durch Handy-Gesprächsnachweise und sein Bewegungsprofil herausbekommen, dass er kurz vor dem Eintritt des Todes unserer Bäckersfrau noch mit ihr telefoniert hat. Da er sich kurz nach dem Telefonat laut Bewegungsprofil für etwa eine Dreiviertelstunde bei der Mühle aufgehalten hat, kam uns der Verdacht, dass die Ermordete ihm gedroht haben könnte, ihn anzuzeigen.«

»So etwas Ähnliches hat sich auch bei uns ereignet und auch uns auf einen solchen Verdacht gebracht. Nur, dass er nach dem Bewegungsprofil seines Handys zum Zeitpunkt des Mordes bei einer Frau gewesen ist, die ihm ein Alibi gegeben hat.« Carmen erinnerte sich:

In einer alten Villa bei der Wilhelmshöhe in Kassel wurde ein Brand gemeldet. Trotz Großeinsatz der Feuerwehr brannte das alte Gebäude ziemlich aus. Aber es sah so aus, als wenn kein Personenschaden zu verzeichnen gewesen wäre.

Nach Aussage einiger Nachbarn lebte die Besitzerin der Villa nach dem frühen Krebstod ihres Mannes allein im Haus. Nur eine Putzhilfe käme einmal die Woche und ein Gartenbaubetrieb aus der Nähe kümmere sich um die Gartenanlage. Zurzeit sei die Hauseigentümerin mit einem Bekannten auf einer längeren Kreuzfahrt, so die Aussagen aus der Nachbarschaft.

Bei welcher Gesellschaft auf welcher Reiseroute die Eigentümerin unterwegs war, wusste aber keiner. Auf ihrem Handy meldete sie sich ebenfalls nicht. Dazu meinte einer der Nachbarn: »Das ist nicht das erste Mal. Einmal war der Frau das Handy gestohlen worden und ein anderes Mal hatte sie es verloren. Dabei hatte sie es aber wohl nicht für so wichtig erachtet, aus ihrem Urlaubsort uns Nachbarn ihre neue Handynummer für den Notfall durchzugeben.«

Da die Eigentümerin nicht erreichbar war, es aber zumindest durch die Nachbarn plausible Erklärungen dafür gab, versuchte die für Brände zuständige Polizeidienststelle Verwandte der Eigentümerin zu ermitteln, allerdings vergeblich. Eventuelle

Dokumente hatte das Feuer vernichtet. Unabhängig von den Ermittlungen der zuständigen Polizeidienststelle wurde von der Staatsanwaltschaft zur Ursachenermittlung ein Brandsachverständiger der Polizei eingesetzt.

Inzwischen waren zwei Tage vergangen. Bereits im Flur des zweistöckigen großen Gebäudes stieg dem Sachverständigen und seinem Mitarbeiter leichter Verwesungsgeruch in die Nase. Sie folgten dem Geruch vorsichtig, denn bereits nach erstem Augenschein von außen war partielle Einsturzgefahr nicht auszuschließen. Für den Sachverständigen stand bereits jetzt fest, dass hier Brandbeschleuniger zum Einsatz gekommen war. Dazu hatte er Anzeichen in mehreren Zimmern entlang des in den hinteren Teil des Hauses führenden Ganges festgestellt. Er vermutete als Brandbeschleuniger Benzin.

Schließlich gelangten sie am Ende des Ganges hinter einer offen stehenden und weitgehend verkohlten Flügeltür zu einem großen Raum, der offensichtlich als Schlafzimmer gedient hatte. Und hier war der Verwesungsgeruch am stärksten.

»Achtung«, sagte der Gutachter zu seinem Gehilfen. »Wir bleiben hier erst einmal bei der Tür stehen. Die Decke hier im Raum da oben sieht nicht gut aus. Große Teile der Decke sind bereits heruntergefallen und ein paar Teile hängen noch oben in dem Weiden- oder Strohgeflecht. Die Decke ist durch zwei Elemente stark beschädigt, einmal durch das Feuer und dann durch das Löschwasser der Feuerwehr, das den Lehm aufgeweicht und damit die Festigkeit genommen hat. Die tragenden Balken sind wahrscheinlich sehr altes Eichenholz und haben daher überhaupt dem Feuer einigermaßen standgehalten.«

Rechts führte eine Türöffnung, wie unschwer zu erkennen war, in einen völlig ausgebrannten Raum. Der Sachverständige meinte: »Wahrscheinlich das Ankleidezimmer; mit Benzin übergossene Kleidung brennt besonders gut.«

Links ging es in ein Bad, das von den Flammen relativ verschont geblieben war, zumindest wie es durch die verkohlte Türöffnung den Anschein machte.

Dafür bereitete dem Sachverständigen die Decke des Schlafzimmers umso mehr Sorge, und er sagte zu seinem Mitarbeiter:

»Das ist eine klassische Holzbalkendecke, wie sie bis in die Mitte des vorigen Jahrhunderts viel verwendet wurde. Zwischen den Balken, wie du da oben zum Teil sehen kannst, wurden gespaltene Äste, sogenannte Staken, geklemmt, die mit in Lehm eingeweichtem Stroh oder dünnen Weiden umwickelt wurden. Die Deckenunterseiten wurden normalerweise mit Lehm verputzt und glatt gestrichen. Hier wurde offensichtlich später noch mit Gipsstuck nachgearbeitet, der sich teilweise, wie du siehst, von der Decke gelöst hat. Teile des Weiden- oder Strohgeflechtes waren natürlich zusätzliche Nahrung für die Flammen.«

»So wie es hier riecht, könnte jemand unter der Gipsplatte liegen, die auf das Bett gefallen ist«, meinte der Mitarbeiter. »Genau kann man es von hier nicht erkennen, weil das Bettzeug, so wie es aussieht, auch den Flammen zum Opfer gefallen ist.«

»Auch wenn es mir nicht ungefährlich erscheint, werde ich es übernehmen, nachzusehen. Du bleibst bitte hier bei der Tür, damit du notfalls Hilfe holen kannst, falls mir etwas passiert«, sagte der Gutachter und ging behutsam auftretend auf das Bett zu.

Vorsichtig versuchte er das an mehreren Stellen gebrochene große Deckenteil anzuheben, was aber sofort zu einem Bruch an einer anderen Stelle führte. Dieses Teil schob er auf die Seite und begann sich neben dem Bett zum Kopfteil vorzuarbeiten. Immer wieder bröckelten von oben her Lehmteilchen auf seinen Helm. Schließlich hatte er die Mitte des Bettes erreicht und es gelang ihm, bei dem erneuten Abbruch eines größeren Stückes einen weiteren Teil des Bettes freizulegen, indem er das abgebrochene Plattenstück auf den anderen Plattenteil schob.

Der Verwesungsgeruch war inzwischen fast unerträglich geworden. Daher überraschte es den Sachverständigen nicht, als er ein menschliches Bein freilegte. Jedenfalls was Feuer und Verwesung davon übrig gelassen hatten. Davon machte er mit dem Handy ein paar Aufnahmen.

»Hier liegt ein Mensch und ich höre auf, weitere Plattenteile zu entfernen. Zu retten gibt es da nichts mehr. Das ist nur noch etwas für die Rechtsmedizin«, sagte er und machte sich behutsam auf den Weg zurück zum Eingang des Raumes, bei dem sein Mitarbeiter stand. Dann fuhr er fort: »Bevor die Spurensicherung und die Rechtsmedizin hier tätig werden können, muss ein Bautrupp für eine provisorische Absicherung sorgen. Teilweise sind die Deckenbalken durch den Brand beschädigt, und wir wissen nicht, was in dem Raum darüber an möglicherweise schweren Möbeln darauf lastet.«

Draußen informierte der Brandsachverständige, der zum hiesigen Polizeipräsidium gehörte, die Staatsanwaltschaft und die zuständige Kriminalinspektion. Dann warteten er und sein Mitarbeiter auf das Eintreffen der Kollegen.

Es dauerte gar nicht lange, dann fuhr Erste Kriminalhauptkommissarin Carmen Geist mit ihrem Team vor das Gebäude. Der Bausachverständige informierte sie und ihren Vertreter zunächst über seine Feststellungen. Dann sagte er: »In Teilen scheint mir das Haus nicht sicher zu sein. Aber ich werde Sie zu dem Raum führen, in dem die Leiche liegt. Die Bergung muss dann allerdings noch so lange warten, bis ein Bautrupp den Raum so weit wie möglich gesichert hat. Dieser ist bereits alarmiert.«

Dann führte er Carmen und ihren Kollegen zum Eingang des Schlafzimmers. Auf dem Weg dahin gab er noch ein paar ergänzende Informationen: »Auffällig ist, dass im vorderen Bereich, zum Beispiel der Empfangshalle und dem Treppenaufgang, offensichtlich weniger Brandbeschleuniger eingesetzt wurde. Dadurch scheint mir der Durchgang zu den hinteren Räumen und bis zu dem Schlafzimmer selbst statisch noch relativ sicher zu sein. Ein Ankleidezimmer grenzt unmittelbar an das Schlafzimmer, in dem die Leiche auf dem Bett liegt. Im Schlafzimmer hat das Feuer besonders schlimm gewütet, wodurch die Raumdecke, wie Sie gleich sehen werden, sehr stark in Mitleidenschaft gezogen wurde.« Er wies dann noch auf die fatale Wirkung von Feuer und Wasser hin – gerade auf eine Deckenkonstruktion aus dem letzten, vielleicht sogar vorletzten Jahrhundert.

Am Eingang zu dem Schlafzimmer blieb er stehen und erläuterte die Deckenkonstruktion und warum von dort jederzeit Teile der Decke nach unten stürzen könnten.

Als er fertig war und schon wieder gehen wollte, sagte Carmen: »Ich möchte mir auf eigene Gefahr die Leiche trotzdem kurz ansehen.«

»Den Weg können Sie sich sparen«, sagte der Gutachter und zeigte Carmen auf seinem Handy die Fotos. »Mehr können Sie da vorne auch nicht sehen. Die Bilder kann ich Ihnen gleich über den Messenger schicken. Jedenfalls rate ich dringend davon ab, weitere Plattenteile abbrechen zu wollen.«

Kaum hatte er das ausgesprochen, brach wieder ein Stück Stuck von der Decke ab und schlug krachend auf den Boden auf.

»Man könnte meinen, es spukt«, konnte sich Carmens Mitarbeiter, Kriminalhauptkommissar Tobias Löffler, den Kommentar nicht verkneifen.

Aber der Gutachter schien trotz des Ernstes der Lage Humor zu haben und sagte mit einem Augenzwinkern: »Ach ja, Sie sind ja die Kommissarin Geist.«

Carmen kannte solche nicht bös gemeinten Frotzeleien zur Genüge und beließ es angesichts der auf dem Bett liegenden toten Person bei einem verschmitzten Blick zu dem Sachverständigen.

Als sie wieder draußen waren, sagte sie: »Der Bautrupp wird wohl heute noch nicht fertig sein.«

»Davon ist auszugehen. Ich rechne frühestens morgen gegen Mittag damit. Ich werde Sie verständigen und auch für die Absicherung des Tatortes über Nacht durch die Bereitschaft sorgen. Dann sehen wir uns morgen nochmal.«

Gegen Mittag des nächsten Tages traf Carmen mit ihren Leuten erneut bei der Villa ein. Ein Rechtsmediziner war bereits anwesend und ein Bestatter stand für den Transport der Leiche in die Rechtsmedizin bereit. Carmen und ihre Leute sahen mit sicherem Abstand zu, wie die Gips- und Lehmelemente von der Leiche entfernt wurden.

Nachdem der Mediziner, soweit das möglich war, eine erste Inaugenscheinnahme vorgenommen hatte, sagte er: »So viel kann ich schon sagen: Es handelt sich um eine Frau. Alles Weitere können wir erst nach der Autopsie sagen.« Dann sorgte er für den Abtransport durch den Bestatter.

Danach kamen die Kollegen der Spurensicherung zum Einsatz, die nach Spurenmaterial in der zum Teil zu Asche verbrannten Bettauflage suchten. Auch das Schlafzimmer und die anderen

Räume wurden, soweit das die Sicherheit zuließ, danach abgesucht.

Carmen sprach noch kurz mit dem Bausachverständigen, der zusagte, ihr eine Kopie seines Gutachtens zu schicken. Dann machte sie sich auch mit ihren Leuten auf den Weg zur Dienststelle. Für sie hieß es jetzt, sich in Geduld zu üben, bis die Berichte und forensischen Ergebnisse vorlagen.

Aber so lange musste sie diesmal gar nicht warten. Jedenfalls nicht auf die Gewissheit, dass es sich bei der Toten um die Villenbesitzerin handelte. Die Forensik meldete noch am gleichen Tag, dass ein DNA-Abgleich dies eindeutig bestätigt hatte.

Und auch auf den Bericht der Rechtsmedizin musste sie nicht lange warten. Daraus ging hervor, dass der Brand in der Villa nicht die Todesursache gewesen war, da die Lunge keine Hitzerückstände aufwies. Folglich hatte die Tote zum Zeitpunkt des Brandes nicht mehr geatmet. Gewebeuntersuchungen hatten zudem keine Hinweise auf tödliche Substanzen im Körper erbracht. Da nur leichte Gipsteile der Decke auf die Leiche gefallen waren, konnten auch keine schweren Verletzungen festgestellt werden.

Die Soko-Leiterin und ihr Team gingen daher davon aus, dass die Tote entweder durch eine nicht mehr nachzuweisende Substanz oder durch Erwürgen ums Leben gekommen war. Die Deckenteile hatten zudem ein vollständiges Verkohlen der Leiche verhindert, sodass die Rechtsmedizin es für sehr wahrscheinlich hielt, dass der Tod durch Erwürgen eintrat, ohne dass es zu einem Bruch des Zungenbeines kam.

Unabhängig von Carmens Ermittlungen im Mordfall der Villenbesitzerin lief natürlich die Suche nach den Angehörigen weiter. Aus der Villa waren nach dem verheerenden Brand, der erst sehr spät bemerkt und gemeldet worden war, keine weiteren Informationen mehr zu gewinnen. Inzwischen hatte sich ein Notar gemeldet, der durch die Medien aufmerksam geworden war. Es gab ein Testament der Ermordeten und ihres verstorbenen Ehemannes mit einigen Erbberechtigten aus der entfernten Verwandtschaft, da die Eheleute und Villeneigentümer kinderlos geblieben waren.

Im Zuge der Nachlassermittlungen wurden allerdings merkwürdige Kontenbewegungen bis kurz vor dem Tod der Frau festgestellt und von den Erben zur Anzeige gebracht. Kriminalhaupt-kommissarin Dirtje Peters erhielt den Ermittlungsauftrag, sie war im Polizeipräsidium Nordhessen in der Kriminalinspektion für Betrugsdelikte zuständig. Als Erstes ging sie zu der Soko-Leite-rin, die mit der Aufklärung der Todesumstände beschäftigt war.

Carmen Geist hatte natürlich auch von der Anzeige der Erben Kenntnis erhalten und vermutete einen Zusammenhang zwischen dem Tod der Villenbesitzerin und den merkwürdigen Kontenbe-wegungen. Daher sagte sie zu Dirtje: »Ich wäre auch noch auf dich zugekommen. Wir haben durch Befragung der Verwandten, Freunde und Bekannten sowie der Nachbarschaft herausbekom-men, dass es einen neuen Freund der Toten gegeben haben soll, mit dem sie eigentlich auf Kreuzfahrt hätte sein sollen. Mit dem Namen des Freundes, der uns bei den Befragungen von einigen genannt wurde, haben wir in unserer Zentraldatei keinen Treffer erzielt.«

»Wie heißt der denn?«, wollte die junge Kollegin wissen.

»Udo Kampmann. Seine Adress- und Telefondaten waren aus der Befragung des Umfeldes der Toten nicht zu ermitteln. Bei einer Nachfrage bei verschiedenen Kreuzfahrtanbietern hatten wir schließlich einen Treffer. Die Reise war von der Toten online gebucht worden. Aber die dort hinterlegten Kontaktdaten von Udo Kampmann haben sich als falsch herausgestellt.«

»Der Name ist mir auch bei unseren Ermittlungen bisher noch nicht begegnet, obwohl ich ein ganz gutes Namensgedächtnis habe«, sagte Dirtje. »Aber ihr habt doch über einen DNA-Vergleich die Tote identifiziert. Was hattet ihr denn nach dem Brand für Referenzspuren von einem Mann gesichert, der sich doch mit Sicherheit – zumindest zeitweise – dort in der Villa aufgehalten haben muss?«

»Im Bad neben dem Schlafzimmer der Toten haben wir noch Reste von einer elektrischen Zahnbürste sichergestellt und auch von einem Kamm konnte noch DNA genommen werden. Mit beiden wurde die Identität der Toten bestätigt.«

»Wurde denn auch fremde DNA gefunden?«, wollte Dirtje nochmals wissen.

»Das war ohnehin schwierig, denn zum Beispiel das Ankleidezimmer der Toten war total ausgebrannt. Wenn nicht die Gipsteile der alten Stuckdecke des Schlafzimmers – wahrscheinlich schon sehr früh – die Tote abgedeckt hätten, wäre auch der Leichnam wesentlich verkohlter gewesen.«

»Aber wenn das Umfeld der Toten von einem Freund gewusst hat, dann müsste doch irgendwo vielleicht noch etwas im Haus gewesen sein, was man einem Mann hätte zuordnen können«, blieb die junge Kommissarin hartnäckig.

»Dirtje, du darfst nicht vergessen: Das Feuer hatte bereits das meiste, was brennbar war, vernichtet. Vor allem bei den unteren Räumen, in denen vermutlich Benzin verwendet wurde. Aber warte mal. Du könntest vielleicht doch recht haben. Die Spusi war ja noch einige Tage im Haus beschäftigt. Nachdem unsere Forensik bereits die Tote identifiziert hatte, wurde im Bad unter einem halbverkohlten Schrank noch ein Aufsteckteil einer elektrischen Zahnbürste gefunden. Davon wurde aber keine DNA-Untersuchung gemacht, weil die Spusi davon ausgegangen war, dass dieses Teil auch der Toten gehört hatte. Das hab ich gestern nur durch Zufall mitbekommen, weil ich gerade in der Forensik war und sich dort zwei Kollegen darüber unterhielten. Es ist zwar wenig wahrscheinlich, aber manchmal gibt es ja unmögliche Zufälle. Ich rufe mal in der Forensik an. Vielleicht haben die schon von sich aus eine DNA-Analyse durchgeführt.«

Genau das war der Fall, wie Carmen bei ihrem Telefonat erfuhr. Es war eine fremde DNA von einem Mann. »Wir wollten Sie gerade schon informieren«, sagte der Kollege. »Wir haben mit dieser DNA in unserer Zentraldatei tatsächlich einen Treffer. Alexander Salewski heißt der Mann und er ist wohnhaft in Kassel. Er war schon mehrfach wegen Betruges angezeigt und auch vor gar nicht langer Zeit zu einer ordentlichen Geldstrafe verurteilt worden.«

Dirtje, die das Gespräch mitgehört hatte, sagte: »Den Typen kenne ich. Den hatte ich schon mehrfach zur Vernehmung. Zweimal wurden die Anzeigen später wieder zurückgenommen. Wie wir gerade gehört haben, erhielt er jedoch in einem anderen Fall eine Geldstrafe. Aber es würde mich nicht wundern, wenn er

auch hinter den ungeklärten Banktransaktionen der toten Villenbesitzerin stecken sollte. In dem Fall, der zu seiner Verurteilung
zur Zahlung einer Geldstrafe geführt hat, sahen die Transaktionen
ähnlich aus wie die aus der Anzeige der Erben. Da waren größere
Geldbeträge auf ein Auslandskonto einer englischen Limited
überwiesen worden. Als Verwendungszweck waren nur eine
zehnstellige Nummer und der Name der Betrogenen angegeben.«

Mit dem Namen und seinen echten Adressdaten aus der Zentraldatei konnte Salewski sehr schnell festgenommen werden. Im
Verhör, welches Carmen und Dirtje gemeinsam führten, gestand
er schließlich ein, dass er die Villenbesitzerin dazu animiert hatte,
sich mit einer halben Million an einer Stiftung für humanitäre
Zwecke zu beteiligen. Im Verhör sagte er dazu: »Sie hatte keine
Kinder und wollte etwas Gutes tun. Und dabei habe ich ihr
geholfen. Leider habe ich keine Unterlagen mehr von dieser
Stiftung. Ich wurde rausgeschmissen und konnte noch nicht
einmal meine Akten mitnehmen, sodass die in der Villa verbrannt
sind. Soweit ich weiß, steuert die Limited das Geld in die Stiftung.
Darauf habe ich keinen Einfluss und auch keine Informationen
darüber. Die gingen von der Gesellschaft nur direkt an die
Stifterin persönlich.«

Abschließend sagte er nach Rücksprache mit seinem Anwalt:
»Dass es so aussieht, als hätte ich die Gefühle der Frau, die sie für
mich empfand, und ihre Unwissenheit ausgenutzt, tut mir unend-
lich leid! Schließlich hatte ich ernsthafte Absichten, mit ihr eine
dauerhafte Partnerschaft einzugehen. Dass das ganz kurz vor
unserer Kreuzfahrt, auf der ich unsere Verlobung geplant hatte, in
die Brüche ging, hat mich tief getroffen. Und dass sie jetzt auch
noch ermordet wurde, trifft mich umso härter. Aber damit habe
ich absolut nichts zu tun! Das müssen Sie mir einfach glauben!«

»Wieso ist die Beziehung denn so kurz vor der geplanten Reise
in die Brüche gegangen?«, wollte Carmen von ihm wissen. »Und
Sie sprachen gerade von einem Rausschmiss.«

Nachdem er eine Weile rumgedruckst hatte, sagte er schließlich:
»Wenn ich ehrlich bin, war es meine Schuld! Ich hatte mein Handy bei ihr auf dem Couchtisch liegen, während ich zur Toilette
war. Es hat dann eine alte Freundin von mir angerufen. Sie ist

drangegangen. Danach hat sie in meinen WhatsApp-Nachrichten nach dem Namen und der Handynummer der Anruferin gesucht und ist fündig geworden. Das war's. Sie hat mich sofort rausgeschmissen, als ich ahnungslos von der Toilette kam. Ich konnte ihr noch nicht einmal erklären, dass die Beziehung zu dieser alten Freundin seit langer Zeit nur noch platonisch bestand.«

»Ich würde das mal anders sagen«, entfuhr es Carmen. »Die Frau hatte erkannt, dass sie von Ihnen betrogen worden war, und zwar nicht nur sexuell, sondern auch mehrfach sechsstellig! Kein Pappenstiel und dann noch die einschlägige Vorstrafe, nämlich die Geldstrafe aus Ihrer ersten Verurteilung. Dann haben Sie die Frau zum Schweigen gebracht und die Villa angezündet!«

»Wann soll denn das gewesen sein?«

Die Kommissarin nannte ihm das Datum des Feuerwehreinsatzes und schloss mit der Frage: »Und wo waren Sie in der fraglichen Zeit?«

»Das kann ich Ihnen ganz genau sagen: Ich war bei der besagten Freundin, wir haben unsere alte Liebe wiederentdeckt, nachdem mich die Stifterin rausgeschmissen hatte. Sie wird das bestätigen können. Ich gebe Ihnen gerne ihre Telefonnummer, dann können Sie sie gleich von hier aus anrufen und fragen.«

Carmen rief bei der Frau an, die sich mit Sabine Hannemann meldete. Auf Nachfrage gab sie als Wohnort Göttingen an. Nachdem sie das Alibi ihres Freundes bestätigt hatte, bat die Kommissarin sie, sich bei ihr morgen zu einer Aufnahme des entsprechenden Protokolls im Polizeipräsidium Kassel zu melden. Die Frau stimmte zu und erschien auch am nächsten Tag pünktlich zum vereinbarten Termin.

Salewski hatte außerdem der Anforderung eines Gesprächsnachweises und eines GPS-Bewegungsprofiles seines Prepaid-Handys zugestimmt. In einer weiteren Vernehmung hatte er der Kommissarin auch im Gesprächsnachweis den Anruf seiner alten Freundin markiert, der zum Bruch seiner Beziehung geführt hatte. Das Bewegungsprofil bestätigte seine Aussage, dass er sich sowohl an den Tagen, bevor die Feuerwehr den Brand gemeldet bekam, als auch an den Tagen danach in Göttingen bei Sabine Hannemann aufgehalten hatte. Zumindest war das Handy nicht nach Kassel bewegt worden.

Mit dieser Feststellung wurde auch die staatsanwaltliche Mordanklage gerichtlich zurückgewiesen, obwohl der Staatsanwalt argumentiert hatte, dass die alte Freundin als Alibigeberin abzulehnen sei und Salewski ja auch ohne sein Handy die fünfzig Kilometer von Göttingen nach Kassel gefahren sein könnte, um das Opfer zu töten und die Villa anzuzünden.

Da es dazu aber weder forensische Beweise noch Zeugenaussagen gab, wurden die Mordanklage sowie auch die Betrugsanklage durch das Gericht niedergeschlagen.

Carmen kam in die Gegenwart zurück mit der Anmerkung: »Der Staatsanwalt und ich sind nach wie vor der Meinung, dass wir und die Justiz von Salewski und seiner damaligen Freundin gelinkt wurden.«

»Sabine Hannemann?! Du wirst es nicht glauben, so heißt die Frau, in deren Wohnmobil wir ihn heute Morgen auf einem Campingplatz in Neuharlingersiel festgenommen haben«, sagte Nina. »Und die behauptete sogar, dass sie mit ihm verheiratet ist. Sicher hast du gesehen, dass eine Wohnung in Kassel von einem Alex Hannemann angemietet wurde.«

»Darüber habe ich mir auch schon Gedanken gemacht, denn die Namensgleichheit ist mir bereits aufgefallen«, merkte Carmen an. »Dass Salewski aber mit ihr verheiratet sein soll, ist mir neu.«

»Er hatte bei uns auf dem Campingplatz in Neuharlingersiel auch gleich einen Ausweis auf den Namen Alex Hannemann parat. Das wird zurzeit von unserer Forensik überprüft«, ergänzte Nina. »Allerdings haben wir auch bereits das Bewegungsprofil seines Handys. Aber nicht das, welches uns von der Hannemann im Wohnmobil übergeben wurde. Das lag offensichtlich die fragliche Zeit bei ihr im Wohnmobil. Im Gegensatz dazu zeigte das Bewegungsprofil einer verdächtigen Handynummer, die aus den Gesprächsnachweisen unserer ermordeten Bäckersfrau stammte, eindeutig, dass dieses Handy zur fraglichen Zeit in Tatortnähe war.«

Nach dem gemeinsamen Essen trennte sich die ›kriminalistische Frauenpower‹. Nina und Rita hatten mit der langen Fahrt einen anstrengenden Tag hinter sich und wollten sich schon bald zur Ruhe begeben. Die beiden örtlichen Kommissarinnen fuhren nach Hause.

Sie hatten sich für den nächsten Morgen um sieben Uhr im Polizeipräsidium verabredet. Der Abmarsch der Spurensicherung zu den beiden Objekten war nach einer Einweisung um acht Uhr geplant. Nina wollte sich dann mit Carmen dem Trupp der Spurensicherung von Salewskis Wohnung anschließen. Rita und Dirtje sollten mit dem Trupp zur angemieteten Hochhauswohnung fahren.

Als Nina und Carmen am nächsten Morgen mit dem Spusi-Trupp bei Salewskis Wohnung ankamen, sagte Carmen: »Bei meiner ersten Begegnung mit Salewski wohnte er noch nicht so exklusiv. Wenn ich das richtig einschätze, dürften die Wohnungen in diesem Mehrfamilienhaus überwiegend Eigentumswohnungen sein. Allerdings glaube ich nicht, dass ihm die Wohnung gehört. Er wird sie gemietet haben, schon allein, um beim Finanzamt nicht aufzufallen, wenn er zum Beispiel eine solche Wohnung bar bezahlen würde und dafür keine versteuerten Einkommensnachweise erbringen kann.«

Carmens Vermutung in Bezug auf eine Mietwohnung sollte sich bald bestätigen. Es gab sogar einen Hausmeister und der hatte für Notfälle auch einen Schlüssel. Es brauchte daher noch nicht einmal die Tür aufgebrochen zu werden.

Als Carmen und Nina mit dem Leiter ihres Trupps durch die Räume gingen, um sich einen schnellen Überblick zu verschaffen und ein paar Handyfotos zu machen, stellte dieser fest: »Erstaunlich aufgeräumt. Aber es sieht nicht danach aus, als wenn Salewski unseren Besuch erwartet hätte. Dass hier die Kabel von Peripheriegeräten ohne Anschluss auf dem Schreibtisch liegen, ist nicht ungewöhnlich, da er sein Notebook mit Sicherheit bei sich hat. Aber hier steht sogar eine Box mit mehreren Handys auf seinem Schreibtisch. Das kenne ich ganz anders, wenn auf die Schnelle noch Beweise vernichtet werden müssen. Dann liegen offene Ordner herum, Schränke stehen auf. Manchmal ein richtiges Schlachtfeld. Aber hier sprechen allein schon die Handys dafür, dass er nicht mit einer solchen Aktion wie unsere Durchsuchung gerechnet hat. Na, lassen wir uns überraschen.«

Carmen zog eine Schublade des Schreibtisches auf und sagte, nachdem sie hineingeschaut hatte: »Das sind mehrere externe Festplatten. Das spricht sehr dafür, dass Sie recht haben, Herr Kollege.«

»Das spricht dann aber nicht gerade dafür, dass Salewski von vornherein vorgehabt hatte, unsere Bäckersfrau in Wittmund zu ermorden«, sagte Nina.

»Das würde ich unter diesen Umständen allerdings auch so sehen«, stimmte Carmen ihrer Kollegin zu.

»Darf ich trotzdem ein paar Fotos machen?«, wollte Nina wissen.

»Natürlich darfst du so viele Fotos machen, wie du möchtest. Denn wir können ebenso wenig ausschließen, dass er der Mörder ist. Wie du gestern schon sagtest, hatte Salewski kurz vor dem Tod seines Opfers in Wittmund ein Telefonat. Sollte eure Bäckersfrau ihm tatsächlich auf die Schliche gekommen sein und ihm mit Anzeige gedroht haben, hätte er auf jeden Fall ein Motiv. Auch, wenn er eigentlich keinen Mord geplant hatte.«

Nachdem Nina ihre Fotos gemacht hatte, überließen die beiden Kommissarinnen die Wohnung den Kollegen der Spurensicherung und machten sich auf den Weg zurück ins Polizeipräsidium. Rita und Dirtje waren bereits vor ihnen zurückgekommen. Die Wohnung in dem Hochhaus schien wirklich nur als Ausweichquartier für ausgewählte Betrugsopfer genutzt worden zu sein. Dort fanden sich keine technischen Geräte, was aber für die Kollegen der Forensik bei der Sicherung von Spuren weniger von Bedeutung war.

Die ›kriminalistische Frauenpower‹, wie Carmen ihr Zusammentreffen gestern scherzhaft genannt hatte, beschloss noch gemeinsam zum Mittagessen zu gehen, bevor Nina und Rita die Heimreise nach Wittmund antreten wollten. Dazu hatte Carmen nochmal den Tisch im Restaurant von gestern reservieren lassen, bevor die Kommissarinnen in Carmens Dienstwagen sich dorthin auf den Weg machten.

6. Kapitel

Die ›kriminalistische Frauenpower‹ hatte ein leckeres Mittagessen bei einem regen Gedankenaustausch verbracht. Dabei waren ihre Erfahrungen als Frauen im Polizeieinsatz im Allgemeinen und im speziellen Fall, bei dem gutgläubige Geschlechtsgenossinnen von skrupellosen Charmeuren ausgenommen wurden, zur Sprache gekommen. Eigentlich waren Nina und Rita nur noch mit zum Dienstzimmer der Soko-Leiterin gegangen, um ihre Notebooks und Unterlagen zu holen, als sie von Carmens Vertreter, Kriminalhauptkommissar Tobias Löffler, schon auf dem Gang in Empfang genommen wurden.

»Wir haben gleich einen neuen Einsatz«, sagte er. »Carmen und ich hatten uns, nachdem sie heute Morgen vom Einsatz zurück war, nicht mehr gesprochen. Daher wusste ich nicht, ob die Kolleginnen aus Wittmund schon unterwegs nach Hause waren. Da ich Carmen nicht beim Essen stören wollte, das hat sie nicht so gern, habe ich Soko-Leiter Linnig in Wittmund bereits informiert. Er sagte mir, dass ihr noch zusammen zum Essen wolltet. Nina soll selbst entscheiden, ob ihr noch an unserem Einsatz, der in Kürze beginnt, teilnehmen wollt.«

»Das gemeinsame Mittagessen war ein spontaner Entschluss«, sagte Carmen. »Aber mach es nicht so spannend. Wie ich dich kenne, gibt es eine brandneue Entwicklung.«

»Du hast recht. Mit Brand hat das was zu tun. Lasst euch mal überraschen. Die Forensik hat uns vorhin ein Video geschickt, das solltet ihr euch mal ansehen. Dieses Video stammt von einer der externen Festplatten und einer unserer Kollegen der Forensik hat da einen Glücksgriff gemacht und gleich mit der ersten Festplatte einen Volltreffer gelandet. Die war zwar mit einem Passwort gesichert, da es sich aber um ein schon etwas älteres Speichermedium handelte, war es für unseren Kollegen ein Kinderspiel, dieses zu knacken. Ich habe in Carmens Dienstzimmer schon den großen Monitor vorbereitet, denn viel Zeit haben wir nicht mehr, bis es losgeht.«

Zunächst war auf dem großen Bildschirm nur schemenhaft ein größeres Gebäude auszumachen. Plötzlich wurde dies von Scheinwerfern angestrahlt, die sich rasch dem Haus näherten.

»Das ist doch die Villa, in der die Besitzerin vor etwa drei Jahren tot aufgefunden wurde. Da sieht das Haus aber noch wesentlich besser aus, als wir es nach dem Brand gesehen haben«, stellte Carmen fest.

Ein großer SUV fuhr bis vor den Eingang. Offensichtlich durch einen Bewegungsmelder ging eine Beleuchtungsanlage beim Hauseingang an. Die Kamera zoomte das Fahrzeug heran, sodass deutlich ein Kasseler Kennzeichen zu sehen war, bis die Scheinwerfer ausgeschaltet wurden. Ein Mann stieg aus und ging zum Hauseingang. Die Kamera folgte ihm mit dem Zoom. Er schien einen Schlüssel zu haben, denn kurz darauf wurde die Tür geöffnet und im Hausflur ging das Licht an. Der Mann schaute sich noch einmal prüfend um. Wahrscheinlich um sicher zu sein, dass ihm niemand gefolgt war. Dabei war sein Gesicht in aller Deutlichkeit zu sehen.

»Ich ahne schon, was da gleich passiert. Wie wir schon seinerzeit gesehen haben, ist die Gartenanlage in Jahrzehnten so bewachsen, dass das weder die Nachbarn noch jemand von der Straße aus mitbekommen hat. Ich bin sicher, da brennt gleich die Hütte«, bemerkte Carmen.

Kurz darauf kam der Mann wieder aus dem Haus und holte zwei Kanister aus dem SUV, mit denen er im Haus verschwand. Es dauerte eine Weile, dann kam er mit den Kanistern, die offensichtlich jetzt kein Gewicht mehr hatten, zurück. Das wiederholte er noch einmal. Als er wieder rauskam, trug er nur einen leeren Kanister, den er wieder im SUV verstaute. Dann ging er wieder ins Haus zurück. Als er erneut durch die Tür trat, sah man, wie er Flüssigkeit aus dem letzten Kanister auf den Boden fließen ließ.

Nachdem er den Rest vor der Tür geleert hatte, verstaute er auch diesen im Auto und schloss die Heckklappe. Dann setzte er sich in den Wagen und fuhr ihn einige Meter vom Eingang weg. Dort hielt er an, stieg wieder aus. Dabei ließ er die Fahrertür offen und lief wieder in Richtung der offen stehenden Haustür. In der Hand hielt er einen Lappen. Dann flammte ein Feuerzeug auf, mit dem er den Lappen in Brand setzte. Diesen warf er Richtung Tür. Gleich darauf entstand eine Stichflamme, die sich fast explosionsartig ins Innere des Hauses hineinfraß.

Der Mann war unmittelbar, nachdem er das Feuer entzündet hatte, zu seinem Auto zurückgelaufen und mit hohem Tempo aus dem Bild verschwunden. Die Flammen fraßen sich rasend schnell durch das ganze Gebäude. Es dauerte nicht lange, dann platzten die ersten Fensterscheiben und die Flammen schlugen heraus. An dieser Stelle endete die Aufnahme.

»Was war das denn jetzt für eine Nummer? Und was für ein Vollpfosten hat den Brandstifter aus was für einem Grund gefilmt?«, konnte Rita es nicht fassen.

»Über den Grund können wir im Moment nur spekulieren«, sagte Nina. »Aber da das auf einer externen Festplatte von Salewski gespeichert war, ist davon auszugehen, dass er selbst die Aufnahmen gemacht hat.«

»Das wird sicher so sein«, stimmte Carmen zu. »Aber das hat er bestimmt nicht aufgezeichnet, um sich selbst zu belasten. Zumal er sicher nicht davon ausging, dass uns diese Festplatte in die Hände fallen könnte. Und wahrscheinlich hatte er seinerzeit gedacht, ein Superpasswort verwendet zu haben. Aber gerade im IT-Bereich bleibt die Zeit nicht stehen und unsere Spezialisten sind inzwischen auch up to date.«

»Der örtliche Leiter der Spusi sagte ja schon heute Morgen, als du zufällig in die Schublade mit den Festplatten schautest, dass Salewski mit Sicherheit nicht mit einer Durchsuchung gerechnet hat«, bestätigte Nina.

»Aber eine Spekulation würde mir dazu auch schon spontan einfallen«, fuhr Carmen fort. »Gehen wir mal davon aus, dass der Brandstifter mit dem Brand nicht das Interesse verfolgt hat, einen eigenen Mord zu vertuschen. Dann hat er einen Auftrag ausgeführt. Und selbst wenn er zu diesem Zeitpunkt noch nicht gewusst haben sollte, dass sich die Leiche der Hausbesitzerin im Haus befindet, dann hätte er das spätestens einige Tage danach aus der hiesigen Presse erfahren. Damit wäre Salewski als sein Auftraggeber für ihn erpressbar gewesen, was dieser mit dem Video möglicherweise verhindern konnte.«

»Durch einen biometrischen Abgleich wissen wir auch schon, wer der Brandstifter ist. Er heißt Lucas Müller«, meldete sich Tobias zu Wort. »Der stand wegen einer ähnlichen Brandstiftung schon einmal vor Gericht. Da konnte ihm das aber letztlich nicht rechtskräftig nachgewiesen werden. Und im Zweifel wurde hier für den Angeklagten entschieden. Aber gesessen hat er trotzdem schon, wegen schwerer Körperverletzung und illegalem Waffenbesitz, sogar von einer Automatikwaffe, die bei ihm sichergestellt wurde.«

»Und wir gehen gleich in den Einsatz, um ihn festzunehmen, richtig?«, wollte die Soko-Leiterin wissen.

»Das SEK ist schon alarmiert. Wir erhalten Nachricht, sobald wir folgen können«, informierte er seine Chefin. »Sein Handy wurde in einem gemischten Gewerbegebiet, in einer Kfz-Werkstatt, geortet. Dort ist auch seine Wohnung gemeldet. Wir werden ihn da ganz sicher nicht alleine antreffen. Er betreibt die Werkstatt mit einem Kompagnon zusammen, der ebenfalls dort gemeldet ist. Gegen die Werkstatt wurde schon wegen Autoschieberei ermittelt, und zweimal wurden bereits gut vorbereitete Razzien durchgeführt. Trotzdem leider jedes Mal ohne Beweise sicherstellen zu können, wie mir ein Kollege sagte.«

Dann zeigte er Fotos von der Werkstatt, die von deren Webseite kopiert worden waren. Neben der Werkstatthalle, in der auch die Anmeldung untergebracht war, wie auf einem Hinweisschild zu lesen stand, befand sich ein großes zweistöckiges Wohngebäude.

»Könnte mir vorstellen, dass die beiden Werkstattbetreiber in dem Haus wohnen«, sagte Tobias. Dann zeigte er ein weiteres Foto und fuhr fort: »Das ist sein Kompagnon, auch kein Unbekannter. Der hatte schon mit Autoschiebereien zu tun.«

»Das darf doch nicht wahr sein«, entfuhr es Nina. »An das Gesicht erinnere ich mich. Der ist mir schon mal begegnet, das war vor etwa zwei Jahren. Da führten uns die Ermittlungen in einem Anglermord bei uns auf einem Campingplatz an der Harle nach Hannover zu einer ähnlichen Autowerkstatt, wo gestohlene Autos für die Verschiffung nach Übersee umfrisiert wurden. Möglicherweise war der Typ mit dem roten Igelhaarschnitt und dem auffälligen Tattoo am Hals nur zufällig zu dem Zeitpunkt in

Hannover und wurde mit allen anderen dort Anwesenden vorläufig festgenommen. Könnte mir vorstellen, dass die beiden Werkstätten zusammengearbeitet haben.«

»Das würde passen, in etwa der Zeit wurde der zu einer Bewährungsstrafe verurteilt«, sagte Carmens Kollege und zeigte dann noch einige Google-Maps-Bilder vom Objekt. Dann beendete er seinen Vortrag.

»Eigentlich ist das ja nur ein Einsatz für mein Team und mich«, sagte Carmen, »zumal in diesem Fall Schusswaffengebrauch nicht ausgeschlossen ist.«

»Ich wäre trotzdem gerne mit dabei«, sagte Nina. »Ich werde mich aber absolut im Hintergrund halten, versprochen. Rita bleibt hier, bis ich zurück bin. Ich hoffe, dass wir durch die Glasscheibe dann eure Vernehmung verfolgen dürfen. Davon erhoffe ich mir wichtige Informationen für unseren Mordfall in Wittmund.«

»Okay, einverstanden«, entschied die Soko-Leiterin. »Ich gehe davon aus, dass du dich wirklich im Hintergrund halten wirst. Eine Schutzweste kannst du leihweise von uns erhalten. Bei der Vernehmung nehme ich dich gerne mit in den Verhörraum, zumal du ja in Bezug auf Salewski einen ähnlichen Wissensstand und ein gleiches Interesse an dessen Überführung hast.«

Kurz darauf war eine Kolonne von SEK-Fahrzeugen, gefolgt von einigen zivilen Dienstwagen der Kriminalpolizei und der Spurensicherung sowie einem Notarzt und zwei Rettungstransportfahrzeugen der Feuerwehr, unterwegs zu dem Gewerbegebiet etwas außerhalb der Stadt. Die Soko-Leiterin fuhr im Führungsfahrzeug des SEK mit.

Der eingezäunte Hof der Autowerkstatt lag am Ende des Gewerbegebietes, wie den Google-Maps-Bildern zu entnehmen gewesen war. Hinter einer großen Halle eines anderen Gewerbes machte die Straße einen Neunzig-Grad-Knick, und dann sah man in etwa fünfzig Meter Entfernung schon die Halle und das Wohnhaus liegen. Die Fahrzeuge des SEK fuhren in schnellem Tempo auf den Hof und verteilten sich dort sofort.

Die Beamten sprangen behelmt und bewaffnet in ihrer Einsatzausrüstung aus den Fahrzeugen und verteilten sich blitzschnell um das Werkstatt- und Wohngebäude. Nina, die bei Tobias im

Wagen saß, der mit der Spurensicherung und den Rettungsfahr-
zeugen außerhalb der Umzäunung stehen geblieben war, sagte:
»Das ist für mich fast wie ein Déjà-vu des Einsatzes in Hannover
vor etwa zwei Jahren.«

Und tatsächlich, auch hier war die Aktion der SEK-Trupps so
schnell beendet, wie sie begonnen hatte. Offensichtlich waren die
Betreiber der Werkstatt und ihre Leute von dem SEK-Einsatz völlig überrumpelt worden. Kurz darauf saßen alle Personen, die sich
in der Halle und auf dem Gelände aufgehalten hatten, unter Auf-
sicht von einigen SEK-Leuten in der Werkstatt in einem Aufent-
haltsraum.

Carmen meldete ihrem Stellvertreter über Funk: »Es ist alles
okay, wir haben Lucas Müller bereits festgenommen. Er wird von
einem abrückenden SEK-Trupp mit ins Präsidium genommen.
Die Personalien der anderen müssen wir noch aufnehmen. Du und
Nina, ihr könnt jetzt zum Wohnhaus kommen, und die Spusi habe
ich auch schon informiert.«

Die Spurensicherung stellte ihre Fahrzeuge vor der Werkstatt
und dem Wohngebäude auf den Plätzen ab, die die Kollegen des
SEK gerade frei gemacht hatten. Tobias fuhr mit seinem Wagen
zum Wohnhaus, vor dem Carmen bereits mit dem örtlichen Leiter
der Spusi auf sie wartete. Bevor sie ins Haus gingen, streiften sie
sich die Überzieher über die Schuhe und zogen Handschuhe an.

»Wir sind hier nicht zum ersten Mal bei dieser Werkstatt im
Einsatz«, sagte der Leiter der Spurensicherung. »Leider haben wir
bei den bisherigen Razzien keine Beweise für Autoschiebereien
oder Ähnliches sicherstellen können.«

»Davon haben wir schon gehört«, hakte Nina ein. »Ich habe
vorhin schon zu Tobias gesagt: Das ist für mich fast wie ein Déjà-
vu eines Einsatzes in Hannover vor etwa zwei Jahren. Da war
auch keine Razzia von Erfolg gekrönt gewesen, obwohl – oder
vielleicht sogar weil – diese von den Kollegen in Hannover gut
geplant und vorbereitet bei einer dortigen Kfz-Werkstatt durchgeführt wurde. Erst ein Einsatz, der durch einen Mordfall spontan
ausgelöst wurde, führte zum Erfolg. Auffällig ist für mich dabei,
dass das große Firmenschild mit der Aufschrift ›Werkstatt für alle
Automarken‹ und das Schild darunter, ›Gepflegte Gebraucht-

wagen mit Garantie«, exakt den Schildern gleichen, die auch bei der Hannoverschen Werkstatt hingen. Ich habe vorhin schon gedacht, sieht fast so aus, als wenn die vom gleichen Schilderhersteller stammen. Nur die eine Werkstatt stand in Hannover und diese hier in Kassel. Welch ein Zufall.«

»Vielleicht doch kein Zufall«, sagte der Forensiker. »Von der Werkstatt in Hannover habe ich schon mal gehört. Da konnten die Kollegen vor zwei Jahren richtig aufräumen. Das lässt mich jetzt hoffen, dass wir bei der Spurensuche in dem Mordfall der Villenbesitzerin von vor drei Jahren diesmal auch Beweise für die Autoschieberei finden werden.«

»Den Einsatz der Polizeidirektion Hannover vor zwei Jahren leitete der Erste Kriminalhauptkommissar Ludger Braunmüller, seine Kontaktdaten kann ich Ihnen gerne geben«, sagte Nina. »Er kann Ihnen dann auch sagen, wer von Ihren forensischen Kollegen damals zuständig war, sofern Sie sich nicht ohnehin persönlich kennen.«

»Danke! Aber es ist tatsächlich so, wie Sie schon vermutet haben, wir kennen uns. Von dem forensischen Kollegen weiß ich daher auch von dem damaligen Fall. Nur bei uns hat es bislang nicht geklappt. Wie gesagt, auf lange Hand vorbereitete Razzien blieben erfolglos. Aber was sollen wir machen? Die Kollegen der Kripo können einen Richter ja vielleicht noch mit einem nachträglichen Argument überzeugen, dass Gefahr im Verzug und daher ein eigentlich widerrechtliches Eindringen in eine Werkstatt notwendig gewesen wäre. Diese Möglichkeit haben wir bei einem Einsatz unserer Spurensicherung leider nicht. Wir kommen immer erst dann zum Einsatz, wenn ein Richter bereits eine Durchsuchung angeordnet hat. Ermittlungen in Mordfällen wie hier sind dann für uns schon Ausnahmen.«

»Den Kollegen Braunmüller in Hannover kenne ich auch«, sagte Carmen. »Dass du und dein Kommissariat schon mit ihm zusammengearbeitet habt, wusste ich allerdings nicht. Aber so klein ist eben manchmal die Welt. Dann wollen wir mal hoffen, dass unsere Spontanermittlungen im Fall der Brandstiftung mit Mordverdacht gegen einen der Betreiber dieser Werkstatt auch hier den gleichen Erfolg bringt wie in Hannover.«

»Den Ausschlag hatte dort ein Zufallsfund gegeben«, griff Nina Carmens Wunsch noch einmal auf. »In einem Container mit Kleinschrott fiel uns ein Stapel Kfz-Kennzeichen auf, die mit Tapeband zusammengeklebt waren. Eine Nummer kannten wir. Es war ein gestohlenes Kennzeichen von einem Fluchtfahrzeug, mit dem der mutmaßliche Mörder bei uns in Ostfriesland unterwegs gewesen war und nach dem wir in Wittmund schon gefahndet hatten. Außerdem waren es Kennzeichen von unterschiedlichen Zulassungsstellen, nicht nur aus der hiesigen Region.« Was sie bei diesem Hinweis in aller Bescheidenheit unterschlagen hatte, war die Tatsache, dass sie es gewesen war, die diesen Zufallsfund gemacht hatte.

»Das ist ein sehr guter Hinweis. Obwohl ich sicher bin, dass meine Kollegen auch in solche Container schauen werden. Aber dann haben sie auf jeden Fall schon mal eine Idee, wonach sie konkret suchen müssen«, sagte der Leiter der Spurensicherung und gab über Funk gleich eine entsprechende Anweisung an seine Leute.

Dann übernahm er die Führung im Wohnhaus, um seinen Ermittlungskollegen zunächst einen groben Überblick zu verschaffen. »Ich habe vorhin schon mal kurz durch die Räume geschaut. Im Moment konzentrieren wir uns auf die Erdgeschosswohnung, die dem Brandstifter und Mordverdächtigen Lucas Müller gehört. Für diese gilt unser Durchsuchungsbeschluss, genauso wie für die Werkstatt und das Firmengelände, denn dort könnte Müller ja auch etwas versteckt haben. Sollten wir allerdings auch Hinweise auf Straftaten des Kompagnons finden, könnten wir uns – wegen Verdunkelungsgefahr – auch dessen Wohnung vornehmen.«

»Ist denn niemand in den Wohnungen?«, wollte Tobias wissen.

»Erstaunlicherweise scheint sich im Moment niemand in den Wohnräumen aufzuhalten, weder Partnerinnen noch Kinder. Unsere SEK-Leute waren aus Sicherheitsgründen natürlich oben in der Wohnung und haben diese anschließend versiegelt«, antwortete der Spurensicherer. »Müller, dem die Erdgeschosswohnung gehört, scheint aber zumindest eine Partnerin zu haben, denn beide Betten sind benutzt und es liegt auch weibliche Bekleidung rum.«

»Ich könnte mir vorstellen, dass Müllers Partnerin im Büro der Werkstatt tätig ist und da natürlich jetzt von den SEK-Kollegen und meinem Team, die die Personenfeststellungen gerade durchführen, festgehalten wird«, mutmaßte Carmen.

»Das könnte sehr gut sein«, stimmte der Forensiker ihr zu. »So, hier haben wir jetzt das Büro, welches ich bis zum Schluss aufgehoben habe, weil ich vermute, dass wir hier die meisten Informationen aus den Akten und dem PC bekommen werden.«

Der Raum wurde nach der Einrichtung und Ausstattung offensichtlich als privates Büro genutzt. Unter dem Schreibtisch stand ein ziemlich großer PC, und darauf lag ein aufgeklapptes Notebook mit dunklem Bildschirm. Wie rein zufällig wischte Nina über das Touchpad. Es erschien eine Landschaftsaufnahme, die sie anklickte. Danach klickte sie auf ein kleines Fenster mit der Bezeichnung ›Anmelden‹. Auf dem Bildschirm erschien nun eine Excel-Tabelle, an der Müller offensichtlich vorhin bis zu seiner Festnahme gearbeitet hatte.

»Wow, damit hätte ich nicht gerechnet«, entfuhr es der Kommissarin. »Ich hätte eigentlich erwartet, dass der Verdächtige den Auftrieb unseres SEK mitbekommen hat und zumindest das Notebook ausgemacht hätte. Jedenfalls brauchen wir noch nicht einmal ein Passwort.«

»Der war auf der Toilette, als unsere Kollegen hier eingedrungen sind. Da die mit Schusswaffengebrauch rechnen mussten, haben sie nicht vorher geklingelt, sondern gleich die Ramme eingesetzt«, erläuterte der Forensik-Leiter grinsend.

Dann öffnete die Kommissarin mit der Tastenkombination ›Windows‹ und ›E‹ einen Explorer. Dort gab sie den Suchbegriff »Alex« ein, und es erschienen Suchergebnisse im Schnellzugriff-Fenster in Form einer Liste, angeführt von einem Ordner mit diesem Namen und darunter weitere Dateien aller Dateiformate, in denen der Suchbegriff enthalten war. Nina scrollte die Liste bis zum Ende, es waren etwa dreißig bis vierzig Einträge. Mit einem Doppelklick öffnete Nina den Ordner »Alex«, und im Explorer erschienen mehrere Dateien ebenfalls unterschiedlicher Formate.

Da die Anzeige im Ordner auf große Symbole eingestellt war, fielen Nina zwei Screenshots ins Auge, die wie eine Zeitungsseite aussahen. Sie öffnete die erste Datei und es war tatsächlich ein Zeitungsartikel, der offensichtlich aus dem Internet auf den Bildschirm geladen und zuvor gescannt worden war. Der Artikel hatte den Titel: »Villenbesitzerin durch Brandstiftung getötet? Polizei tappt im Dunklen!« Sie öffnete auch den zweiten Artikel, der offensichtlich einige Tage danach erschienen war. Der Titel lautete: »Rechtsmedizin bestätigt: Brand in der Villa sollte Mord vertuschen!«

»Da ich im Moment keine andere Aufgabe habe, würde ich mich gerne mit diesen Dateien beschäftigen, wenn ihr keine Einwände habt. Ich würde mir davon gegebenenfalls welche auf einen Stick ziehen. Aber hier seid ihr ja zuständig«, sagte Nina mit fragendem Blick in die Runde.

»Von mir hast du die Freigabe«, antwortete die Soko-Leiterin. »Tobias und ich müssen uns jetzt um unser Team kümmern.«

»Sie als Ermittlerin haben selbstverständlich Zugang zu den Räumen und grundsätzlich auch zum Notebook. Wichtig ist, dass meine Mitarbeiter dadurch nicht behindert werden, was im Moment überhaupt nicht zur Diskussion steht, da diese anderweitig beschäftigt sind«, gab auch der Forensik-Leiter grünes Licht und fügte dann lachend hinzu: »Hauptsache, Sie nehmen das Notebook nachher nicht mit.«

Während der Leiter der Forensik sowie Carmen und Tobias zu ihren Leuten gingen, begann Nina eine Datei nach der anderen zu öffnen. Alle Dateien, die in irgendeinem Zusammenhang mit der Brandstiftung und dem Mord an der Villenbesitzerin standen oder zu stehen schienen, lud sie auf einen Stick, den sie in ihrer Tasche dabeihatte. Da Carmen und ihr Kollege noch beschäftigt waren, nutzte sie die Zeit, um in ihrem eigenen Notebook mit dem Datenmaterial vom Stick auf die Schnelle eine PowerPoint-Präsentation zusammenzustellen. Diese begann mit den beiden Zeitungsartikeln, wobei nicht zu erkennen war, um welche Zeitungen es sich handelte, und auch das Datum war auf dem Screenshot nicht mitgescannt worden. Aber das Speicherdatum, welches sie als Text in die Präsentationsfolie einfügte, passte zur Beschreibung und dem Datum des Brandes in der Villa vor drei Jahren.

Dann öffnete sie die erste PDF-Datei mit Namen ›Alex 1‹. Es gab noch drei weitere ›Alex‹-Dateien mit den Nummern zwei bis vier. Schon bei ihrer ersten kurzen Sichtung dieser Dateien hatte sie ihren Augen kaum getraut. Es handelte sich offensichtlich um einen Chatverlauf, der ähnlich wie bei WhatsApp aussah, aber ein anderes Erkennungssymbol hatte. Die erfahrene Polizistin erkannte, dass es ein Chat im Darknet sein musste.

In der Datei ›Alex 1‹ stand: »Hi Luc, wie wärs mit einem Spezialauftrag für 50 Riesen?«

Die Antwort lautete: »Hi Alex, klingt nicht schlecht. Was soll das denn sein?«

Der als Alex angesprochene schickte ein Google-Maps-Bild, das eine Zoom-Abbildung eines großen Gebäudes zeigte, welches in einer kleinen Parkanlage stand. Als Text stand darunter: »Die Hütte braucht eine Warmsanierung. Wär das was für dich?«

Für die Kommissarin stand fest, dass es sich um die Villa handelte, die abgefackelt worden war.

Lucs Antwort war: »Wo und wann?«

Alex beendete den Chat mit: »Kommt.«

Nina übertrug den Inhalt der PDF-Datei in die Präsentation. Dann öffnete sie die Datei mit dem Namen ›Alex 2‹.

Diese enthielt auf der ersten Seite wieder ein Google-Maps-Bild mit einem größeren Landschaftsausschnitt und Straßennamen. Die genaue Adresse war im Text vermerkt mit dem Hinweis: »Die Besitzerin lebt alleine in dem Haus und befindet sich zurzeit mit ihrem Freund auf Kreuzfahrt. Guter Zeitpunkt in drei Tagen. Fernbedienung für das Tor zur Straße und Schlüssel für die Haustür findest du in deinem Briefkasten, anschließend einfach entsorgen. Du kannst mit dem Auto bis vor das Haus fahren. Das ist weder von der Straße, noch von den Nachbarn einsehbar. Fragen?«

Luc antwortete darauf: »Alles klar. Hab ein neues Wallet, schicke ich dir auf anderem Weg. Anzahlung fünfzig Prozent, Rest nach Ausführung. Nur Neugierde halber: Geht's um Versicherung?«

Antwort von Alex: »Könnte sein. Je weniger du weißt, um so besser für dich! Konto ist angekommen. Anzahlung ist unterwegs.«

Danach endete auch dieser Chat und wurde von der Kommissarin in die Präsentation übernommen.

Die Datei ›Alex 3‹ enthielt ein Foto, auf dem eine mit Rock und Bluse bekleidete Frau auf einem Bett liegend zu sehen war. Eine Tagesdecke lag aufgeschlagen auf ihren Füßen. Eine Nahaufnahme zeigte deutliche Würgemale an ihrem Hals. Offene Augen mit leerem Blick ließen erahnen, dass die Frau tot war. Unter den Bildern stand als Text: »Warmsanierung als Krematorium-Ersatz war im Preis nicht inbegriffen! Erwarte mindestens das Doppelte! Das muss es dir wert sein!«

Die Antwort darauf war: »Luc, okay, zum Vorschuss kommen nach Abschluss nochmal 50 Riesen statt nur 25. Dann muss es aber gut sein! Sind unterwegs.«

Hier endete auch diese Datei und Nina übertrug auch dies in die Folien der Präsentation.

Dann öffnete sie die Datei ›Alex 4‹. Dieser Chat begann mit einem Text von Luc: »Alex, ich hatte gesagt, mindestens das Doppelte! Das muss es dir wert sein! Jedenfalls habe ich für den tatsächlichen Todeszeitpunkt der Frau ein wasserfestes Alibi. Bin erst am Abend vor dem Brand von Malle zurückgekommen.«

Danach folgte als Antwort: »Luc, nicht übermütig werden! 75 Riesen sind reichlich genug. Und nachstehend kannst du dich davon überzeugen, wir sitzen in einem Boot!«

Als erstes Bild folgte als Großaufnahme der Ausschnitt aus Salewskis Video, in dem er das Kfz-Kennzeichen herangezoomt hatte. Das zweite Bild zeigte die Aufnahme, die auch die Forensik für den biometrischen Abgleich genutzt hatte, um Lucas Müller in der Zentraldatei der Polizei zu finden. In der dritten Aufnahme war zu sehen, wie Müller mit dem Benzinkanister aus der Haustür kam und Flüssigkeit aus dem Kanister auf den Boden floss. Ein vierter Bildausschnitt aus dem Video zeigte den Moment, als Müller mit dem brennenden Lappen das Benzin entzündete.

Die Kommissarin hatte gerade auch diesen Chatverlauf in die Präsentation übernommen, als Carmen erschien und sagte: »Du sitzt ja immer noch über den Dateien. Wir haben dafür Spezialisten in der Forensik. Übrigens, unsere Spusi ist im Kleinschrott-Container auch hier fündig geworden. Da waren die Kfz-Kennzeichen der gestohlenen Autos, nur nicht zu einem Paket zusammengeschnürt, wie du das beschrieben hattest.«

»Na, dann könnt ihr jetzt ja auch nachweisen, dass hier Autoschieberei betrieben wird«, sagte Nina.

»So ist es. Darüber hinaus ist einer unserer IT-Spezialisten auch schon im PC der Werkstatt fündig geworden. Die hatten keine Gelegenheit mehr gehabt, einen Chatverlauf über das Darknet zu löschen. Darin ging es konkret um gestohlene Autos, die gerade in der Werkstatt standen. Und der Rothaarige mit dem Tattoo, der dir in Hannover aufgefallen war und zweiter Werkstattbetreiber ist, wurde auch bereits festgenommen. Damit können wir auch seine Wohnung unter die Lupe nehmen. Der Forensik-Leiter und ich haben das schon mit der Staatsanwaltschaft abgeklärt. Ach ja, hätte ich beinahe vergessen, die Partnerin von Müller saß in der Werkstatt an dem Computer und wurde auch gleich vorläufig in Gewahrsam genommen. Sie hatte nämlich noch versucht, den Chat im Darknet zu löschen.«

»Ich habe inzwischen eine PowerPoint-Präsentation zusammengestellt, die ich euch auf der Dienststelle noch vorstellen möchte«, sagte Nina. »Ihr werdet überrascht sein und es beantwortet manche unserer Fragen. Ich bin da offensichtlich auf einen Chatverlauf zwischen Salewski und Müller aus einem Messenger des Darknets gestoßen.«

»Das ist gut, denn Tobias und ich wollten uns gleich in der Dienststelle noch zu einer kurzen Abschlussbesprechung mit unserem Team zusammensetzen, bevor wir Müller vernehmen. Es wird ohnehin etwas dauern. Der hat schon nach seinem Anwalt verlangt. Und wie ich von den Kollegen erfahren habe, die für die Autoschieberei zuständig sind, hat der den schon bei den früheren Razzien vertreten.«

Als Carmen den Namen des Anwalts nannte, sagte Nina: »Das ist ja merkwürdig, den gleichen hatte auch Salewski gestern benannt und dessen Zusage erhalten, ihn heute Nachmittag in Wittmund vertreten zu wollen.«

»Vielleicht gar nicht so merkwürdig, wie es auf den ersten Blick den Anschein haben mag«, sagte Carmen. »Wer weiß, in was für gemeinsame Geschäfte Salewski und Müller früher schon verwickelt waren. Irgendwie muss doch ein Vertrauensverhältnis zwischen den beiden bestanden haben, sonst hätte Müller sicher nicht den Brandauftrag erhalten. Aber unabhängig davon, wenn ihr auf den Anwalt warten wollt, könnte das für euch bedeuten, dass ihr dann hier vielleicht noch einmal übernachten müsst.«

»Oder wir kommen erst in der Nacht zu Hause an«, erwiderte Nina lachend. »Was aber auch nicht tragisch wäre, denn Rita und ich könnten uns ja beim Fahren ablösen. Ich werde auf jeden Fall schon mal meinen Mann vorwarnen, dass es heute Abend später werden wird.«

Einige Zeit später saßen Nina und Rita mit Carmens Team zusammen im Besprechungsraum. Auch der Leiter der Forensik und Dirtje Peters waren dazugekommen.

Die Soko-Leiterin gab zunächst einen Überblick über den Verlauf des SEK-Einsatzes und die anschließenden Festnahmen. Der Leiter der Forensik konnte im Moment nur anmerken, dass seine Leute noch vor Ort im Einsatz waren und mit Ergebnissen frühestens im Laufe des morgigen Tages zu rechnen sei.

Dann führte Nina ihre Auswertung mit der PowerPoint-Präsentation über den Beamer vor. Als sie fertig war, sagte die Soko-Leiterin mit einem zufriedenen Schmunzeln: »Ich will ja der Staatsanwaltschaft und dem Gericht nicht vorgreifen, aber für mich steht fest: Salewski und Müller haben sich damit gegenseitig einen festen Platz im Strafvollzug verschafft.«

»Das würde ich grundsätzlich genauso sehen«, stimmte der Forensik-Leiter seiner Kollegin zu. »Das passende Video zu dem Chat haben wir ja schon auf Salewskis Festplatte sichergestellt. Meine Spezialisten sind noch dabei, die Passwörter für seine anderen Festplatten zu knacken. Wer weiß, was da noch für Leichen im Keller sind. Jedenfalls möchte ich den Strafverteidiger sehen, der seine Klienten dann noch vor entsprechenden Schuldsprüchen bewahren kann.«

***

Nach Beendigung des Meetings gingen Carmen, Tobias, Nina, Rita und Dirtje zum Verhörraum, in dem Müller noch zu einem vertraulichen Gespräch mit seinem Anwalt zusammensaß. Ninas PowerPoint-Präsentation hatte die Soko-Leiterin als Ausdruck dabei und übergab diesen dem Anwalt mit einem hintergründigen Lächeln für das Gespräch mit seinem Klienten. Damit kam sie ihrer Verpflichtung nach, alle Erkenntnisse über den Verdächtigen seinem Rechtsvertreter zugänglich gemacht zu haben.

Als nach einer ganzen Weile der Anwalt das Gespräch beendet hatte, gingen Carmen, Nina und Tobias in den Verhörraum. Rita und Dirtje blieben draußen vor der Scheibe und konnten so den Gesprächsverlauf mitverfolgen.

Nachdem die Soko-Leiterin die üblichen Belehrungen durchgeführt hatte, sagte der Anwalt: »Mein Mandant wird zu dem Mord an der Villenbesitzerin und der Brandstiftung umfassend aussagen. Zu dem Vorwurf der Autoschieberei wird er sich nicht äußern.«

»Gut«, sagte Carmen. »Herr Müller, dann schildern Sie uns doch mal, was Sie über den Tod der Villenbesitzerin und die Gründe für den Brand wissen.«

»Ich war mit meiner Partnerin für zwei Wochen auf Mallorca, als Alexander Salewski bei mir die Anfrage machte, die Sie im Chat schon gesehen haben. Die anderen Details kennen Sie ja auch bereits. Es stimmt so, wie es da steht. Jedenfalls habe ich die Frau nicht ermordet! Ich kam ja erst an dem Abend aus Malle zurück!«

»Wir hätten gerne den genauen Ablauf, nachdem Sie wieder zurück waren«, hakte Tobias ein.

»Können Sie auch haben. Für mich gibt es ja nichts mehr zu verbergen, nachdem Sie auch schon Alex' Video kennen«, sagte der Befragte. »Auf dem Weg vom Flugplatz nach Hause haben meine Partnerin und ich uns noch einen Burger reingezogen und ich hab meine Freundin zu Hause abgesetzt. Ich sagte ihr, dass ich noch was Wichtiges zu erledigen hätte. Was genau, hab ich ihr aber nicht gesagt, obwohl sie mehrmals nachgefragt hat. Sie hatte wohl die Befürchtung, dass ich ein heimliches Date haben könnte.

Ich hab ihr dann gesagt, dass ich was für Alex erledigen müsste und sie nicht weiter fragen soll. Weil sie immer noch misstrauisch war, sagte ich ihr schließlich, dass es da für uns um einen Haufen Kohle ging und sie sich schon auf einen schönen Klunker freuen darf, den sie dann danach auch bekommen hat.«

»Und wie ging es dann weiter, nachdem Sie Ihre Freundin abgesetzt haben?«, bohrte nun auch Carmen ungeduldig nach.

»Ich hab mir aus der Werkstatt vier Kanister geholt und Benzin haben wir immer was im Außenlager, kommt schon mal vor, dass Autos ohne Sprit auf den Hof geliefert werden. Dann bin ich los zu der Adresse unweit der Wilhelmshöhe. Fernbedienung für das Grundstücktor und Hausschlüssel hatten tatsächlich in meinem Briefkasten gelegen. Dann bin ich rein ins Haus und hab mir erstmal im Erdgeschoss die Räumlichkeiten angeschaut. Im Schlafzimmer am Ende des Ganges standen die beiden Flügeltüren offen. Die Fenster waren auf Kipp, aber trotzdem roch es nach Verwesung.«

»Die Tote auf dem Bett hätte Ihnen doch gleich auffallen müssen«, sagte Tobias.

»Nein, erst wusste ich gar nicht, wo der Geruch herkam. Dann fiel mir die gesteppte dicke Tagesdecke auf dem Bett auf, die nicht ganz glatt auflag und einige Hubbel hatte. Ich schlug sie zurück. Die beiden Bilder, die ich mit meinem Handy gemacht habe, zeigen, was ich sah. In dem Moment wusste ich, dass Alex versuchte mich zu linken. Die Zeitungsartikel waren dann noch die Bestätigung. Das hätte er wohl gern gehabt, dass die Polizei gar nicht dahinterkommt, dass die Frau schon vor dem Brand tot gewesen ist. Das hätte er mir glatt in die Schuhe geschoben und ich wäre aus der Nummer nicht mehr rausgekommen.«

»Wäre denkbar«, bestätigte Carmen.

»Deshalb habe ich vorsichtshalber auch alles in meinem Notebook dokumentiert. Übrigens war dieses auch nicht mit Passwort geschützt. Es hätte ja sein können, dass mir selbst was passiert wäre. Für diesen Fall wollte ich sicherstellen, dass Alex nicht ungeschoren davonkommt.«

»Ein endgültiger Beweis sind die Bilder und der Chat aber nicht«, merkte Carmen an. »Es hätte doch auch sein können, dass sie von der Hausbesitzerin überrascht wurden und sie die Frau spontan erwürgt haben. Sie konnten ja nicht wissen, dass die Kreuzfahrt ins Wasser gefallen war, als sie mit dem Schlüssel ins Haus eindrangen.«

»Ein Rechtsmediziner würde das im Zweifel sicher nach den Bildern beurteilen können, ob die Würgemale ganz frisch oder schon ein paar Tage alt sind«, gab der Anwalt zu bedenken. »Nach meiner Kenntnis erscheinen ältere Würgemale dunkler, weil die Blutunterlaufung sich nach Eintritt des Todes verfärbt, um es mal laienhaft auszudrücken, bin ja kein Arzt.«

»Ich auch nicht«, erwiderte Carmen. »Also überlassen wir diese Feststellung den Fachleuten.« Und an den Befragten gewandt sagte sie: »Und was haben Sie dann weiter gemacht?«

»Ich bin raus, hab die ersten zwei Kanister aus dem Auto geholt und hinten im Ankleidezimmer angefangen und die Kleidung in den Schränken mit Benzin bespritzt, auch einige offen stehende Schubladen. Dann habe ich Benzin im Schlafzimmer verteilt. Im Bad lohnte sich das kaum, weil da nicht viel Brennbares war. Ähnlich wie im Schlafzimmer habe ich es dann auch in den anderen Räumen gemacht. Dazu habe ich mir noch zwei volle Kanister aus dem Auto geholt. Im oberen Stockwerk bin ich nicht gewesen. Anschließend habe ich das Ganze mit einem brennenden Lappen in Brand gesetzt und bin dann so schnell wie möglich abgehauen. Den Hausschlüssel und die Fernbedienung habe ich unterwegs irgendwo in eine Restmülltonne geschmissen, die für die Müllabfuhr am nächsten Morgen an einer Straße stand. Das war's.«

»Damit dürfte doch der Mordverdacht gegen meinen Klienten ausgeräumt sein«, meinte der Anwalt.

»Als Jurist muss ich es Ihnen sicher nicht erklären: Darüber entscheiden nicht wir Ermittler, sondern die Staatsanwaltschaft und letztlich das Gericht«, antwortete die Soko-Leiterin.

»Aber ich hätte an Herrn Müller noch eine Frage«, sagte Nina. »Tatsache ist, dass Ihr Auftraggeber für den Brand es nicht nur billigend in Kauf genommen hat, dass Ihnen der Mord an der Villenbesitzerin angelastet werden kann. Er hat Sie faktisch für die Beseitigung einer offensichtlich von ihm getöteten Person missbraucht. Sie selbst haben das in Ihrem Chat sehr treffend mit den Worten umschrieben: ›Warmsanierung als Krematorium-Ersatz war im Preis nicht inbegriffen‹. Kein feiner Umgang unter Partnern, oder wie sehen Sie das?!«

»Wenn er das Video nicht gehabt hätte, wären meine Bilder von der toten Frau mit Sicherheit anonym bei der Polizei gelandet. Denn mehr gezahlt hat er auch nicht«, entfuhr es Müller und man sah ihm an, dass er nicht gut auf seinen seinerzeitigen Auftraggeber zu sprechen war.

»Wir haben in Ostfriesland wieder einen Mord an einer Frau, die in Verbindung mit Alexander Salewski gestanden hat«, fuhr Nina fort. »Können Sie dazu etwas sagen?«

»Dass er in der letzten Zeit etwas in Ostfriesland am Laufen hatte, davon habe ich gehört. Aber zu dem Mordfall kann ich nix sagen. Aber so viel doch: Ich würde mir wünschen, dass ich darüber was wüsste, dann könnte ich es ihm heimzahlen, was er mir schuldet.«

Es war zwar nicht das, was Nina sich als Antwort erhofft hatte, aber sie gab sich damit zufrieden. Die Soko-Leiterin beendete das Verhör und ließ den Verhafteten abführen. Dann setzten sich die Beamten, die die Vernehmung durchgeführt beziehungsweise dieser beigewohnt hatten, in Carmens Dienstzimmer nochmal zusammen.

»Nina, es tut mir ja leid, dass du in Bezug auf euren Mordfall in Ostfriesland jetzt nicht entscheidend weitergekommen bist«, sagte Carmen. »Aber die Auswertung der externen Festplatten aus Salewskis Wohnung läuft ja noch. Da ist also das letzte Wort noch nicht gesprochen. Aber ich hätte eine Bitte. Dirtje, was hältst du davon, wenn wir mit Nina und Rita nach Ostfriesland fahren und an Salewskis Vernehmung teilnehmen? Das Einverständnis eures Soko-Leiters in Wittmund setze ich mal voraus.«

»Gute Idee«, antwortete Nina. »Ich habe vorhin eine Nachricht von Bert bekommen, dass morgen Vormittag die Vernehmung stattfinden soll. Ihr braucht dann auch keine Hotelunterkunft. Bert und ich sind ja verheiratet, auch wenn wir unsere unterschiedlichen Nachnamen beibehalten haben. Wir verfügen in unserem Haus über Gästezimmer, die ich euch gerne anbieten würde.«

»Vielen Dank, Nina, das Angebot nehmen wir natürlich gerne an«, sagte Carmen.

»Danke auch von mir«, fügte Dirtje hinzu. »Wenn wir heute Abend früher ankämen, könnte ich auch bei meiner Cousine Femke in Großheide übernachten. Wir haben uns schon lange nicht mehr gesehen.«

Kurz darauf waren zwei zivile Dienstwagen auf dem Weg nach Ostfriesland.

7. Kapitel

Der Wittmunder Soko-Leiter saß mit Silke und Oke in seinem Dienstzimmer zur Besprechung zusammen. Er hatte gerade darüber berichtet, dass seine Frau mit den Kasseler Kollegen bei einer Autowerkstatt eine Blitzrazzia durchführte, um den Brandstifter der Villa in Kassel von vor drei Jahren festzunehmen.

»Das klingt ja wie bei der Aktion in Hannover gegen den Mörder unseres Anglers hier in Altfunnixsiel«, sagte Silke, als das Telefon ihres Chefs klingelte.

Es war Sören, und der Soko-Leiter schaltete auf laut. »Moin Bert, wir haben gestern im Wohnmobil der Hannemann im Schrank unter der Spüle ein Paket Haushaltshandschuhe gefunden, die zu den Talkumspuren in der Mühle passen.«

»Dann haben wir doch den Beweis, dass Salewski die Bäckerin erdrosselt hat«, sagte Silke.

»Das ist leider nur ein Hinweis, aber kein Beweis«, merkte Sören an. »Dieses Talkumpulver wird nicht nur von einem Hersteller verwendet. Das ist daher nicht mit einer DNA oder einem Fingerabdruck zu vergleichen. Aber wir haben die PIN zu dem Handy geknackt, das wir gestern im Wohnmobil der Hannemann gefunden haben«, fuhr Sören fort. »Es ist die gleiche Prepaid-Handynummer, mit der Anne Immenga eines ihrer letzten Telefonate geführt hat, bevor sie ermordet wurde. Du bekommst das gleich auch noch schriftlich über den Messenger.«

»Das ist doch dann die Handynummer, zu der Oke schon das Bewegungsprofil angefordert hatte«, sagte Bert. »Damit steht dann doch eindeutig fest, dass sich Sabine Hannemann der Beihilfe zum Mord schuldig gemacht hat, sofern Salewski tatsächlich der Mörder sein sollte. Denn dann hat sie ihm ein falsches Alibi verschafft. Das Handy, das er gestern bei sich hatte und auf das sich ihr Alibi bezog, hatte er jedenfalls nicht dabei, als er sich über eine halbe Stunde in der besagten Zeit bei der Peldemühle aufgehalten hat. Ich werde gleich bei der Staatsanwaltschaft einen Haftbefehl gegen Sabine Hannemann beantragen.«

Nachdem Bert mit dem Staatsanwalt telefoniert hatte, sagte er zu Oke: »Du kannst schon mal das Handy der Frau orten, damit wir gleich loskönnen, sobald der Haftbefehl da ist.«

Es dauerte dann doch noch eine gute Stunde, bis der Messenger den Eingang einer Nachricht anzeigte. Es war der Haftbefehl. Bert rief Silke und Oke, die inzwischen wieder an ihre Arbeiten gegangen waren, zu sich.

»Wir haben den Haftbefehl. Das SEK werden wir wohl kaum bemühen müssen. Aber da es sich um eine Frau handelt, wäre es mir lieber, wenn Silke mich begleitet.« Kurz darauf war er mit ihr unterwegs zum Campingplatz Neuharlingersiel. Dort war das Handy der Verdächtigen zuletzt geortet worden.

Heute meinte der Wettergott es nicht so gut mit den sonnenhungrigen Urlaubern der Nordseeküste. Im Gegenteil, heftige Windböen peitschten den Regen gegen die Windschutzscheibe. Nach kurzem Stopp vor der Schranke des Platzes öffnete sich diese automatisch und Bert konnte sofort den Platz des Wohnmobils ansteuern.

Als er und Silke aus dem Auto stiegen, hatte der Regen für einen Moment etwas nachgelassen. Bert klopfte an die Tür des Wohnmobils und sagte: »Moin Frau Hannemann, Kommissar Linnig und meine Kollegin Jansen, wir müssen Sie noch einmal dringend sprechen. Machen Sie bitte auf!«

»Moment«, sagte die Angesprochene. »Ich hatte mich bei dem Wetter gerade etwas hingelegt.« Dann hörte man sie drinnen rumräumen und das Klappen von Schranktüren. Schließlich sagte sie: »Moment noch, ich muss mir noch was überziehen.«

»Die meint wohl eher, dass sie noch was verstecken oder beseitigen muss«, sagte Silke leise zu ihrem Chef, der nickend zustimmte.

Dann ging Bert zu seinem Auto und setzte sich für einen Moment hinein, um zu telefonieren. Als er gerade wieder ausstieg, wurde auch die Tür des Wohnmobils geöffnet.

»Was ist denn noch so wichtig, dass Sie mich bei dem Wetter beim Mittagsschlaf stören«, sagte Sabine mit unfreundlichem Gesichtsausdruck. »Meinen Mann haben Sie schon zu Unrecht inhaftiert, und ich hab schon alles gesagt, was es zu sagen gibt. Was wollen Sie denn jetzt noch von mir?«

»Können wir reinkommen?«, fragte der Soko-Leiter.

»Ich werde es als schwache Frau bei einem so großen, starken Mann wohl kaum verhindern können«, antwortete sie und machte widerwillig die Tür frei.

Drinnen überreichte ihr Bert einen Ausdruck des Haftbefehls und sagte: »Frau Hannemann, ich verhafte Sie wegen des Verdachtes der Beihilfe zum Mord an Frau Nane Immenga!«

Sie las sich den Haftbefehl genau durch und sagte dann: »Ich will meinen Anwalt! Ohne den sage ich nichts mehr. Es ist der gleiche, der auch meinen Mann vertritt. Der müsste ja heute Nachmittag hier sein. Ich war mit ihm ohnehin nach dem Verhör meines Mannes verabredet.«

»Wir werden das auf der Dienststelle veranlassen, müssen aber noch auf die Kollegen warten«, sagte der Kommissar.

»Auf was für Kollegen? Ich komme doch freiwillig mit oder brauchen Sie dafür ein Spezialkommando?«

»Nein, dafür nicht. Aber wir warten auf unsere Spurensicherung, die sicher gleich da sein wird«, antwortete Bert.

»Das nennt man dann Steuergelder verbrennen!«, entfuhr es der Frau und man merkte ihr die Nervosität und den Ärger an. »Ihre Kollegen haben doch schon alles hier auf den Kopf gestellt. Was wollen die denn jetzt nochmal hier?! Die Zeit und den Sprit könnten Sie sich doch sparen! Aber ich müsste mir vorher noch etwas anderes anziehen, bevor ich bei Ihnen in die Zelle gehe. Würden Sie also bitte so lange mein Wohnmobil verlassen? Schließlich habe ich auch als Festgenommene einen Anspruch auf Privatsphäre!«

»Von mir aus können Sie sich gerne etwas anderes anziehen, obwohl ich nicht zu erkennen vermag, warum das notwendig sein sollte. Sie sind doch vollständig bekleidet«, erwiderte der Kommissar.

»Das ist ja wohl meine Privatangelegenheit, welche Kleidung ich trage und mit was ich mich vollständig bekleidet fühle!«

»Von mir aus. So viel Zeit werden wir noch haben, bis die Kollegen eintreffen. Meine Kollegin wird Ihre Privatsphäre – von Frau zu Frau – ja sicher nicht verletzen«, sagte Bert und ging zur Tür.

»Ich bestehe darauf, dass Sie Ihre Kollegin auch mit rausnehmen. Durch was ich meine Intimsphäre verletzt sehe, müssen Sie schon mir überlassen!«

»Meine Kollegin bleibt und überwacht Ihr Umziehen. Auch wenn Sie die Toilette benutzen wollen, bleibt die Tür auf! Darauf muss ich schon aus Sicherheitsgründen bestehen. Es wäre ja nicht ausgeschlossen, dass Sie dort über eine versteckte Waffe verfügen. Auch ein Suizid wäre unter Umständen nicht auszuschließen!«

»Ich fühle mich von Ihnen in meinen Grundrechten verletzt und fordere Sie nochmals beide auf, mein Wohnmobil zu verlassen, und das sofort! Andernfalls werde ich Strafanzeige gegen Sie erstatten«, keifte die Frau auf einmal los.

»Das bleibt Ihnen unbenommen«, blieb der Soko-Leiter cool und beherrscht. Er hatte gerade durch die Fensterscheibe, vor der die Festgenommene saß, die Ankunft der Kollegen der Spurensicherung gesehen. »Im Übrigen wird Ihnen meine Kollegin jetzt die Handfesseln anlegen und wir werden Sie sofort mitnehmen. Denn ich bin mir inzwischen sicher, dass Ihr Ansinnen, sich unbeobachtet umziehen zu wollen, nur ein Vorwand ist, weil Sie etwas zu verbergen haben.«

»Stehen Sie bitte auf«, sagte Silke und hatte die Handschellen schon in der Hand. Für einen Moment schien sich die Frau sträuben zu wollen.

»Frau Hannemann, versuchen Sie es gar nicht erst«, wurde Bert nun doch laut.

Daraufhin ließ sie sich die Handfesseln ohne Gegenwehr auf dem Rücken anlegen und von Silke zum Auto führen.

Bert informierte noch kurz die Kollegen über den Verlauf und seine Vermutung, dass die Festgenommene noch irgendetwas versteckt hatte. Dann fuhr er zurück zur Dienststelle. Dort ging Silke gleich mit der Frau zur erkennungsdienstlichen Erfassung. Bei der ersten Vernehmung war das nicht nötig gewesen, da sie als Zeugin angehört worden war.

Kaum saß Bert an seinem Schreibtisch, als Oke kam und sagte: »Du warst gerade weg, da hat sich Salewskis Anwalt gemeldet. Er steht doch nicht für dessen Rechtsvertretung zur Verfügung und hat sein Mandat niedergelegt. Er musste heute einen vorrangigen Fall in Kassel übernehmen, der ihn wohl längere Zeit in Anspruch nehmen wird. Die JVA habe ich bereits informiert, dass die Überführung von Salewski heute entfällt und erst ein neuer Anwalt gesucht werden muss.«

»Na, das wird die Hannemann dann ja besonders freuen«, informierte Bert seinen Mitarbeiter. »Insbesondere, da sie ohne Anwalt nichts sagen will, wird sie erst einmal in die U-Haft nach Vechta gehen. Informiere doch schon mal Silke, die ist mit ihr zur erkennungsdienstlichen Erfassung und kann sie fragen, ob sie einen anderen Anwalt anrufen will.«

Kurz darauf, Oke war gerade gegangen, um seine Kollegin zu informieren, meldete sich Nina aus Kassel am Telefon. Sie warnte ihren Mann vor, dass es spät werden könnte, bis sie mit Rita nach Hause käme, woraufhin Bert sagte: »Übrigens bei uns gibt es auch eine Planänderung. Salewskis Vernehmung kann heute nicht stattfinden. Der Anwalt aus Kassel, der eigentlich heute Nachmittag hier erscheinen wollte, hat wegen eines dringenden Falles in Kassel das Mandat niedergelegt.«

»Ich weiß«, antwortete Nina.

»Woher weißt du das?«

»Ich kenne den dringenden Fall, und der hat auch einen Namen: Lucas Müller«, antwortete seine Frau lachend.

»Darf doch nicht wahr sein! Aber wenn ich drüber nachdenke, überrascht mich das irgendwie auch nicht wirklich.«

»Hat die Soko-Leiterin von hier auch gesagt«, bestätigte Nina. »Jedenfalls bin ich gespannt, was gleich bei der Vernehmung rauskommen wird. So wie es aussieht, hat Salewski versucht, dem Müller bei der Brandstiftung die tote Villenbesitzerin unterzujubeln. Könnte mir vorstellen, dass das dem Müller inzwischen auch bewusst geworden ist.« Dann informierte Nina ihren Mann kurz über den Inhalt ihrer PowerPoint-Präsentation und das Video von der Brandstiftung auf Salewskis Festplatte.

»Weißt du, wann Müller mit seinem Anwalt telefoniert hat?«

»Das war wahrscheinlich heute Morgen. Die SEK-Leute haben den nach seiner Festnahme gleich mit zum Präsidium genommen. Ich gehe mal davon aus, dass er von dort seinen Anwalt angerufen hat. Übrigens finde ich es schon etwas merkwürdig, dass der Fall hier mit der Werkstatt gegenüber der Vertretung Salewskis für den vorrangig zu sein scheint.«

»Vielleicht hängt der Vorrang mit den Ermittlungen aufgrund der Machenschaften der Werkstatt zusammen«, überlegte Bert. »Wenn ich an die Sache in Hannover denke, mit Verschiebung der Autos nach Übersee, dann stehen da ja meist große Organisationen mit ihren Anwaltskanzleien dahinter. Vielleicht war es nur Zufall, dass Salewski vor drei Jahren an den gleichen Anwalt gekommen ist. Jedenfalls ist der auch aus Kassel. Und Anwälte, die sich besonders erfolgreich für Kriminelle einsetzen, kennt die Szene.«

»Davon ist genauso auszugehen wie davon, dass es Salewski nicht an Geld mangelt, mit dem er einen solchen Anwalt auch bezahlen kann«, sagte Nina. »Aber ich glaube kaum, dass Salewski im Fokus gehabt hat, dass gegen ihn nicht nur im Mordfall der Bäckersfrau ermittelt, sondern auch nochmal der Mordfall mit der Villenbesitzerin wieder aufgerollt wird. Denn darauf kamen wir ja erst durch das Video auf einer seiner Festplatten.«

»Wie bescheuert muss der sein, dass der sowas zu Hause rumliegen lässt. Es dürfte sich doch unter Kriminellen mittlerweile rumgesprochen haben, dass die Polizei inzwischen auch gelernt hat, Passwörter zu knacken.«

»Andererseits darfst du auch nicht vergessen, Bert, dass mancher Psychopath sich an solchen Videos immer wieder aufgeilt.«

»Stimmt natürlich auch. Bin mal gespannt, ob wir es bei unseren Vernehmungen von Salewski noch herausbekommen werden.«

»Ich muss jetzt zum Meeting«, sagte Nina. »Ich melde mich später nochmal.«

Kurze Zeit darauf kam Silke und meldete: »Die Hannemann ist auf dem Weg in die JVA Vechta. Sie hat gesagt, sie hätte sich für Salewskis Anwalt entschieden, weil der für heute schon zugesagt und sie mit ihm vorher bereits am Telefon gesprochen hatte, ohne zu wissen, dass sie jetzt auch beschuldigt würde. Sie hat jetzt ihren eigenen Anwalt angerufen, und der hat für morgen Vormittag zugesagt, dass er auch Salewski vertreten würde.«

»Na, dann ist diese Frage ja schon mal geklärt. Ruf in der JVA Oldenburg an und hol Salewskis Bestätigung dazu ein. Ich werde Nina dann über den Messenger informieren.«

**

Es war schon nach zwanzig Uhr, als die ›kriminalistische Frauenpower‹ das Polizeikommissariat in Wittmund erreichte. Bert hatte für zwanzig Uhr im Restaurant *Harle-Stübchen* im Nebenzimmer ein Abendessen für sieben Personen bestellt. Seine Frau hatte ihn bereits informiert, dass sie Übernachtungsgäste aus Kassel mitbringen würde. Nina und ihre Gäste sowie er und sein Restteam würden das gemeinsame Abendessen nutzen können, um sich ungestört über die aktuellen Erkenntnisse aus Kassel und Wittmund auszutauschen.

Das verstärkte Soko-Team nutzte den kurzen Weg vom Kommissariat bis zum Lokal, um sich ein wenig die Beine zu vertreten. Gleichzeitig konnten sie ihren Gästen aus Kassel den Marktplatz vor dem Amtsgericht mit der Skulpturengruppe *Treiber mit Schafen* sowie das Kreishaus zumindest von außen zeigen, bevor sie das *Harle-Stübchen* in der Osterstraße erreichten.

»Also, wenn wir euch in Kassel die Gebäude der Justiz und Verwaltung der Stadt zeigen wollten, dann wäre das zu Fuß schon für manche Besucher ein Gewaltmarsch«, sagte die Soko-Leiterin aus Kassel lachend. »Aber in einem beschaulichen Kreisstädtchen wie Wittmund hat man das alles im überschaubaren Bereich, wie man sieht.«

Als die Gruppe der Kommissarinnen und Kommissare den gemütlichen Gastraum des *Harle-Stübchens* betrat, staunten die Gäste aus Kassel über die riesigen Wandgemälde, die die beiden Innenwände des Lokals zierten. »Das ist ein Bild von der ersten *Concordia*, die damals noch mit Dampf betrieben wurde«, sagte Bert. »Heute pendelt der Raddampfer *Concordia II* mit Dieselantrieb über das Flüsschen Harle zwischen dem Museumshafen in Carolinensiel und dem Yachthafen in Harlesiel hin und her.«

Dann begab er sich mit seinen Gästen in das Nebenzimmer, das bereits für die Beamten eingedeckt war. Nachdem die ersten Getränke auf dem Tisch standen und die Essensbestellung aufgegeben war, erhob der Wittmunder Soko-Leiter sein Glas und begrüßte seine Gäste und sein Team. Er schloss mit den Worten: »Und so hoffe ich, dass durch unsere länderübergreifende Kooperation wieder einige Kriminelle ihrer gerechten Strafe zugeführt werden können.«

»Und danach sieht es aus«, griff die Soko-Leiterin aus Kassel seinen Gedanken auf. »Dirtje und ich haben auf der Fahrt hierher eine Nachricht von unserer Forensik erhalten. Darüber konnte ich auch Nina noch nicht informieren. Auf einer von Salewskis Festplatten haben wir tatsächlich eine Dokumentation über den gleichen Chatverlauf aus dem Darknet gefunden, wie ihn Nina schon auf Müllers Notebook entdeckt hat. Damit hat Salewski selbst bestätigt, für den Tod der Villenbesitzerin verantwortlich zu sein.«

»Das wird ihn im Kasseler Mordfall von vor drei Jahren lebenslänglich hinter Gitter bringen«, stellte Bert fest. »Hilft uns aber im aktuellen Fall unserer Bäckerin leider nicht weiter. Habt ihr noch weitere Informationen aus Kassel?«

»Ja, aber nur in Bezug auf Salewskis Betrugsfälle«, informierte Dirtje. »Das wird euch in dem Mordfall in der Mühle leider auch nichts nützen. Auf der jüngsten Sicherungsplatte, die von unserer Kasseler Forensik zufällig schon vor älteren Festplatten geknackt wurde, waren die Kontoauszüge der ausländischen Kapitalgesellschaft mit beschränkter Haftung gespeichert. Eine Limited, die ihren Sitz auf Malta hat. Aus der Speicherung ergab sich, dass nicht nur im Fall der ermordeten Villenbesitzerin, sondern auch eurer erdrosselten Bäckersfrau sowie noch weiterer Frauen alle Überweisungen an die Limited mit Angabe einer zehnstelligen Nummer und der Namen der betroffenen Opfer erfolgt waren.«

»Dass es noch weitere Opfer gibt, haben wir schon angenommen. Die Art der Überweisung an die Limited kennen wir auch schon«, stellte Oke fest.

»Ich weiß. Aber was für euch neu sein dürfte, ist, dass wenige Tage nach den jeweiligen Einzahlungen die gleichen Beträge dann ohne jeglichen Hinweis auf die Einzahlerinnen auf diverse Wallets abgeflossen sind.«

»Wie hoch beliefen sich denn insgesamt die Einzahlungen bei der Limited?«, wollte Nina wissen.

»Wir sprechen hier bei den Konten, die unsere Kollegen bereits ausgewertet haben, von mindestens zwei Millionen Euro. Das bezieht sich auf die Datensicherung der letzten Festplatte, wie dem jeweiligen Datum zu entnehmen war. Ob und wie viel noch eventuell von den anderen Sicherungsplatten dazukommt, kann ich im Moment noch nicht sagen.«

»Eigentlich hätte die Limited doch über eine Menge Kapital verfügen müssen, wenn die Abflüsse nicht gewesen wären«, mutmaßte Rita.

»Der aktuelle Stand beläuft sich auf knapp fünfzigtausend Euro. Das gesamte andere Geld ist wie gerade beschrieben jeweils bereits wenige Tage nach der Einzahlung auf diverse Wallets überwiesen worden«, erwiderte Dirtje.

»Dann müssen wir doch nur noch wissen, wem die Wallets gehören«, sagte Oke, der IT-Spezialist im Team. »Nach meinem Kenntnisstand braucht man für jedes einzelne Wallet eine sehr aufwendige Zugangs-PIN. Diese muss ja irgendwo hinterlegt sein. Haben eure Leute die schon entdeckt?«

»Haben sie«, Dirtje konnte sich ein genüssliches Lächeln nicht verkneifen. »Rein zahlenmäßig sind über zwei Drittel der Empfänger-Wallets auf Salewskis Festplatte dokumentiert und gehören ihm. Jedenfalls gibt es zu diesen Wallets auf seiner Festplatte auch die jeweiligen Zugangs-PINs. Wohin die anderen abgeflossen sind, werden wir sicher noch herausfinden. Wie viel Geld jetzt auf den einzelnen Wallets liegt, werden meine Leute und ich, wenn ich wieder in Kassel zurück bin, ermitteln. Fest steht aber, dass Salewski damit des schweren Betruges in mehreren Fällen angeklagt werden kann.«

Inzwischen war das Essen aufgetragen worden und es trat vorübergehend die berühmte gefräßige Stille ein, die üblicherweise ja nur einen kurzen Moment anhält, bevor die Tischgespräche wieder in Gang kommen. In diesem Augenblick zeigte Berts Handy durch Vibration einen Anrufer an. Im Display sah er, dass es

Sören war. Da er sich sicher sein konnte, dass dieser zu dieser Zeit nicht anrufen würde, wenn es nicht wirklich wichtig war, stand er auf und meldete sich leise, während er nach draußen ging.

»Moin Bert«, sagte der Leiter der Forensik. »Ich weiß, du bist gerade mit deinen Leuten im *Harle-Stübchen* beim Essen. Aber ich habe wichtige Informationen für dich, die du unbedingt morgen für deine Vernehmungen brauchst. Schriftlich findest du alles morgen auch im Messenger. Zudem denke ich, dass du die Gelegenheit gleich nutzen möchtest, das mit deinem Team zu besprechen.«

»Danke, Sören, das siehst du völlig richtig. Deshalb gehe ich jetzt wieder in das Nebenzimmer rein, wo wir ungestört reden können. Ich werde unser Telefonat auf meinen kabellosen Minilautsprecher legen, dann können alle beim Essen gleich mithören.«

Während Bert seinen Minilautsprecher für das Handy aktivierte, informierte er sein Team darüber, was er gerade von Sören gehört hatte. Dann sagte er zu diesem: »Sören, wir können. Meine Leute und die beiden Kommissarinnen aus Kassel, die morgen an den Vernehmungen teilnehmen, hören mit.«

»Ich setze mal als bekannt voraus, dass die angebliche Ehefrau von Salewski, Sabine Hannemann, heute Mittag von Bert und Silke in ihrem Wohnmobil auf dem Campinglatz in Neuharlingersiel verhaftet und in die U-Haft des Frauengefängnisses in Vechta gebracht wurde. Durch die von Oke angeforderten Bewegungsprofile zweier Handys konnte nachgewiesen werden, dass die Frau dem potentiellen Mörder unserer Bäckerin ein falsches Alibi geben wollte und sich damit gegebenenfalls der Beihilfe schuldig gemacht hat«, begann Sören mit seinen Informationen.

»Wie konntet ihr denn nur mit zwei Bewegungsprofilen von Handys der Frau die Beihilfe nachweisen?«, hakte die Soko-Leiterin aus Kassel ein.

»Sie hatte uns mit einem anderen Handy, welches angeblich Salewski gehörte, versucht zu belegen, dass er die ganze fragliche Zeit bei ihr im Wohnmobil gewesen wäre. Das Bewegungsprofil dieses Handys, welches sie uns als Beweis übergab, bestätigte tatsächlich, dass es die ganze Zeit im Wohnmobil gelegen hatte.

Damit hatte sie selbst den Beweis geliefert, dass sie ihren angeblichen Mann mit einem falschen Alibi versuchte zu decken. Denn wir konnten anhand des Bewegungsprofils des Handys, mit dem Salewski kurz vor der Ermordung der Bäckersfrau noch telefoniert hatte, nachweisen, dass er sich zum Mordzeitpunkt in unmittelbarer Tatortnähe aufgehalten hat«, informierte Bert die Kollegin.

»Jedenfalls haben meine Spurensicherer unmittelbar nach Verhaftung der Hannemann in einem der Schränke des Wohnmobils zwei Notebooks gefunden. Eins gehört, wie sich inzwischen herausgestellt hat, der Frau und das andere Salewski.«

»Die Spusi war doch schon in dem Wohnmobil im Einsatz gewesen, als wir Salewski vorgestern verhaftet haben, und deine Leute werden doch keine zwei Notebooks übersehen«, wunderte sich Nina.

»Die müssen wohl außerhalb des Wohnmobils, vielleicht in Salewskis SUV, versteckt gewesen sein. Denn der war von den beiden Leuten meiner Spusi, die nach Salewskis Verhaftung das Wohnmobil untersucht haben, nicht durchsucht worden«, antwortete Sören.

»Der SUV stand doch direkt bei dem Wohnwagen, als wir Salewski festgenommen haben«, wunderte sich Nina. »Die Hannemann wollte ja nicht als Zeugin mit einem Polizeiwagen zum Kommissariat gefahren werden und sich deshalb ein Taxi bestellen«.

»Stimmt, davon hatte ich inzwischen auch gehört, deshalb habe ich meine Leute darauf angesprochen«, erwiderte Sören. »Die sagten, als sie mit der Durchsuchung im Mobil fertig gewesen wären, hätte kein SUV mehr beim Wohnmobil gestanden.«

»Langsam dämmert mir was«, sagte Nina. »Die Hannemann hat sich kein Taxi bestellt, die ist mit dem SUV nach Wittmund gekommen. Sören, eigentlich hätten deine Leute das doch mitbekommen müssen, dass da ein Auto wegfährt.«

»Das glaube ich kaum«, meldete sich Oke zu Wort. »Das ist dir wahrscheinlich gar nicht aufgefallen, das war ein Elektro-SUV. Ich habe das an dem ›E‹ im Nummernschild gesehen.«

»Jetzt ist mir auch klar, was die Hannemann da im Wohnmobil verstecken wollte. Deshalb hat sie auch versucht uns rauszuschicken, damit sie sich umziehen kann, wie sie sagte«, erinnerte sich Silke. »Was hat die für einen Aufriss gemacht. Aber jetzt wissen wir warum. Und nachdem die Spusi vorgestern nach Salewskis Verhaftung das Wohnmobil wieder freigegeben hatte, lagen die Notebooks wahrscheinlich offen im Wohnmobil, als Bert und ich überraschend kamen, um die Hannemann zu verhaften. Wir haben ja sogar noch gehört, dass Schranktüren zugeklappt wurden.«

»Das passt zur Aussage meiner Leute. Die beiden Notebooks lagen in einem Hochschrank über der kleinen Herdplatte bei einigen Lebensmitteln. Die Hannemann hat bestimmt erkannt, was da plötzlich für ein Auto vor ihrem Platz steht, euren zivilen Dienstwagen kannte sie ja schon. Und dann wusste sie auch, wer da gleich an ihre Türe klopfen wird. Deshalb hat sie die Notebooks schnell verschwinden lassen und dann versucht, euch abzuwimmeln. Was ihr aber nicht gelungen ist.«

»Sören, du hast mich sicher nicht angerufen, nur um mir zu sagen, dass ihr zwei Notebooks gefunden habt«, vermutete Bert.

»Absolut richtig! Ich möchte aber vorwegschicken: Tolle Arbeit unserer IT, vor allem auch im Kriminaltechnischen Institut unseres LKA in Hannover! Ohne deren Unterstützung hätten wir die Passwörter nicht so schnell, wenn überhaupt geknackt. Das konnten wir erst mit einem Download deren Spezialprogramms.«

»Ja, ja, mal wieder die IT, ohne geht heute nichts mehr, sag ich doch schon immer«, konnte Oke sich die Bemerkung nicht verkneifen.

»Da hast du wohl nicht unrecht«, bestätigte Sören. »Ich sprach ja vorhin von der ›angeblichen Ehefrau Salewskis‹. In beiden Notebooks haben wir eine Heiratsurkunde von den Malediven gefunden. Ob es dazu auch eine deutsche Legitimation gibt, konnten wir heute noch nicht klären, da bereits Dienstschluss der zuständigen Behörde war. Gespeichert war jedenfalls keine. In der Heiratsurkunde der Malediven steht als Geburtsname Alex Salewski und als gemeinsamer Familienname Hannemann. In unserer Zentraldatei wird Salewski allerdings mit dem Vornamen

Alexander geführt. Den Ausweis auf den Namen Alex Hannemann hatten wir nach der Verhaftung ja bereits von der zuständigen Behörde prüfen lassen. Dieser war gefälscht.«

»Habt ihr denn noch weitere Hinweise über das Verhältnis zwischen Hannemann und Salewski gefunden?«, wollte Nina wissen.

»Ja, im Notebook der Frau waren nicht nur ältere Familienbilder gespeichert, die darauf hindeuten, dass es sogar gemeinsame Großeltern gibt. Ein solches Bild war in einem Bilderordner unter der Bezeichnung: ›Wir bei Oma und Opa‹ abgelegt.«

»Wenn ich das richtig verstehe, sind die beiden also Cousine und Cousin?«, hakte Dirtje ein. »Na gut, das ist legitim, heißt aber, dass die beiden sich offensichtlich schon von klein auf kennen. Dann würde es mich nicht wundern, wenn die beiden das Geschäft mit – ich nenne das jetzt mal so – ›einsamen, vermögenden Frauen‹ nicht nur schon länger, sondern auch gemeinsam betreiben.«

»Für diese Vermutung lassen sich ebenfalls eine ganze Menge Hinweise in beiden Notebooks finden«, bestätigte Sören. »In dem Zusammenhang haben wir inzwischen von den Forensik-Kollegen aus Kassel Hinweise über deren Auswertungen von Salewskis Festplatten bekommen. Auch die Hannemann hat auf ihrem Notebook Zugangs-PINs zu Wallets gespeichert.«

»Dann würde es mich nicht wundern, wenn die Wallets auf ihrem Notebook zu den bisher noch ungeklärten Geldabflüssen der Limited passen«, konnte Dirtje sich nicht zurückhalten.

»Wir haben das bereits verglichen, und welch Wunder, sie passen tatsächlich«, bestätigte Sören. »Für uns ist dabei besonders interessant, dass im Mai, Juni und Juli jeweils fünfundzwanzigtausend Euro von Nane Immenga an die Limited auf Malta überwiesen wurden. Von dort gingen zwei bis drei Tage später jeweils fünfundzwanzigtausend Euro an drei verschiedene Wallets, die Salewski gehören. Am zweiten August gingen erneut fünfundzwanzigtausend Euro von Nane an die Limited auf Malta. Und von dort am fünften August an das Wallet von Sabine Hannemann. Die Kollegen in Kassel habe ich vorhin auch bereits über den polizeiinternen Messenger informiert.«

»Na, dann haben wir die Hannemann diesbezüglich doch auch schon am Wickel«, stellte Carmen fest. »Da wird ihr Anwalt aber Probleme haben, sie aus der Nummer rauszubekommen. Übrigens habe ich nicht ohne Grund vorhin nachgefragt, wie ihr den Verdacht auf Beihilfe der Frau zu eurem Mord gegenüber dem Haftrichter dokumentiert habt. Mit dem gleichen Trick von einem Handy-Bewegungsprofil hat sie nämlich auch Salewski vor einer Anklage im Zusammenhang mit der Ermordung der Villenbesitzerin bewahrt. Danach war er ja zum Zeitpunkt des Mordes bei ihr in Göttingen. Bin mal gespannt, ob ein Haftrichter in Kassel das unter diesen Gesichtspunkten immer noch so sehen wird. Wobei das inzwischen ja irrelevant geworden ist, da wir Salewski jetzt auch mit anderen Belegen den Mord nachweisen können. Die Hannemann wird sich diesbezüglich schon allein deswegen für Beihilfe zu einem Mord verantworten müssen. Hinzu kommt, dass die im Fall Nane Immenga auch noch finanziell davon profitiert hat, wie durch die Überweisungen der Limited auf ihr Wallet belegt ist.«

»Sören, hast du noch weitere wichtige Infos für uns?«, fragte Bert nach.

»Ach ja, das wirst du noch nicht gesehen haben, weil die Info auf unserem Messenger erst wenige Minuten vor meinem Anruf reinkam. Die wird sicher auch an dich gegangen sein. Es geht um die Wohnung, die Salewski auf den Namen Alex Hannemann in Kassel angemietet hatte und für die ein Durchsuchungsbeschluss vorlag. Die Kollegen aus Kassel teilen uns darin mit, dass sie mit dem Vermieter Kontakt aufgenommen haben. Ursprünglich war die Wohnung in Kassel von Sabine Hannemann mit ihren Daten des Erstwohnsitzes des Einwohnermeldeamtes Göttingen als Zweitwohnung angemietet worden.«

»Aber auf dem Klingelschild stand doch Alex Hannemann, wie uns die Kollegen aus Kassel nach ihrem Gespräch mit der Wohnungsnachbarin mitgeteilt haben«, merkte Nina an.

»Das stimmt«, bestätigte der Forensiker. »In der Nachricht aus Kassel steht dazu, dass Salewski vor dem Einzug mit seinem Personalausweis auf den Namen Alex Hannemann beim Vermieter vorstellig geworden ist und gebeten hatte, den Mietvertrag von seiner Frau auf ihn umzustellen. Der Vermieter war darauf eingegangen, weil er davon ausging, dass die Eheleute Hannemann beide in Göttingen mit ihrem Erstwohnsitz gemeldet waren. Es ist zu vermuten, dass im Einwohnermeldeamt in Kassel auch nicht weiter überprüft worden ist, ob ein Alex Hannemann auch in der Wohnung von Sabine Hannemann gemeldet war.«

»Das glaube ich auch nicht«, griff die Soko-Leiterin aus Kassel den Gedanken auf. »Mit über zweihunderttausend Einwohnern wird unser Einwohnermeldeamt kaum Zeit darauf verschwenden, solche Feinheiten zu überprüfen. Und von einer vernetzten Digitalisierung sind die meisten unserer Behörden noch ganz weit entfernt. Aber das erklärt auch, wie Salewski unter dem Namen Hannemann als Betrüger munter weiter agieren konnte, obwohl er diesbezüglich bereits vorbestraft war.«

»Sören, kannst du uns denn noch irgendwelche Hinweise zur Ermordung unserer Bäckerin liefern, die uns bei der Lösung des Falles helfen?«, bohrte Bert noch einmal nach.

»Kann ich und habe ich mir bis zum Schluss aufgehoben. Es gibt einen Chat über das Darknet zwischen den – ich nenne sie jetzt mal Eheleute – Hannemann, unabhängig davon, ob sie legitimiert sind oder nicht. Da schreibt er an sie: ›Heute großes Familientreffen. Die Frau vom Sohn ist Bankerin und verdammt misstrauisch. Hab ihr was über Börse und Bitcoin erzählt. Nane ging dann dazwischen, wollte keine Fachgespräche beim Kaffeetrinken. Zum Glück hatte ihre Schwiegertochter nicht viel Zeit. Vielleicht müssen wir das mal wieder ganz schnell zu Ende bringen. Aber bis jetzt ist alles noch im grünen Bereich.‹«

»Und was hat sie geantwortet?«, war Nina neugierig geworden.

»Sie schrieb in ihrem Chat nur zurück: ›Besser keine Namen! Hoffe, dass du nicht wieder ein Alibi brauchst.‹«

»Das klingt aber schon fast so wie unsere Warmsanierung in Kassel«, stellte Carmen fest. »Übrigens, die Frau wurde auch erdrosselt, so wie eure Bäckerin, bevor sie ein Opfer der Flammen wurde. Gut, hier wurde die Mühle nicht angezündet. Aber das hat bei uns ja auch jemand anders übernommen, wie wir inzwischen wissen. Der Mord selbst zeigt die gleiche Handschrift.«

»Da werden wir morgen bei den Vernehmungen was zu klären haben«, sagte Bert und beendete das Telefonat mit seinem Kollegen.

Danach entspann sich noch eine rege Diskussion unter den Anwesenden. Es war bereits zweiundzwanzig Uhr vorbei, als sich das verstärkte Soko-Team zu Fuß auf den Rückweg zum Kommissariat machte. Von dort fuhren Silke, Rita und Oke nach Hause. Bert nahm seine Frau und die beiden Frauen aus Kassel in seinem Privatwagen mit nach Carolinensiel. Dort tranken alle zusammen noch einen Absacker, bevor sie nach einem anstrengenden Tag zur Ruhe gingen, und waren sehr gespannt auf die Vernehmungen des kriminellen Pärchens.

8. Kapitel

Nanes Sohn Dedo war mit seiner Frau Tetta in Rhauderfehn beim Backtag der Hahnentanger Mühle. Da traf er eine ehemalige Kollegin seiner Mutter, Merte Buurmester, die dort auf dem Backtag Brot verkaufte. Da es schon ziemlich gegen Ende der Veranstaltung war, hatte sie etwas Zeit. Dedo sagte zu ihr, nachdem sie sich begrüßt hatten:»Merte, das war wohl heute mal wieder ein sehr anstrengender Backtag. Du siehst müde aus.«

»Das bin ich auch. Bin gestern erst mit dem Flieger aus Los Angeles zurückgekommen und hab noch ein wenig Jetlag. Ich musste heute Morgen aber für eine erkrankte Kollegin einspringen.«

»Wow, LA, da wollten wir auch nochmal hin«, staunte Dedos Frau Tetta. »Das war bestimmt toll.«

»War ein Geschenk meines Mannes zur Silberhochzeit. Wobei, so ganz uneigennützig war das nicht. Er ist ein Fan von *Easy Rider* und wollte unbedingt mal die Route 66 mit dem Motorrad fahren. Da ich selbst auch gerne mit dem Motorrad unterwegs bin, haben wir uns zwei Maschinen gemietet und sind die legendäre Tour gefahren.«

»Motorrad, das wäre meins nicht«, sagte Tetta. »Mich würden da eher der Hollywood Walk of Fame und die Spielcasinos in LA interessieren. Obwohl ich eigentlich keine Zockerin bin.«

»So hat jeder seins«, erwiderte Merte. »Aber, Dedo, sag mal, wieso kann ich deine Mutter auf einmal nicht mehr auf ihrem Handy erreichen? Hat sie eine neue Nummer? Ich hab ihr über WhatsApp Bilder von der Tour geschickt. Anfangs hat sie auch noch geantwortet. Dann kam nichts mehr und auf ihrem Handy ist sie auch nicht mehr zu erreichen. Ich wollte heute mal nach dem Backtag bei ihr in Wittmund auf dem Festnetz anrufen, die Nummer hatte ich in meinem Handy nicht gespeichert.«

»Merte, meine Mutter ist tot!«, antwortete der Angesprochene und musste sichtlich mit seiner Fassung ringen.

»Sie wurde in der Peldemühle Wittmund beim letzten Backtag ermordet«, ergänzte Tetta.

»Oh, mein Gott! Wer macht denn sowas?! Nane war doch so eine Seele von Mensch!«

»Die Polizei hat einen Typen, früher hat man solche wohl auch als Heiratsschwindler bezeichnet, verhaftet«, übernahm Dedos Frau die Antwort. »Was man so redet, soll der ihr wohl auch einen großen Teil des Geldes von ihrem Hausverkauf in Rhauderfehn abgenommen haben. Wir vermuten, dass sie ihm auf die Schliche gekommen ist und er sie dann mundtot gemacht hat, und das in diesem Fall im wahrsten Sinne des Wortes.«

Merte musste sich erst einmal setzen und die schlimme Nachricht verdauen. »Ermordet, sagt ihr? Wie ermordet?«

»Die Polizei sagt, erwürgt. Es müsste wohl ein kräftiger Mann gewesen sein, das Zungenbein war auch gebrochen«, fuhr Tetta fort. »Der hat sie dann in der Mühle mit dem Sackaufzug bis in die zweite Ebene gezogen.«

»War die Mühle beim Mahlen?«, wollte Merte wissen.

»Wohl kaum, dann wäre ja zumindest einer der Müller da gewesen«, sagte Dedo, der sich inzwischen wieder etwas gefangen hatte. »Aber warum fragst du danach?«

»Ganz einfach. Normalerweise wird so ein Sackaufzug mit Unterstützung durch die Windkraft betrieben. Ersatzweise geht das auch mit einem Flaschenzug, aber da brauchst du schon bei einem Getreidesack ganz schön Kraft. Ist dieser Heiratsschwindler denn ein so kräftiger Mann?«

»Wie kräftig der ist, kann ich nicht einschätzen«, übernahm wieder Tetta die Antwort. »Wir haben den mal kennengelernt, ein sehr gut aussehender und nach außen hin sehr charmant wirkender Typ. Ich weiß, was das angeht, bin ich vielleicht zu kritisch, aber auf mich wirkte das fast schon übertrieben schleimig. Aber bei manchen Frauen scheint das ja zu wirken.«

»Wieso fragst du nach, ob der Heiratsschwindler kräftig genug ist?«, wollte nun auch Dedo es genau wissen. »Hast du vielleicht jemand anderen im Auge, dem du sowas zutrauen würdest?«

»Na ja, eigentlich wollte eure Mutter nicht, dass ich mit euch darüber rede.«

»Über was solltest du mit uns nicht reden?«, bohrte die hellhörig gewordene Bankerin sofort nach.

»Wahrscheinlich ist das auch nur ein blöder Einfall, der mir spontan durch den Kopf schoss, als ihr vom Erwürgen gesprochen habt. Ist ja auch schon lange her. Nane wollte absolut nicht, dass ich euch etwas sage.«

»Mensch, Merte, lass es raus, wenn du etwas weißt!«, ereiferte sich Tetta. »Es könnte ja sogar für die Polizei wichtig sein, wenn du es uns schon nicht sagen willst.«

»Okay, dann aber nicht hier. Ihr könnt mit zu mir nach Hause kommen, dann können wir in Ruhe darüber reden«, antwortete die Bäckerin. Und einer Kollegin rief sie zu: »Braucht ihr mich noch? Der Jetlag schlägt bei mir auf einmal ganz schön zu.«

»Danke, Merte, dass du eingesprungen bist. Den Rest schaffen wir schon. Leg dich zu Hause aufs Ohr«, rief die Kollegin zurück.

Kurz darauf saßen Tetta und Dedo bei Merte zu Hause in der Küche und ihr Mann hatte einen starken Kaffee gekocht.

»Mein Mann kennt die Geschichte natürlich«, begann Merte. »Es müsste jetzt etwa acht Jahre oder sogar etwas mehr her sein. Euer Vater war noch nicht sehr lange tot, da lernte eure Mutter einen Mann kennen. Er war ein Seemann, der auf einem Containerschiff durch die Weltmeere fuhr. Zwangsläufig war er nur zeitweise in Deutschland, dann aber immer für ein paar Wochen auf Landurlaub.«

»Wir haben ihn auch mal kennengelernt, ein richtiger Seebär«, sagte Mertes Mann Uwe. »Ich muss mal mit unserem Hund raus. Merte sagte ja schon, ich kenne die Geschichte.«

Als ihr Mann draußen war, sagte Merte: »Alles kennt er auch nicht und das ist auch gut so. Hätte sonst bestimmt in einer Schlägerei geendet. Am Ende hat es sich dann sowieso von ganz allein gelöst.«

»Klingt ja irgendwie, als wäre da Gewalt im Spiel gewesen«, mutmaßte Tetta.

»War wohl auch. Aber wenn schon, dann solltet ihr die Geschichte von Anfang an kennen, das sind wir Nane schuldig!«

Merte begann zu erzählen:

»Nane, du hest blot een Leven! Du kannst nich alltied um dien dode Mann trüren. Ich weiß, sein Unfall war schlimm für dich.

Aber du musst mal wieder lernen, an dich zu denken!«, versuchte Merte ihre Arbeitskollegin aus der Bäckerei aufzumuntern. »Uwe ist am Wochenende geschäftlich unterwegs und ich hätte auch mal wieder Lust auf eine Disco, wie früher. Was meinst du?«

»Disco, dat is doch nix mehr för uns.«

»Bullshit. Wenn Uwe und ich mit den Motorrädern unterwegs sind, halten wir auch schon mal bei der einen oder anderen Disse an und rocken richtig ab, wie in alten Zeiten, natürlich ohne Alk. Wir waren erst vor Kurzem auf dem Heimweg im Rheiderland gleich um die Ecke in einer Disco. Da hab ich gesehen, dass die diesen Samstag die 80er im Programm haben. Das wär doch was für uns Mädels.«

»Meinst du?«

»Na klar. Uwe hat bestimmt nix dagegen. Ich hol dich morgen Abend um zweiundzwanzig Uhr ab. Guck nicht so entsetzt! Natürlich nicht mit dem Chopper, ich komm mit dem Auto.«

Als die beiden Frauen bei der Disco ankamen, waren noch viele Parkplätze frei. »Wir sind eigentlich noch viel zu früh«, kommentierte Merte. »Aber ich wollte dich nicht überfordern und hab mir gedacht, wir lassen es mal langsam angehen. Dann ist drinnen auch noch nicht so ein Gedränge und für dich alles überschaubarer. Wir können uns dann auch noch ein gemütliches Plätzchen in einer Lounge suchen.«

Wie Merte es schon gesagt hatte, waren auch drinnen nur wenige Gäste, und sie hatten bald einen kleinen Vierertisch in einer Nische gefunden.

»Du kannst im Gegensatz zu mir ja ruhig was trinken«, sagte Merte. »Das macht dich dann auch ein bisschen lockerer. Wann hast du denn deinen letzten Caipi getrunken?«

»Keine Ahnung. Ich glaube, das war mal in einem Urlaub auf Teneriffa. Da waren die Kinder noch gar nicht geboren.«

»Na, dann wird es aber mal wieder allerhöchste Zeit«, stellte Merte fest und gab eine entsprechende Bestellung auf.

Wie selbstverständlich bestellte sie auch gleich einen zweiten Caipi für ihre Kollegin, als sie ihren alkoholfreien Drink ausgetrunken hatte. Bei Nane löste sich zunehmend die Anspannung, und als der DJ dann *Take On Me* von *a-ha* auflegte, ließ sie sich von Merte sogar auf die Tanzfläche entführen. Inzwischen begann sich nicht nur die Disco, sondern auch die Tanzfläche zu füllen. Als die beiden Frauen an ihren Tisch zurückkamen, saßen dort zwei Männer.

»Ich bin Janto und das ist Ole«, sagte der eine, der wie ein Seebär aussah mit den strubbeligen schwarzen Haaren und dem gut getrimmten Kinnbart. Sein T-Shirt ließ die muskelbepackten tätowierten Arme voll zur Geltung kommen. Daneben machte sich Ole wie ein schmächtiges Männchen aus. »Ich hoffe, ihr habt nichts dagegen, wenn mein Cousin und ich uns hier zu euch setzen.«

»Alles gut«, sagte Merte lachend. »Ich bin Merte und das ist Nane.«

»Dürfen wir euch zu einem Drink einladen?«, fragte Janto.

»Gerne, nochmal das Gleiche«, stimmte Merte lachend zu, um gleich hinzuzufügen: »Obwohl ich euch gleich sagen muss: Ich bin vergeben. Also macht euch keine Hoffnung! Aber bei einem Drink ohne Alk sage ich nicht nein.«

»Gilt für mich auch, bin auch in einer Beziehung«, ließ Ole schüchtern wissen. »Aber Janto kannte die Disco hier noch nicht und er brauchte einen Fahrer.«

Als die Getränke auf dem Tisch standen, sagte Janto: »Dann auf einen schönen gemütlichen Abend.« Nachdem sie getrunken hatten, fügte er noch grinsend hinzu: »Merte, damit hast du jetzt ja alle Klarheiten beseitigt – sorry, ich meine natürlich Unklarheiten – wir sagen das bei uns an Bord immer so. Aber Nane hat noch gar nichts gesagt.«

»Was soll ich sagen? ... Ich kannte die Disco auch nicht.«

»Na, da haben wir beide doch schon mal eine Gemeinsamkeit. Ach, was red ich, zwei Gemeinsamkeiten, du ein Caipi und ich ein Caipi. Und wenn ich das richtig interpretiere, was Merte gerade sagte, sogar drei Gemeinsamkeiten. Ich bin solo und du bist solo, oder sehe ich das falsch?«

»Das siehst du gar nicht sooo falsch«, übernahm Merte die Antwort, nachdem sie merkte, dass Nane sich damit schwertat.

»Und aller guten Dinge sind bekanntlich drei – was wollen wir mehr? Und der DJ hat sogar die richtige Aufforderung für uns: *I wanna dance with somebody* von Whitney Houston. Also, Nane, wie wär's, give me a chance!«

Bei Nane begann der Caipi zu wirken und sie sagte schließlich: »Okay, Janto, why not.«

Dann stand sie auf und folgte dem Mann auf die Tanzfläche. Dabei war sie jetzt froh, sich mit Merte schon ein wenig eingetanzt zu haben. Wie lange war es her, dass sie das letzte Mal mit ihrem Mann getanzt hatte, geschweige denn mit einem anderen Mann?

Es war schon fast drei Uhr in der Nacht, als die beiden Frauen die Disco verließen. Janto brachte sie noch zu ihrem Auto, wobei Nane froh war, dass er sie stützte. Offensichtlich hatte sie nicht nur einen Caipi zu viel gehabt. Janto hätte Nane sogar gern mit seinem Cousin nach Hause gefahren. Damit war Nane aber nicht einverstanden gewesen, obwohl sie noch einige Male sogar sehr eng zusammen getanzt hatten. Merte war auch nicht entgangen, dass die beiden sich bei einem Schmusesong auf der Tanzfläche geküsst hatten.

Janto war es allerdings gelungen, Nanes Telefonnummer von ihr zu bekommen. Und am Sonntagmittag rief er sie an und lud sie zum Kaffeetrinken ein. Mit einem schicken Cabrio holte er sie zu Hause ab und blieb dann auch gleich über Nacht, nachdem er sie wieder zurückgebracht hatte.

Nane hätte eigentlich in der Nacht zum Montag in die Backstube gemusst. Sie rief abends spät noch bei Merte an, um sich krankzumelden. Ihre Kollegin hatte sich aber wohl schon schlafen gelegt. Daher sprach sie ihr nur auf das Band. Das machte sie auch bei der Bäckerei.

Als sich die beiden Frauen in der Nacht darauf in der Bäckerei zur Arbeit trafen, sagte Merte: »Du hattest Besuch. Vor deiner Garage stand ein Cabrio. Ich kam mit unserem Hund bei dir vorbei.« Dann fügte sie noch mit einem Grinsen hinzu: »Eigentlich hätte ich noch klingeln wollen, hab's mir dann aber verkniffen. Aber neugierig bin ich ja schon. Wie war's denn?«

Nane überlegte einen Augenblick. Sie war sich nicht sicher, ob sie ihre Gefühle offenbaren sollte. Aber Merte war inzwischen schon mehr für sie geworden als nur eine Arbeitskollegin. Und irgendwie hatte sie auch das Bedürfnis, mit jemand darüber zu reden. Mit ihren Kindern ging das in diesem Fall überhaupt nicht. Und da sie beide noch etwas früh dran und alleine im Umkleideraum der Bäckerei waren, sagte sie schließlich: »Ich wusste schon gar nicht mehr, wie schön es sein kann, eine Frau zu sein! Ich hatte das Gefühl, von ihm auf Händen getragen zu werden.«

»Dat is doch hunnert! Mensch, Nane, da gehen wir beide einmal miteinander aus und dann sowas. Ik frei mi so för di! Ich sagte dir ja schon, du musst auch an dich denken, denn das Leben liegt doch noch vor dir. Guck mal, was glaubst du, warum Uwe und ich uns die Route 66 gegönnt haben?!«

In den kommenden Wochen lebte Nane richtig auf. Sie begann sich wieder zu schminken und kaufte sich auch neue Klamotten. Dann merkte Merte eine Veränderung und sprach sie darauf an.

»Janto is wedder up See«, sagte Nane. »Du glaubst gar nicht, wie sehr er mir fehlt. Hätte ich selbst vor ein paar Wochen noch nicht im Traum dran gedacht. Vor Weihnachten wird er nicht wieder zurück sein. Er hat bei seinem Cousin im Haus ein möbliertes Zimmer, in dem er wohnt, wenn er in Deutschland ist. Vielleicht zieht er bei seinem nächsten Landurlaub zu mir. Aber bis dahin fehlt er mir sehr. Und danach wird er mir dann auch wieder fehlen.«

Es gingen Monate ins Land, und Nane war voller Ungeduld. Schließlich war Janto wieder da, allerdings nicht vor, sondern erst nach Weihnachten, worüber sie im Nachhinein sogar froh war. Denn schon zum dritten Advent waren ihr Sohn mit Freundin und ihre Tochter mit Freund zum Kaffeetrinken da gewesen. Dabei hatte Gesa sie, als sie mit ihr in der Küche allein war, fest gedrückt und ihr gesagt, wie froh sie war, dass sie ihr bisher einen Stiefvater erspart hatte. Dedo, der gerade zufällig dazugekommen war, hatte sie ebenfalls in den Arm genommen und ihr das Gleiche gesagt.

Seitdem war Nane hin- und hergerissen und froh gewesen, dass Janto an Weihnachten noch auf See war und sie mit ihren Kindern Heiligabend alleine ohne ihn verbringen konnte. Die anderen Feiertage waren ihre Kinder bei den Eltern ihrer Freunde eingeladen. Da merkte man, dass sich ihre Kinder inzwischen mit ihren

Partnerschaften schon ziemlich abgenabelt hatten, was ihr aber auch durchaus recht war. Dedo plante bereits seine Hochzeit, und Nane hatte sich daran gewöhnt, ihre Kinder außer an Feiertagen kaum noch zu sehen.

Als sie mit Merte darüber sprach, sagte diese: »Nane, ich hab es dir schon ein paarmal gesagt. Du musst jetzt in erster Linie an dich selber denken. Na klar hängen deine Kinder nach wie vor an ihrem Vater. Aber es ist unserer schnelllebigen Zeit geschuldet, dass jeder seiner Wege geht. So auch die Kinder, sobald die eigene Partnerschaften und neue Freunde woanders haben. Das ist bei unseren beiden Töchtern auch nicht viel anders, zumal wenn die nicht mehr am gleichen Ort wohnen wie du.«

Daher entschloss sich Nane, doch für Janto das Gästezimmer herzurichten. Als er bei ihr einzog, fühlte sie sich wie im siebten Himmel. Umso schwerer fielen die nächsten Monate, als er wieder auf See war.

Dann kam er eines Tages überraschend zurück. Er hatte die Heuer gekündigt und war auf der Suche nach einer neuen. Irgendetwas war schiefgelaufen auf dem Schiff, da war Nane sich sicher. Aber darüber war nicht mit ihm zu reden. Es kam immer öfter vor, dass er angetrunken nach Hause kam. Dann versuchte sie ihm aus dem Weg zu gehen, weil er schnell ausrasten konnte.

Es war wieder Backtag in der Hahnentanger Mühle, als Nane mit einem Seidenschal um den Hals zur Arbeit erschien, obwohl Hochsommer war und heute mindestens achtundzwanzig Grad vorhergesagt worden waren.

»Nane, was ist denn mit dir los?«, wollte Merte wissen. »Es wird heute sehr heiß, und du sogar mit einem Schal um den Hals und dann noch in der Backstube?«

»Könnte sein, dass sich bei mir eine Sommergrippe anbahnt«, antwortete Nane. »Ich habe jedenfalls ein Kratzen im Hals, wollte mich eigentlich schon krankmelden, aber euch dann doch nicht im Stich lassen.« Merte gab sich mit der Antwort zufrieden.

Nachdem alle Backwaren verkauft und alle Besucher gegangen waren, kam Merte in die Toilette. Da stand Nane ohne Schal vor dem Spiegel und kühlte sich den Hals mit kaltem Wasser. Dann sah Merte im Spiegel die dunklen Blutunterlaufungen an Nanes

Hals. »Nane, was hast du denn da?! Das sieht ja aus wie Würgemale! Deswegen also dein Schal.«

»Quatsch! Merte, ich bin auf der Treppe ausgerutscht und mit dem Hals gegen das Geländer geschlagen. Und damit du und andere nicht auf falsche Gedanken kommen, habe ich den Schal umgebunden. Du siehst ja, zu was für Fantasien das verleitet. Am Ende denkst du noch, dass Janto daran schuld ist. Ich kann dich beruhigen, der ist gar nicht da. Der ist zu einer Bewerbung nach Rotterdam gefahren.«

Das konnte Merte ihrer Kollegin glauben oder auch nicht. Einen weiteren Kommentar ersparte sie sich aber.

Jantos Bewerbung war erfolgreich gewesen und er hatte wieder eine Heuer. In drei Wochen würde sein Schiff in Rotterdam einlaufen und ihn dort aufnehmen. Als er von dort zurückkam, sagte er zu Nane: »Mein Schatz, das müssen wir unbedingt feiern. Mein Cousin holt uns heute Abend ab und wir machen uns wieder einen gemütlichen Abend in der Disco.« Nane freute sich darauf und sagte ihm das auch.

Nach dem Abendessen, zu dem Janto bereits zwei Bier getrunken hatte, schenkte er sich und Nane zur Verdauung, wie er sagte, einen Korn ein. Eigentlich wollte Nane diesen gar nicht trinken, tat es dann aber um des lieben Friedens willen doch. Als er ihr dann den zweiten Korn einschenkte, weigerte sie sich und die Sache eskalierte. Schließlich packte er sie am Arm und zwang sie den Schnaps zu trinken.

Als dann Ole kam, um die beiden für die Disco abzuholen, merkte er, dass sein Cousin bereits eine Menge Schnaps intus hatte. Er nahm ihn auf die Seite und sagte: »Janto, so nehme ich dich nicht mit. Du kennst dich, das endet nur mit einer Schlägerei in der Disco. Ich fahre euch jedenfalls so nicht!«

Janto zog Ole an seinem Hemdkragen zu sich heran, bis kurz vor sein Gesicht. Dann brüllte er ihn an: »Verpfeif dich, du Vollpfosten!« Dabei schleuderte er ihn wie einen Spielball gegen die Tür, die nur angelehnt war, sodass Ole bis in den Hausflur hinausstürzte. Er rappelte sich wieder hoch und sah zu, dass er aus dem Haus verschwand.

Nane, die das Schauspiel von der Küche aus verfolgt hatte, trat jetzt in den Flur. Durch die Schnäpse, die sie hatte trinken müssen, verfügte sie wohl über etwas mehr Mut. »Janto, am liebsten würde ich dich auf der Stelle rausschmeißen! Aber dann würdest du wahrscheinlich auf der Straße liegen, denn ich glaube kaum, dass Ole für dich nochmal ein Zimmer haben wird.«

»Halt dich da raus«, brüllte Janto sie an. »Und überhaupt, was mischst du dich da ein?!«

»Ist als Hausherrin doch mein gutes Recht!«, wurde nun auch Nane lauter.

»Und wer bringt dich immer in den siebten Himmel, wie du selbst es oft genug gesagt hast?! Bevor du mich kennengelernt hast, wusstest du doch noch nicht einmal, dass es den überhaupt gibt. Deine eigenen Worte! Komm her!«

»Nein!«, schrie Nane zurück und rannte nach oben.

»Nane, komm sofort runter!«, brüllte Janto hinterher. Aber die Angesprochene hatte sich im Bad eingeschlossen. Sie hatte schon die Erfahrung gemacht, dass er sich bald wieder beruhigen würde.

Aber erst nach einer ganzen Weile traute sie sich wieder runter. Janto schien sich tatsächlich wieder beruhigt zu haben und saß im Wohnzimmer vor dem Fernseher, als wäre nichts gewesen. Er hatte sich ein Bier aufgemacht. Als Nane ins Zimmer trat, sagte er: »Komm her, mein Schatz, und setz dich zu mir auf die Couch. Ole ist ein Idiot. Und du weißt doch, wenn man mich so reizt, dann passiert immer was, obwohl ich das gar nicht will. Eigentlich wollte ich dir in der Disco heute einen Heiratsantrag machen. Aber vielleicht ist das ja auch für dich noch zu früh. Dafür habe ich sogar aus Rotterdam einen Diamantring für dich mitgebracht. Komm her! Als Zeichen, dass ich dir nicht böse bin.«

Dann steckte er ihr einen sehr schönen Ring auf den Finger. Und es dauerte nicht lange, dann erlebte Nane auf der Couch heute doch noch einen siebten Himmel.

Aber die gute Stimmung hielt nur zwei Tage. Es war der Tag von Jantos Abreise nach Rotterdam, da eskalierte es wieder aus nichtigem Anlass. Diesmal oben auf dem Flur. Nane war gerade von ihrer Nachtschicht aus der Bäckerei nach Hause gekommen und Janto oben dabei, seine Sachen zu packen, doch er fand ein bestimmtes Shirt nicht. Nane wollte ihm beim Suchen helfen und stand ihm dabei, wie er meinte, im Weg. Er schleuderte sie beiseite und sie stürzte unglücklich und verstauchte sich das Handgelenk.

Schnell stand fest, dass sie in der nächsten Nacht nicht ihre Arbeit in der Bäckerei würde machen können. Es half nichts, sie brauchte eine Krankschreibung durch ihren Hausarzt. Auto fahren konnte sie auch nicht, weil sie mit der Hand nicht schalten konnte. Janto fuhr sie zum Arzt. Als sie ausstieg, sagte er mit drohendem Unterton: »Kein Wort! Du weißt Bescheid!«

Dem Arzt sagte sie, dass sie über den Teppich gestolpert sei, was dieser als Grund auch akzeptierte. Er schrieb sie daraufhin für eine Woche krank. Nachdem Janto sie zu Hause abgesetzt hatte, packte er seine Koffer und Taschen ins Auto und verabschiedete sich von Nane mit den Worten: »Ich liebe dich über alles mein Schatz, aber du musst unbedingt lernen, mich nicht immer zu reizen! Du siehst ja selbst, zu was das führt.«

Dann nahm er sie zärtlich in den Arm, küsste sie lange auf den Mund und stieg ins Auto, um nach Rotterdam zu fahren. Der Container sollte am nächsten Nachmittag auslaufen und er musste rechtzeitig da sein. Das Schiff würde nicht auf ihn warten.

Nane rief in der Bäckerei an, um sich krankzumelden. Dabei erzählte sie dem Chef die gleiche Story wie dem Arzt. Es tat ihr um Merte leid, die hatte in dieser Woche Urlaub und würde diesen abbrechen müssen, wie man ihr am Telefon sagte.

Es war schon später Nachmittag, als Merte plötzlich vor ihrer Haustür stand. »Moin Nane, bist du allein?«

»Ja, komm rein. Jantos Schiff läuft morgen in Rotterdam wieder für ein paar Monate aus. Deswegen musste er heute schon fahren. Ich mache uns einen Tee.«

Nachdem Nane die Sahne, wie es sich in Ostfriesland gehört, gegen den Uhrzeigersinn langsam in den goldbraunen Tee eingelassen hatte und sich die kleinen Sahnewölkchen, Wulkjes genannt, gebildet hatten, tranken die beiden Kolleginnen, ohne umzurühren.

»Ich bin gekommen, um zu sehen, wie es dir geht«, sagte Merte. »Wie ich an der Schiene sehe, hat's dein Handgelenk ganz schön erwischt. Und natürlich springe ich für dich ein, hatte ja keine Urlaubsreise gebucht und nichts Besonderes vor. Aber bist du wirklich von ganz alleine gestürzt oder hat er doch wieder nachgeholfen?«

Nach einigem Zögern antwortete Nane: »Ich bin über den Teppich gestolpert, das hab ich doch auch schon dem Chef gesagt.«

Für Merte stand in diesem Moment fest: Nane hatte gelogen. »Dass du das dem Chef gesagt hast, daran hab ich keinen Zweifel«, sagte sie. »Aber daran, dass es die Wahrheit ist, schon. Mensch, Nane, so kann dat doch neet wiedergaan! Du belügst dich doch nur selbst! Warum machst du das bloß? Schmeiß den Kerl doch raus, der tut dir überhaupt nicht gut! Ich habe mir schon Vorwürfe gemacht, dass ich mit dir in die Disco gefahren bin.«

Nane standen die Tränen in den Augen, als sie sagte: »Du hast ja keine Ahnung, wie lieb und zärtlich er sein kann! Und wie gut der mir immer wieder tut! Er kann doch nix dafür. Wenn man ihn reizt, rastet er aus! Un daaran bün ik ok sülvst schüldig! Ich weiß doch, dass ich ihn nicht reizen darf. Er bittet mich anschließend jedes Mal darum, das nicht wieder zu tun.«

»Jetzt fühlst du dich auch noch schuldig! Aber ich habe mal in einem Bericht gelesen, dass genau das für solche Typen typisch ist. Sie schaffen es, dass sich ihre Opfer zu allem Unglück und Schmerzen auch noch selbst dafür verantwortlich machen. Du solltest dringend mal mit deinen Kindern darüber reden!«

»Merte, um Gottes willen, mach es nicht noch schlimmer, als es ohnehin schon ist. Ich muss halt nur aufpassen und mich richtig verhalten. Dann ist Janto der liebste und zärtlichste Mann, den man sich nur vorstellen kann. Aber wenn Dedo und sein Schwager das wüssten, weiß ich nicht, was passiert. Das gäbe wahrscheinlich Mord und Totschlag.«

»Du müsstest dich mal reden hören, Nane! Der Typ hat dich ja schon völlig in seiner Gewalt. Den müsstest du sogar bei der Polizei anzeigen! Am liebsten würde ich die Anzeige erstatten. Aber das würde kaum etwas nützen, wenn du nicht selbst zu der Erkenntnis kommst. Zum Schluss würde der wie der strahlende

Sieger dastehen, aber es am Ende sogar noch an dir auslassen, dass du mit mir darüber geredet hast. Und deshalb werde ich auch gegenüber deinen Kindern die Klappe halten. Aber du solltest mal wirklich in dich gehen! Lass es mich wissen, wenn du deine Meinung geändert hast.«

»Danke, Merte! Ich habe ja jetzt wieder ein paar Monate Zeit, es mir zu überlegen.«

»Mit uns hat Nane nie über einen Janto gesprochen«, sagte die Bankerin und holte Merte wieder in die Gegenwart zurück. »Unabhängig davon interessiert mich schon: Wie lange ging denn das so?«

»So genau weiß ich das nicht mehr. Ich würde sagen, ein bis zwei Jahre vielleicht.«

»Und dann hat meine Mutter den Typen rausgeschmissen?«, wollte Dedo wissen.

»Auch das weiß ich nicht so genau. Aber muss sie ja wohl. Jedenfalls hat Nane nicht mehr über den gesprochen. Vielleicht ist der auch auf See geblieben oder hat sich eine andere Braut gesucht. Jedenfalls musste Nane wegen sowas nicht mehr krankgeschrieben werden. Ich hätte sie natürlich am liebsten mal darauf angesprochen, habe es dann aber doch lieber gelassen. Wollte nicht den Finger in alte Wunden legen.«

9. Kapitel

Der Mord in der Peldemühle war eine Woche her. Am Freitagvormittag, als eigentlich gleich das Verhör mit Sabine Hannemann beginnen sollte, meldete sich ihr Anwalt telefonisch im Kommissariat auf Berts Anschluss. Der Anwalt steckte nach einem Lkw-Unfall bei Osnabrück im Stau. An einem Freitag fast Normalität, der typische Verkehrswahnsinn auf den deutschen Autobahnen. Sabine Hannemann war inzwischen aus der Frauenhaftanstalt Vechta eingetroffen. Als Erster war aber Alexander Salewski aus der JVA Oldenburg da gewesen. Er hatte auch die kürzeste Anfahrt gehabt und wartete jetzt in einer der Zellen des Kommissariats auf den Anwalt.

Es war bereits nach der Mittagspause, als der Anwalt endlich eintraf. Er hatte unterwegs einen Imbiss zu sich genommen, wie er sagte, und wollte sofort mit seiner Klientin sprechen. Es wurde ein langes Gespräch, sodass Bert, Nina, Carmen und Dirtje vor der Sichtscheibe zum Verhörraum auf eine lange Folter gespannt wurden, obwohl sich niemand von ihnen wirklich darüber wunderte. Schließlich ging es für die Frau darum, sich der Beihilfe zum Mord schuldig gemacht zu haben. Es bestand der begründete Verdacht, dass sie ihrem Partner sowohl in einem Mordfall als auch in einem weiteren strittigen Tötungsfall ein falsches Alibi gegeben hatte. Darüber hinaus musste sie sich nicht nur wegen Beihilfe zum Betrug, sondern auch selbst als Nutznießerin des Betruges verantworten.

Schließlich winkte der Anwalt die Beamten in den Verhörraum und sagte: »Zu dem Vorwurf der Beihilfe zum Mord an Nane Immenga hier in Wittmund wird meine Klientin umfassend aussagen. Zu den anderen Verdächtigungen und Anklagen macht sie von ihrem Schweigerecht Gebrauch.«

»Damit könnten meine Kollegin Peters und ich uns eigentlich verabschieden, denn zu den Fragen, in denen Frau Hannemann die Aussagen verweigert, wird sie sich ohnehin vor einem Gericht in Kassel verantworten müssen, da diese Straftaten dort begangen wurden. Trotzdem würde ich der Befragung gerne weiter beiwohnen, wenn keine Einwände bestehen«, hakte die Kasseler Soko-Leiterin ein.

Nachdem der Anwalt sich kurz mit seiner Mandantin abgestimmt hatte, sagte er: »Meine Klientin hat keine Einwände.«

»Wir natürlich auch nicht«, sagte Bert. Da er das Verhör leitete, begann er auch gleich mit seiner Befragung: »Frau Hannemann, Sie haben meiner Kollegin, Kommissarin Nina Jürgens, und mir gegenüber bei der Verhaftung von Alexander Salewski behauptet, dass dieser sich zum Tatzeitpunkt bei Ihnen in Ihrem Wohnmobil aufgehalten hat. Wie wir inzwischen herausgefunden haben, war das gelogen. Warum wollten Sie ihm ein falsches Alibi geben?«

»Ich hatte vor einigen Jahren schon einmal die Erfahrung machen müssen, dass mein Mann irrtümlich für einen Mord verantwortlich gemacht werden sollte. Und als Sie mit einem Haftbefehl wegen eines Mordverdachtes bei uns auf dem Campingplatz auftauchten, wollte ich meinen Mann schützen, denn ich wusste, dass er unschuldig war, genauso wie damals. Und sein Zweithandy hatte den ganzen Nachmittag und Abend auf dem Schrank gelegen, daher habe ich Ihnen dieses als Beweis mitgegeben.«

»Sprechen Sie bei dem Fall von vor einigen Jahren von der Ermordung einer Villenbesitzerin in der Nähe der Kasseler Wilhelmshöhe, die in ihrer eigenen Villa als Erdrosselte das Opfer einer Brandstiftung wurde?«, wollte Nina wissen.

Als die Verhörte nickte, fuhr die Kommissarin fort: »Ihr Anwalt dürfte Sie darüber informiert haben, dass inzwischen Beweise vorliegen, dass Sie auch da, sogar vor Gericht, falsches Zeugnis zugunsten von Alexander Salewski abgelegt haben. Dies hat sogar für ihn zu einem Freispruch bezüglich des Mordvorwurfes geführt. Was sagen Sie dazu?«

»Netter Versuch, Frau Jürgens. Aber meine Klientin wird sich dazu nicht äußern«, übernahm der Anwalt die Antwort.

»Frau Hannemann, Sie sprachen gerade von Ihrem Mann«, fuhr Nina unbeirrt fort. »Richtig ist, dass Sie beide in Ihren Notebooks eine Urkunde gespeichert haben, die besagt, dass Sie und Herr Salewski auf den Malediven die Ehe geschlossen haben. Es dürfte Ihnen bekannt sein, dass diese Eheschließung in Deutschland nicht anerkannt wird. Eine Eheschließung vor einem deutschen Standesamt hat nach unserer Kenntnis bislang nicht stattgefunden. Dennoch tun Sie und Herr Salewski so, als wären Sie ordnungsgemäß getraute Eheleute, was Ihr Partner uns gegenüber auch mit einem Ausweis versuchte zu dokumentieren, der nachweislich gefälscht war. Was bezwecken Sie damit?«

»Noch ein netter Versuch, Frau Jürgens, meine Klientin zu einer Aussage zu verleiten«, griff der Anwalt erneut ein, bevor die Angesprochene antworten konnte.

»Okay, Frau Hannemann, sprechen wir über das Mordopfer, Nane Immenga«, übernahm Bert die Befragung. »Was wissen Sie über das Verhältnis Ihres Mannes zu dieser Frau?«

»Er war ihr Vermögensberater. Sie hat ihn konsultiert und er hat sie beim Verkauf ihres Hauses in Rhauderfehn mit seinem fachlichen Rat unterstützt.«

»Das Haus gehörte nach dem Unfalltod ihres Mannes aber nicht Frau Immenga alleine«, merkte Nina an. »Ihre Kinder waren Miterben. Hat Herr Salewski die auch beraten?«

»Soweit ich weiß, haben die ihn nicht darum gebeten, nur Frau Immenga.«

»Ihr Lebenspartner, um ihn mal so zu bezeichnen, hatte nach unseren Erkenntnissen eine intime Beziehung mit Frau Immenga«, hakte Bert wieder ein. »Hat Sie das nicht gestört, wenn er seine Urlaube und einige verlängerte Wochenenden mit dieser Frau in ihrem Haus in Wittmund verbrachte?«

»Wie ich schon sagte, mein Mann war der Vermögensberater dieser Frau, und ich spioniere ihm nicht nach. Ich vertraue ihm.«

»Wir haben Kontoauszüge bei Frau Immenga gefunden, wonach Überweisungen im Mai, Juni, Juli und August – die letzte also erst wenige Tage vor ihrem Tod – getätigt wurden«, übernahm wieder Nina das Wort. »Da gingen jeweils fünfundzwanzigtausend Euro an ein Konto einer Limited auf Malta. Was können Sie uns dazu sagen?«

»Darüber weiß ich nichts. Was ist überhaupt eine Limited? Ob mein Mann darüber etwas weiß, müssen Sie ihn nachher selbst fragen.«

»Sie wissen sicher, was in Deutschland eine GmbH ist, eine Gesellschaft mit beschränkter Haftung. Damit vergleichbar ist die Gesellschaft auf Malta, von der meine Kollegin sprach«, erläuterte Bert. »Im Englischen wird eine solche Limited genannt. Ist Ihnen eine solche Gesellschaft auf Malta bekannt?«

»Nein, eine solche Gesellschaft kenne ich nicht. Und wie gesagt, ob mein Mann darüber etwas weiß? Keine Ahnung!«

»Wie kommt es dann, dass die fünfundzwanzigtausend Euro, die im August von Nane Immengas Bankkonto an die Limited auf Malta gegangen sind, von genau dieser Gesellschaft aus Malta zwei Tage später an Ihr Wallet überwiesen wurden?«, schoss Nina bildlich einen weiteren Pfeil ab.

»Wie kommen Sie darauf, dass das genau die fünfundzwanzigtausend Euro waren, die an ein Wallet meiner Mandantin gegangen sind?«, wollte der Anwalt wissen.

»Ganz einfach, weil es keine anderen Kontenbewegungen in diesem Zeitraum bei der Limited gegeben hat. Uns liegen die Kontendaten der Gesellschaft auf Malta vor«, gab Bert Auskunft. »Und ich sage Ihnen mal ganz offen, wie das Ganze sich aus unserer Sicht darstellt, und dann können Sie sich gerne nochmal vertraulich mit Ihrer Mandantin besprechen: Herr Salewski betrügt mit Frau Hannemanns Unterstützung Frauen um ihr Erspartes! Dazu gewinnt und überzeugt er diese ahnungslosen Frauen mit seinem Charme. Im Fall von Nane Immenga ging es um das Geld, das sie durch den Hausverkauf erhalten hatte. Wir vermuten, dass Frau Immenga ihm auf die Schliche gekommen ist und gedroht hat, ihn anzuzeigen, woraufhin er sie in der Mühle, wo sie mit den Vorbereitungen für den Backtag beschäftigt war, erdrosselt hat.«

»Ähnlich sehen wir das auch im Fall der Villenbesitzerin«, fügte die Soko-Leiterin aus Kassel hinzu. »Und wie viel Geld insgesamt aus den früheren Fällen dabei auf das Wallet Ihrer Mandantin geflossen ist, wird meine Kollegin Kommissarin Peters mit ihrem Team noch ermitteln.«

»Vielleicht sollten Sie mal darüber nachdenken, Herr Anwalt, ob Ihre Mandantin im Hinblick auf ein mildes Urteil nicht besser kooperiert«, fügte Dirtje noch hinzu. »Ich kenne Salewski von mehreren Vernehmungen! Ich kenne damit auch seine kriminelle Energie, die er unter einer äußerst charmanten Maske verbirgt. Vielleicht ist Frau Hannemann sogar sein Hauptopfer, das er perfide für seine Zwecke missbraucht! Dabei sollte man sich nicht davon täuschen lassen, dass er ihr dafür einen Anteil an der Gesamtbeute von über zwei Millionen Euro überlässt. Er ist sich der absoluten Loyalität seiner attraktiven Cousine sicher. Somit bleibt für ihn auch dieses Geld zumindest in der Familie.«

»Wenn ich an die von unserem Leiter der Forensik angesprochenen Familienbilder denke, könnte ich mir vorstellen, dass Frau Hannemann ihm sogar schon seit der Kindheit hörig ist«, hakte auch Nina nochmal ein. »Dafür könnte sprechen, dass auf ihrem Notebook viele Familienbilder gespeichert sind. Eins davon, auf dem sie und ihr Cousin mit den gemeinsamen Großeltern zu sehen sind, ist dort abgelegt unter: ›Wir bei Oma und Opa‹.«

Man sah förmlich, wie es hinter der Stirn des Anwalts arbeitete. Dann sagte er: »Geben Sie mir eine halbe Stunde, damit ich mit meiner Klientin noch einmal sprechen kann.«

Die Kommissare verließen daraufhin den Raum. Nina veranlasste, dass nochmal frischer Kaffee und Wasser bereitgestellt wurde. Es verging keine halbe Stunde, dann gab der Anwalt Zeichen, dass es weitergehen könnte.

Nachdem sich alle nochmal mit Getränken versorgt und gesetzt hatten, sagte der Anwalt: »Aufgrund inständiger Bitten meiner Klientin habe ich mich gestern spontan bereit erklärt, auch ihren Partner und Cousin, Alexander Salewski, anwaltlich zu vertreten. Da kannte ich viele Details noch nicht. Da mir inzwischen die wirkliche Dimension deutlich geworden ist, die diese Fälle prägt, habe ich Frau Hannemann empfohlen umfassend zu kooperieren. Ich kenne die Familie Hannemann aus Göttingen schon viele Jahre und muss leider erkennen, dass etwas an dem dran sein könnte, was Frau Jürgens und ihre Kolleginnen gerade skizziert haben. Gerüchteweise ist so eine ähnliche Vermutung einer gewissen Hörigkeit, wenn auch in einem anderen Zusammenhang, schon mal an mich herangetragen worden.«

»Und wie sieht es dann mit Ihrem Mandat für Salewski aus?«, wollte Bert wissen.

»Schon, um nicht in einen Interessenkonflikt zu kommen, lege ich das Mandat für ihn nieder. Es wäre ohnehin das erste Mal, dass ich ihn vertrete. Bisher hatte er andere Anwälte. Und wie schon gesagt, ich hatte der Vertretung nur auf die sehr dringende Bitte von Frau Hannemann hin zugestimmt.«

»Dann muss ich die Anhörung noch einmal für einen Moment unterbrechen«, sagte Bert. Er veranlasste Silke, die draußen vor der Scheibe in Bereitschaft stand, sich um einen neuen Anwalt für Salewski zu kümmern.

Danach setzte er die Befragung fort, indem er zunächst von der Inhaftierten wissen wollte, ob sie jetzt zu einer umfassenden Aussage bereit wäre, was diese bestätigte.

»Frau Hannemann, seit wann sind Sie mit Alexander Salewski schon zusammen?«, versuchte sich Nina langsam heranzutasten.

»Ich kenne Alex schon, solange ich denken kann. Er ist fünf Jahre älter als ich. Wir trafen uns immer bei Familienfeiern bei den Großeltern und auch schon mal so zwischendurch. Seine Mutter ist die Schwester meines Vaters. Meine Eltern wohnten in Göttingen, unsere Großeltern auch und seine Eltern in Kassel. An meinem sechzehnten Geburtstag war er auch dabei und da sind wir das erste Mal intim geworden. Wobei ich sagen muss, ich himmelte Alex schon immer an. Er sah für mich aus wie ein Prinz aus dem Märchenland und er konnte so lieb sein.«

»Sowas hab ich mir schon fast gedacht«, sagte Nina. »Und jetzt frage ich Sie nochmal: Was empfinden Sie, wenn Sie wissen, dass Ihr Alex mit einer anderen Frau wie der Villenbesitzerin oder unserer Bäckerin zusammen ist?«

»Es tut mir weh!«, antwortete Sabine und ihr standen die Tränen in den Augen. »Und es stimmt alles, was Sie gesagt haben. Er hatte grundsätzlich immer zwei Handys bei sich und das GPS-Signal war auch dabei ganz bewusst nicht ausgeschaltet, wie er mir mal sagte. Wenn er zu den Frauen ging, ließ er eins der Handys entweder bei sich zu Hause, bei mir oder versteckte das an irgendeinem neutralen Ort. Als er an besagtem Abend zu der Immenga ging, sagte er nur: ›Ich muss mal kurz weg und du bewachst mein Handy.‹ Damit wusste ich Bescheid. Nach etwa einer Dreiviertelstunde war er wieder da, sagte aber nur: ›Komm, wir gehen essen!‹, mehr nicht. Und ich hatte mir schon lange abgewöhnt nachzufragen.«

»Aber es ließ Sie auch nicht kalt«, bohrte Nina noch einmal nach.

»Nein, denn ich wusste ja, dass er nicht nur die Frauen betrügt, sondern auch mich. Wobei ich mich immer wieder damit getröstet habe, dass er mir gegenüber beteuerte, dass ich seine einzige und wahre Liebe bin. Aber mich plagt auch immer wieder das schlechte Gewissen! Besonders vor drei Jahren, als in der Zeitung stand, dass die Frau nicht im Brand umgekommen, sondern vorher ermordet worden war. Mir hat Alex aber hoch und heilig geschworen, dass sein Kumpel sie umgebracht und auch den Brand gelegt hätte. Dabei hätte er an beiden besagten Zeitpunkten tatsächlich selbst bei der Villa gewesen sein können. Das Alibihandy hatte in beiden Fällen bei mir gelegen.«

»Das heißt, Sie haben eigentlich gewusst, dass Ihr Alex ein Mörder ist«, wollte Carmen es auf den Punkt bringen.

»Gewusst habe ich es nicht. Wirklich nicht, denn was er genau machte, darüber sprach er nie mit mir. Ich habe ihm einfach wie immer nur geglaubt und ihm vertraut! Er konnte so lieb gucken, und wenn er mir dann in die Augen sah, mich anlächelte und sagte: ›Bienchen, können diese Augen lügen?‹, dann konnte ich gar nicht anders und musste ihm glauben.«

»Wie Sie gerade sagten, tat es Ihnen weh, wenn er bei anderen Frauen war«, hakte Dirtje ein. »Haben Sie sich denn nicht einmal vertraulich mit Ihrer Mutter oder einer Freundin besprochen? So einen Kummer muss man doch mal irgendwie loswerden.«

»Mit meiner Mutter hätte ich darüber nicht sprechen dürfen. Für sie wäre das Wasser auf die Mühle gewesen. Denn sie traut ihm bis heute nicht über den Weg und war überhaupt nicht damit einverstanden, dass ich mich mit ihm traf. Das habe ich, solange ich zu Hause war, nur heimlich getan. Angeblich war ich dann immer bei meiner Freundin. Heute habe ich aber keine Freundinnen mehr.«

»Was ist denn aus Ihrer Freundin geworden, bei der Sie angeblich immer gewesen sind, wenn Sie mit Ihrem Alex zusammen waren?«, wollte Dirtje es genau wissen.

»Ich hatte inzwischen eine eigene Wohnung und brauchte die Ausrede für meine Mutter schon lange nicht mehr. Dann kam ich zufällig dahinter, dass er mich mit meiner besten Freundin betrogen hatte. Und da war es nicht um Geld gegangen.«

»Sie sind doch bis heute noch mit ihm zusammen«, wunderte sich Dirtje. »Wäre das nicht ein Anlass für Sie gewesen, beide auf den Mond zu schießen?«

»Ich habe mich von meiner Freundin getrennt und ihm schließlich verziehen. Denn eigentlich konnte er gar nichts dafür. Er erklärte mir, dass er den raffinierten Verführungskünsten meiner Freundin einfach nicht mehr widerstehen konnte. Das klang für mich durchaus plausibel, da sie mir mal anvertraut hatte, dass sie – wenn ich nicht ihre beste Freundin wäre – gern mit ihm ins Bett gehen würde.«

»Wenn ich das jetzt so höre, geben Sie also zu, gewusst zu haben, dass Alexander Salewski andere Frauen um ihr Geld betrügt und Sie am Gewinn beteiligt«, wollte es nun auch Bert auf den Punkt bringen.

»Ja, das muss ich gestehen, wenn ich zu mir selbst ehrlich sein will. Und das tut mir wirklich unheimlich leid für die Frauen. Ich habe auch schon mehrmals daran gedacht, ihn anzuzeigen. Aber dann musste ich immer an seine Warnung denken, dass ich aus der Nummer nicht mehr rauskäme. Ich war und bin seine Komplizin, das ist nun mal leider eine Tatsache, die ich im Nachhinein – auch bei noch so großer Reue – nicht mehr ändern kann. Das heißt, ich müsste genauso ins Gefängnis wie er, wenn ich nicht die Klappe halte.«

»Wobei Reue schon mal ein guter Ansatz für eine etwas mildere Strafe sein könnte«, merkte Nina an.

»Das stimmt wohl und kommt ja immer wieder auch mal in Fernsehkrimis zur Sprache. Aber da gab es noch etwas«, setzte Sabine ihre Beichte fort. »Einmal, ich glaube, das war die Sache vor drei Jahren, da sagte er mir, dass ich mich selbst dann nicht mehr sicher fühlen könnte, wenn ich irgendwo in einem anderen Gefängnis oder wieder in Freiheit wäre. Er hätte draußen Kumpels, die für Geld alles tun würden. Auch wenn ich versuchte, diesen Gedanken zu verdrängen, konnte ich mir schon vorstellen, was er damit meinte. Und dann kam noch dazu, dass ich ihn ja nicht verlieren wollte, auf gar keinen Fall! Eigentlich auch jetzt nicht! Ich darf gar nicht darüber nachdenken, wie ein Leben ohne ihn für mich weitergehen soll. Bei dem Gedanken daran möchte ich am liebsten selbst gar nicht mehr leben!«

»Wie Sie sehen, ist meine Mandantin diesem Mann tatsächlich völlig verfallen und bedarf dringend einer therapeutischen Betreuung«, hakte der Anwalt ein. »Darüber hinaus fürchte ich, dass sein Arm tatsächlich auch aus jedem Gefängnis reicht und das Leben meiner Mandantin in Gefahr ist. Daher beantrage ich zugleich Zeugenschutz für sie. Ich mache mir inzwischen selbst Vorwürfe, dass ich nicht den Gerüchten, die seinerzeit mal zufällig an mich herangetragen wurden, nachgegangen bin. Jetzt bin ich der Überzeugung, dass meine Klientin von hier nicht wieder in die Haftanstalt zurückgebracht werden darf. Stattdessen beantrage ich die Einweisung in eine psychiatrische Klinik!«

»Das muss ich mit der Staatsanwaltschaft klären«, sagte Bert. Dann unterbrach er die Vernehmung und verließ mit seinen Kolleginnen den Verhörraum, um zu telefonieren. Nina übernahm es, die Audioaufnahme der Vernehmung an die Staatsanwaltschaft zu schicken. Den ersten Teil bis zur Pause hatte sie schon über den Messenger dort vorgelegt.

Auf dem Weg zu seinem Dienstzimmer kam Bert Silke entgegen. »Ich wollte gerade zu dir«, sagte sie. »Rechtsanwalt Ostmann war eben zufällig im Haus und hatte heute keinen weiteren Termin. Er übernimmt Salewskis Vertretung und liest sich gerade ein. Der ist damit einverstanden, weil er, wie er sagte, das mit dem Mordverdacht hier ganz schnell beenden will.«

»Na, dann lassen wir uns mal überraschen«, erwiderte Bert und verschwand in seinem Dienstzimmer. Als er den Staatsanwalt anrief, war dieser bereits mit dem zweiten Teil der von Nina übersandten Aufnahme beschäftigt. Er würde gleich zurückrufen.

Nina, Carmen und Dirtje hatten inzwischen um Berts Besprechungstisch Platz genommen. Auch Rita, Silke und Oke waren dazugekommen. Irgendwer hatte Teilchen aus der Bäckerei besorgt und frischer Kaffee stand auf dem Tisch.

Carmen und Dirtje waren doch froh, dageblieben zu sein, zumal in Bezug auf ihre Fälle gute Chancen auf erfolgreiche Anklagen bestanden. Carmen war sich sicher, dass der Mordfall der Villenbesitzerin neu aufgerollt würde, und auch Dirtje war zuversichtlich, dass ihre Betrugsfälle vor der Aufklärung standen. Beide gingen zwar davon aus, dass Salewski sich bezüglich dieser Fälle in Schweigen hüllen würde, aber die vorliegenden Beweise waren inzwischen so erdrückend, dass mit entsprechenden Verurteilungen gerechnet werden konnte. Zumal wenn seine Cousine auch noch als Kronzeugin aussagen würde.

Es dauerte gar nicht lange, dann war der Staatsanwalt wieder in der Leitung. Nachdem Bert ihn informiert hatte, dass er sich mit seinem Soko-Team und den beiden Kommissarinnen aus Kassel zu einer Besprechung zusammengesetzt hatte, erlaubte er, dass Bert seinen Minilautsprecher einsetzen durfte, damit alle Beteiligten gleich informiert waren.

»Ich habe bereits mit dem Haftrichter gesprochen«, begann der Staatsanwalt. »Er ist damit einverstanden, dass Sabine Hannemann statt in U-Haft in eine psychiatrische Anstalt nach Oldenburg überführt wird. Die Anweisung wird Ihnen gleich über den Messenger zugehen. Eine Kronzeugenregelung mit Zeugenschutzprogramm wird beantragt. Die forensischen Auswertungen aus Kassel und Wittmund liegen bereits vor. Die Passwörter der restlichen Festplatten wurden in Kassel inzwischen auch geknackt. Wir gehen daher davon aus, dass dadurch in Verbindung mit der Kooperation von Frau Hannemann noch Betrugsfälle aufgeklärt werden können, in denen bislang noch gar nicht ermittelt wurde, weil die betroffenen Frauen aus Scham oder sonstigen Gründen keine Anzeige erstattet haben.«

Nachdem das Telefonat beendet war, sagte Bert: »Das sind doch mal gute Nachrichten. Nina, du kannst die frohe Botschaft ja gleich mal an die Hannemann und ihren Anwalt weitergeben und das Entsprechende veranlassen. Ich werde dann mit Carmen und Dirtje schon mal nachschauen, ob unser Pflichtanwalt Gunter Ostmann mit seinem Klientengespräch schon so weit ist, dass wir mit dem Verhör von Salewski anfangen können.«

»Wo kam denn der Anwalt so schnell her? Und das an einem Freitag«, wunderte sich Carmen. »Ich hatte mit Dirtje schon darüber nachgedacht, ob es sich lohnen würde, nächste Woche zur Vernehmung von Salewski nochmal herzukommen. Zumal wir auch bei ihm davon ausgehen, dass er von seinem Schweigerecht Gebrauch machen wird.«

»Er hat unseren Pflichtverteidiger akzeptiert, weil er zum hiesigen Mord so schnell wie möglich aussagen will, wie er meiner Kollegin sagte«, antwortete Bert. »Und Herr Ostmann war wegen eines anderen Falles gerade zufällig im Haus und hatte für heute keine Termine mehr. Wir sind ganz froh, dass wir ihn als Pflichtverteidiger haben, denn auch wenn er sich sehr für seine Klienten einsetzt, wendet er keine juristischen Tricks an, um einen echten Straftäter vor jeglicher Bestrafung zu schützen.«

»Na, Bert, da bin ich mal sehr gespannt«, erwiderte die Soko-Leiterin aus Kassel. »Wir kennen die Kehrseite nämlich auch zur Genüge, von der du gerade gesprochen hast.«

Bevor Bert sich mit den beiden Kolleginnen aus Kassel auf den Weg zum Verhörraum machte, sagte er: »Eigentlich müsste ich Salewskis Anwalt vor dem Gespräch mit seinem Mandanten noch darüber informieren, dass dessen Partnerin im Rahmen einer Kronzeugenregelung in Verbindung mit Zeugenschutzprogramm bereit ist, vollumfänglich gegen ihn auszusagen. Solange wir diesbezüglich aber noch nicht die richterliche Bestätigung haben, werde ich das für mich behalten. Nur damit wir uns darin einig sind; meiner Frau habe ich gerade die Nachricht geschickt: ›Kronzeugin nachher nicht ansprechen!‹. Zumal wir die Aussagen von der Kronzeugin im Fall der Bäckerin nicht brauchen, da Salewski offensichtlich selbst vollumfänglich aussagen will.«

»Kein Problem, Bert«, sagte Carmen. »Würde ich jetzt an deiner Stelle auch nicht. Wir bringen damit die Kronzeugin nur unnötig in Gefahr, falls das Zeugenschutzprogramm für sie nicht genehmigt wird. Und wie du schon festgestellt hast, spielt in eurem Mordfall die Kronzeugenregelung überhaupt keine Rolle, eben weil Salewski selbst zur umfassenden Aussage bereit ist.«

Dirtje nickte ebenfalls zustimmend. Dann machten sich die Beamten auf den Weg zum Verhörraum. Als sie diesen erreichten, meldete Silke: »Herr Ostmann ist gerade mit seinem vertraulichen Mandantengespräch fertig geworden. Ihr könnt gleich starten. Nina ist im Moment noch im anderen Verhörraum.«

Nachdem die üblichen Verfahren für eine solche Vernehmung abgeschlossen waren, sagte der Anwalt: »Mein Mandant ist bereit, alle Fragen, die den Mordfall Nane Immenga betreffen, umfassend und ohne Einschränkung zu beantworten. Zu allen Fragen, die im Zusammenhang mit Verdächtigungen zu Straftaten stehen, die er in Kassel begangen haben soll, oder sich auf angebliche Betrugsvorwürfe insgesamt beziehen, nimmt er sein Schweigerecht in Anspruch.«

»Das ist sein gutes Recht«, sagte der vernehmende Kommissar und schloss die Frage an: »Herr Salewski, Sie sagten meiner Kollegin, dass Sie Herrn Ostmann als Ihren Pflichtanwalt akzeptieren, um den Mordverdacht gegen Sie im Fall der Bäckerin Nane Immenga so schnell wie möglich aus der Welt zu schaffen.«

»Das ist grundsätzlich richtig. Diesbezüglich habe ich mir nichts zuschulden kommen lassen. Aber was will die Kommissarin Peters und ihre Kollegin hier bei diesem Gespräch? Wenn ich das richtig sehe, dann sind die beiden aus Kassel und haben mit dem hier vorliegenden Fall absolut nichts zu tun. Oder was sagt mein Anwalt dazu?«

»Die Zuständigkeit liegt beim Kommissariat Wittmund«, sagte der Anwalt. »Allerdings kann es länderübergreifende ermittlungstaktische Erwägungen geben, die die Anwesenheit der beiden Kommissarinnen aus Kassel rechtfertigen. Im Zweifel entscheiden darüber Staatsanwaltschaft und das Gericht.«

»Bevor das jetzt hier zu einer endlosen Diskussion wird«, ergriff Carmen das Wort, »ziehen meine Kollegin und ich uns aus dem Verhör zurück. Bert, vielleicht könnten wir draußen nochmal kurz miteinander sprechen.«

Als die Kommissare aus dem Verhörraum kamen, wollte Nina gerade reinkommen.

Carmen sagte zu ihr: »Salewski zickt wegen Dirtje und mir rum. Wir bleiben draußen vor der Scheibe. Es ist wichtiger, dass ihr jetzt hier schnell mit eurem Mordfall vorankommt. Salewski wird uns beide in Kassel noch lange genug persönlich ertragen müssen.«

»Ist vielleicht besser so«, stimmte Bert zu. »Wie sagt man: Der Klügere gibt nach.« Dann gingen er und Nina in den Verhörraum.

Ohne die beiden Kolleginnen aus Kassel noch einmal anzusprechen, wiederholte Bert sinngemäß seine Ansage von vorhin mit der anschließenden Frage: »Herr Salewski, Sie sagten vorhin, dass Sie sich im Mordfall von Nane Immenga nichts haben zuschulden kommen lassen. Bewiesene Tatsache ist aber, dass Sie sich im Zeitfenster der Tat im Bereich des Tatortes aufgehalten haben. Wie erklären Sie das?«

»Es ist richtig, dass ich mit der Frau telefoniert habe. Sie sagte bei dem Telefonat, dass sie mir etwas Wichtiges mitzuteilen hätte. Deshalb war ich bei der Mühle. Es war ein Missverständnis zwischen mir und Frau Hannemann, dass sie Ihnen das falsche Handy mitgegeben und gemeint hat, mir ein Alibi geben zu müssen.«

»Was haben Sie denn dort bei der Mühle genau gemacht?«, hakte Nina ein.

»Als ich auf den Parkplatz fuhr, stand das Auto der Frau dort. Ich ging also davon aus, dass sie in der Mühle war. Das Backhaus war abgeschlossen, aber durch eins der Fenster an der Parkplatzseite konnte ich sehen, dass der Torf im Backofen brannte. Die Tür zum Anbau, in dem Licht brannte, war ebenso abgeschlossen. Das galt auch für die Tür, die direkt in die Mühle führte. Ich habe mehrere Male gerufen, aber es reagierte niemand.«

»Kam Ihnen das nicht komisch vor?«, wollte Bert wissen.

»Soll ich ehrlich sein, was ich gedacht habe? ... Ich dachte, dass da Nane gerade mal richtig rangenommen wird, weil ich glaubte, ihr Stöhnen aus dem Anbau gehört zu haben.«

»Auf die Idee, dass ihr vielleicht etwas passiert sein könnte, sind Sie nicht gekommen?«, konnte Nina es nicht fassen.

»Natürlich ist mir für einen Moment auch dieser Gedanke gekommen. Aber dann war da wieder so ein Ton, der für die vorherige Annahme sprach. Und ich dachte, wenn ich jetzt die Sanitäter rufe, blamiere ich nicht nur mich, sondern vor allem auch Nane. Deswegen bin ich dann wieder gefahren.«

»Herr Salewski, das ist wirklich alles, was Sie uns dazu zu sagen haben?«, entfuhr es Bert, und man merkte ihm an, dass es ihm schwerfiel, ruhig zu bleiben. »Die Story, die Sie uns hier auftischen, das können wir glauben oder auch nicht.«

»Soll ich etwa was erfinden? Ist es das, was Sie von mir hören wollen? Das, was ich Ihnen jetzt gesagt habe, ist die Wahrheit, ob die Ihnen jetzt gefällt oder nicht!«, wurde auch Salewski im Ton schärfer und hatte sein charmantes Lächeln nun abgelegt.

»Okay, dann packen wir es mal anders an«, übernahm Nina das Wort. »Wir haben glaubwürdige Zeugenaussagen, dass Frau Nane Immenga in Ihnen eine Chance für einen zweiten Frühling für sich sah. Deshalb hatte sie Sie auch schon während Ihrer letzten Aufenthalte in Ostfriesland bei sich im Haus aufgenommen. Frau Immenga sprach ihren Vertrauten gegenüber davon, dass Sie sich mit dem Gedanken trugen, zu ihr nach Wittmund zu ziehen, und dazu nur einige Dinge in Kassel noch regeln müssten. Sie hat Sie sogar bereits ihren Kindern vorgestellt, was sehr dafür spricht, dass Nane davon ausging, dass Sie es auch ernst mit ihr meinen. Sie hat Ihnen vertraut! Wenn man Sie hier von Nane Immenga reden hört, dann klingt das wie von einer entfernten Bekannten.«

»Ich kann nichts dafür, wenn die Frau Wunschdenken mit Realität verwechselt! Ich war nur ihr Vermögensberater und habe sie beim Verkauf ihres Hauses in Rhauderfehn unterstützt. Sonst nichts. Ich gebe zu, dass ich schon bemerkt habe, dass sie mehr von mir gewollt hätte. Deswegen kam ich ja auch auf die Idee, dass sie endlich jemand gefunden hatte, der es ihr da im Anbau der Mühle mal richtig besorgt hat.«

»Herr Salewski, es fällt mir als Frau sehr schwer, meine Contenance zu bewahren, wenn ich Sie so respektlos von der Toten reden höre! Nane Immenga hatte mit Mitte fünfzig das Leben noch nicht hinter sich! Sie hatte und durfte als Frau noch Freude und Erwartungen an das vor ihr liegende Leben haben! Und genau das haben Sie nicht nur bei ihr mit Ihrem guten Aussehen und Ihrem Charme schamlos ausgenutzt!«, sagte die Kommissarin in sehr scharfem Ton. »Aber lassen wir das. Nehmen wir

Ihre Worte und fragen mal nach Ihrer Leistung als Vermögensberater!«

Nina hatte inzwischen ihr Tablet geöffnet und ein Bild von vier
Banküberweisungen auf den Bildschirm geholt. Dann sagte sie:
»Ich darf sicher davon ausgehen, dass diese vier Überweisungen
auf Ihre Empfehlung als Vermögensberater erfolgt sind.«

Nachdem der Befragte kurz darauf geschaut hatte, sagte er:
»Nein, ich weiß nicht, wer die Frau bei diesen Überweisungen
beraten hat. Da sollten Sie mal bei Nanes Hausbank nachfragen,
von der diese Überweisungen ausgeführt wurden.«

»Können Sie uns denn mal ein Beispiel sagen, wodurch Ihre
Beratungsleistung dokumentiert wird?«, hakte Bert ein.

»Natürlich, das war der Verkauf ihres Hauses. Vom Erlös ging
ein Teil an ihre Kinder, was sie mit dem Rest gemacht hat, weiß
ich nicht. Über eine Provision für mich wollten wir demnächst
nochmal sprechen«, antwortete Salewski mit einem smarten
Lächeln.

Nina dachte in diesem Moment: Dir wird das Lachen gleich ver-
gehen. Dann sagte sie: »Lassen wir mal außen vor, dass Makler-
provisionen normalerweise vor dem Verkauf bereits abgesprochen und unmittelbar nach Notarvertrag auch fällig werden.«

Die Kommissarin hatte in Kassel einige Kopien aus den
Forensikberichten der dortigen Kollegen und einige Fotos mit
ihrem Handy in Salewskis Büro gemacht. Sie zeigte ihm das erste
Bild und fragte: »Ist das Ihr Schreibtisch in Ihrem Büro in Kassel?«

Der Befragte stutzte und sagte dann: »Wie kommen Sie an das
Bild?«

»Ich war dort.«

Dann zeigte sie ihm ein nächstes Bild. Es war eine geöffnete
Schublade in seinem Schreibtisch. »Erkennen Sie Ihre externen
Festplatten?«`

»Verdammt, was wird das hier?!« Dann schien er sich zu beruhigen, setzte wieder sein smartes Grinsen auf. Nina ging in dem
Moment davon aus, dass er an die Sicherheit seiner Passwörter
glaubte. Schließlich sagte er: »Und was wollen Sie mir damit
sagen?«

»Das hier will ich Ihnen damit sagen«, äffte Nina ihn nach, jetzt ebenfalls grinsend. Dabei zeigte sie ihm Printscreens von Kontoauszügen der Limited auf Malta. »Schauen Sie mal. Da sind die Zahlungseingänge der Überweisungen von Nane Immenga, deren Name sie eindeutig hinter der zehnstelligen Zahl lesen können. Diese Informationen haben unsere Fachleute auf Ihren Festplatten gefunden. Herr Salewski, wie erklären Sie denn das?«

Der Angesprochene war für den Moment sprachlos und wechselte mehrmals die Gesichtsfarbe.

Sein Anwalt übernahm das Wort: »Frau Linnig, diese Dokumentationen waren nicht in den Unterlagen, die mir zur Verfügung gestellt worden sind. Sie wissen doch, dass ich als Pflichtverteidiger uneingeschränkte Akteneinsicht habe.«

»Natürlich, Herr Ostmann. Das weiß ich und die haben Sie auch bekommen. Allerdings durfte ich im Rahmen länderübergreifender Kooperation mit den Kasseler Kolleginnen und Kollegen bei der Durchsuchung der Wohnung Ihres Klienten mit dabei sein. Es wurde mir von den Kollegen erlaubt, Fotos zu machen und Ermittlungsausschnitte für mich zu dokumentieren. Das, was ich hier auf meinem Tablet habe, sind die von mir in diesem Zusammenhang gemachten Dokumentationen und Aufnahmen. Diese habe ich anschließend selbstverständlich auch den zuständigen Kollegen dort vor Ort zur Verfügung gestellt.«

»Und von dieser Erlaubnis haben Sie offensichtlich regen Gebrauch gemacht«, stellte der Anwalt fest.

»Stimmt. Die Ermittlungen der Kasseler Kollegen, deren Material ich hier in Auszügen verfügbar habe, standen aber nicht ursächlich im Zusammenhang mit unserer hiesigen Mordermittlung im Fall Nane Immenga. Deren Ermittlungen befassen sich mit einem Mordfall von vor drei Jahren, wo Ihr Mandant aufgrund eines offensichtlich falschen Alibis freigesprochen wurde. Darüber hinaus sollen mit deren Ermittlungen alte Betrugsfälle, die Ihrem Mandanten zur Last gelegt wurden und werden, aufgeklärt werden. Das betrifft vor allem auch Fälle, in denen geschädigte Frauen ihre Anzeige gegen Ihren Klienten zurückgezogen haben.«

»Verstehe ich das richtig, dass da noch weitere Verfahren in Kassel auf meinen Klienten warten?«, wollte der Anwalt wissen.

»So ist es. Allerdings wird es noch eine ganze Weile dauern, bis diese umfassenden Ermittlungen abgeschlossen sind. Denn es geht da außer um den Mordfall noch um viele andere Betrugsfälle. Es war ursprünglich von mir auch nicht geplant, meine diesbezüglichen Dokumentationen in dieser Anhörung zu verwenden, weil diese in Kassel Gegenstand der dortigen Verfahren sein werden. Aber selbstverständlich werde ich Ihnen meine Dokumentationen – da diese jetzt hier zur Sprache gekommen sind – umgehend nach unserer Vernehmung auf einem Stick zur Verfügung stellen. Im Übrigen dürfte Ihnen nicht entgangen sein, dass wir es hier mit komplexen, sich überschneidenden Ermittlungsverfahren zu tun haben. Die Vernehmungen mit Ab- und Zusagen neuer Rechtsvertretungen haben sich hier bei uns ja geradezu überschlagen und sprechen für sich.«

»Verstehe, Frau Jürgens. Das erklärt angesichts der von Ihnen angesprochenen Umstände in der Tat einiges. Haben Sie dazu noch mehr in petto?«

»Habe ich. Mein Vorschlag wäre, dass ich meine Karten Ihnen und Ihrem Mandanten gegenüber offen auf den Tisch lege und Ihr Mandant sich überlegt, ob er noch auf meine Fragen antworten will oder nicht. Denn diese vorläufigen Ermittlungsergebnisse werden früher oder später in Kassel noch auf Ihren Klienten zukommen. Von mir bekommen Sie diese Informationen bereits vorab, aber eben nur in Auszügen als vorläufige Ergebnisse der noch laufenden Ermittlungen.«

»Geben Sie mir ein paar Minuten für ein vertrauliches Gespräch mit meinem Mandanten.«

Bert und Nina verließen daraufhin den Verhörraum und gingen zu den beiden Kolleginnen vor der Spiegelscheibe, die das Geschehen auch durch die Mithöreinrichtung verfolgen konnten.

»Dem verging aber das Lachen«, empfing sie Dirtje mit einem breiten Grinsen. »So ein Gespräch mit solchen Dokumentationen hätte ich mir mit dem schon vor ein paar Jahren gewünscht.«

»Dem kann ich mich nur anschließen. Aber ich stelle mir die ganze Zeit schon eine Frage. Das ist doch ein ausgebuffter Typ, dass dem so ein Fehler unterläuft, dass er seine Festplatten zu Hause in der Schreibtischschublade lässt, dafür find ich keine

Antwort«, konnte Carmen es nicht fassen. »Aber für uns ist das natürlich gut. Da bekommt er schon einen kleinen Vorgeschmack, was ihn bei der Neuaufnahme des Mordprozesses im Fall der Villenbesitzerin erwartet.«

»In unserem Mordfall kommen wir damit aber kein Stück weiter«, merkte Nina mit Bitterkeit in der Stimme an. »Seine Aussagen über seinen Aufenthalt beim Tatort können wir ihm glauben oder auch nicht. Es fehlen uns immer noch die forensischen Beweise. Selbst die Handschuhe mit Talkum, die wir im Spülschrank des Wohnmobils gefunden haben, sind nicht mit DNA oder Fingerabdruck in der Wertigkeit zu vergleichen. Auch wenn es sich – möglicherweise rein zufällig – um den gleichen Hersteller handelt wie hier in diesem Fall. Deswegen habe ich das auch nicht ausdrücklich zur Sprache gebracht. Zumal Sörens Forensikbericht in der Akte ist, die dem Anwalt vorliegt.«

Der Anwalt zeigte an, dass er mit seinem Gespräch fertig war. Nina und Bert gingen daraufhin wieder in den Verhörraum zurück.

»Ich habe meinem Mandanten empfohlen, sich das anzuhören, was Sie ihm noch zu sagen haben. Er entscheidet dann jeweils selbst, ob er darauf antworten will oder nicht. Jedenfalls ist ihm jetzt bewusst, dass die Passwörter seiner Festplatten von der forensischen IT geknackt wurden. Er wird selbst wissen, was die Beamten da alles an Beweisen gegen ihn finden werden. Da ich diese Informationen nicht habe, muss er sich selbst ausrechnen, wie seine Chancen sind, einer Verurteilung noch zu entgehen. Die Alternative wäre für ihn, zu kooperieren und Reue zu zeigen, um eventuell auf ein milderes Urteil hinzuarbeiten.«

»Herr Salewski, ich wiederhole das, was ich Ihnen vorhin zuletzt gesagt und Sie gefragt habe«, setzte die Kommissarin ihr Verhör fort. Dabei zeigte sie ihm erneut auf ihrem Tablet die Bilder und sagte: »Hier sehen Sie nochmal die Zahlungseingänge der Überweisungen von Nane Immenga, deren Name Sie eindeutig lesen können. Diese Informationen haben unsere Fachleute auf Ihren Festplatten gefunden! Das heißt für uns, Sie sind auch der Inhaber der besagten Limited auf Malta. Herr Salewski, wie erklären Sie das?«

»Dafür habe ich keine Erklärung. Außer dass jemand die manipulierten Festplatten vor oder bei der Durchsuchung meiner Wohnung in die Schublade meines Schreibtisches gelegt hat. So wie ich das sehe, soll mir da etwas untergejubelt werden.«

»So, meinen Sie? Dann schauen Sie mal das nächste Bild an.«

»Was soll ich da sehen? Kontoauszüge von einer Gesellschaft, die ich nicht kenne.«

»Aber Sie erkennen sicher, dass die dort dokumentierten Überweisungsbeträge exakt mit denen von Nane Immenga übereinstimmen und zwei bis drei Tage später, nach Eingang der Beträge, ausgeführt worden sind. Mit dem Unterschied, dass kein Überweisungsanlass angegeben ist und es sich bei den Empfängerkonten um Krypto-Wallets handelt.«

»Haha, ein plumper Versuch. Jetzt sagen Sie bloß, dass Sie mir tatsächlich ein solches Krypto-Wallet unterschieben wollen. Dann viel Spaß. Da gibt es nämlich keine Namen.«

»Das stimmt. Ich hatte schon gelegentlich Fälle zur Bearbeitung, bei denen solche Wallets eine Rolle spielten. Daher weiß ich aber auch, dass jede Transaktion in der Blockchain dokumentiert ist, zum Beispiel mit genauen Zeitangaben und Nummern des Absendekontos und Empfängerkontos«, sagte Nina. »Wenn man jetzt in einer gleichen Datenbank oder externen Festplatte eindeutige Hinweise auf den Eigentümer und zudem auch noch die Sicherheits-PINs der jeweiligen Wallets findet, wird es für den Betreffenden verdammt eng. Und bei Ihnen ist das so!«

Man sah, wie es hinter der Stirn des Betrügers und mutmaßlichen Mörders arbeitete. Schließlich sagte er, und das machte für die Kommissare den Eindruck eines letzten Aufbäumens: »Alles Fake! Sie versuchen mit aller Gewalt Beweise zu konstruieren, die Sie mir unterjubeln können. Aber das wird Ihnen nicht gelingen! Und jetzt ist meine Geduld endgültig erschöpft und ich sage gar nichts mehr.«

»Das ist Ihr gutes Recht. Mein gutes Recht ist es, Ihnen die Fakten zu zeigen, die das belegen, was Sie als Fake bezeichnen. Sollten Sie sich weigern, meine weiteren Informationen für Sie, die ich Ihnen jetzt auf meinem Tablet zeigen werde, anzuschauen, wird Ihr Anwalt sicher großes Interesse dafür haben. Denn das wird Ihnen in Kürze bei den noch folgenden Gerichtsverhandlungen um die Ohren fliegen.«

»Herr Salewski, ich fürchte, dass die Kommissarin recht hat. Sie sollten sich daher zumindest anschauen und anhören, was da auf Sie zukommen könnte«, sagte der Anwalt. Dann fügte er noch hinzu: »Es bleibt Ihnen natürlich auch unbenommen, sich in Ihrer Heimatstadt einen Anwalt Ihres Vertrauens zu suchen.«

»Ich werde darüber nachdenken und mir die Fakes ansehen und anhören.«

Nina hatte ihre PowerPoint-Präsentation mit dem Chat zwischen Alex Salewski und Lucas Müller auf den Bildschirm geladen. Den scrollte sie langsam durch, sodass der Anwalt und Salewski mitlesen konnten. »Kommt Ihnen dieser Chat bekannt vor? Da chatten ›Luc‹ und ›Alex‹ miteinander. Bei Lucas Müller haben wir den gleichen Chat sichergestellt, und rein zufällig heißen Sie Alexander und werden auch gelegentlich Alex gerufen. Auch ein Fake auf einer Ihrer Festplatten? Nächste Woche wird Kommissarin Peters, die Sie vorhin so freundlich angesprochen haben, mit ihrem Team alle Ihre Krypto-Wallets mit den gespeicherten Sicherheits-PINs öffnen. Sie werden selbst am besten einschätzen können, was das für Sie bedeutet.« Mit diesen Worten schloss Nina ihr Tablet.

In dem Beschuldigten kochte es, das war seinem hochroten Kopf anzusehen. Sein Charme war verflogen. Unbändige Wut verzerrte sein Gesicht. Urplötzlich sprang er auf, sodass der Stuhl nach hinten flog und Bert schon Anstalten machte, einzugreifen. Dann platzte es aus ihm heraus: »Diese verdammte Tucke! Was musste sie auch jetzt die Bank wechseln, ohne mich vorher zu fragen. Nur weil sie da der Filialleiter dumm angequatscht hatte. Dadurch wurde auch das Bankschließfach aufgelöst, und wo sollte ich hin mit den Festplatten, vielleicht bei ihr lassen?!«

»Herr Salewski, sprechen Sie von Sabine Hannemann?«, fragte Bert, obwohl er wusste, dass es so war. Dann fügte er noch hinzu: »Setzen Sie sich wieder auf Ihren Stuhl und bleiben Sie ruhig. Sonst muss ich Sie mit Handfesseln fixieren.«

In diesem Moment schien dem Angesprochenen bewusst zu werden, dass er sich mit seinem Wutausbruch quasi geoutet hatte.

Er versuchte wieder seine Maske aufzusetzen, was ihm aber nicht so richtig gelang. Dann sagte er: »Vergessen Sie's. Ich sag hier nichts mehr und werde mir in Kassel einen neuen Anwalt besorgen. Und Ihrer Bäckertucke hat es ein anderer besorgt und damit meine ich nicht den Sex!«

Bert beendete die Vernehmung und ließ Salewski von Oke in die Zelle bringen, bis der wieder in die JVA nach Oldenburg überführt werden konnte. Der Anwalt gab die Akten zurück mit dem Hinweis, dass er sein Mandat mit sofortiger Wirkung niederlegen würde.

Kurz darauf kamen Berts Team und die beiden Kommissarinnen aus Kassel noch zu einer kurzen Abschlussbesprechung in Berts Dienstzimmer zusammen.

»Wir haben in unserem Mordfall in der Peldemühle jetzt leider immer noch keinen abschließenden Beweis gegen Salewski gefunden«, sagte Bert. »Aber für mich ist der schon allein aufgrund seiner hinterhältigen kriminellen Energie immer noch tatverdächtig. Vielleicht findet sich sogar noch überraschend ein forensischer Beweis. Unsere Leute sind ja noch nicht mit ihrer Auswertung fertig. Jedenfalls DNA und Fingerabdrücke von dem Typen sind dokumentiert. Die bräuchten wir von ihm nur noch unmittelbar vom Tatort, und da hatte unsere Forensik ja in der Mühle leider Hunderte von Spuren auszuwerten. Es freut mich, dass das für unsere Kolleginnen aus Kassel anders ist. Carmen und Dirtje, ich danke euch für eure Unterstützung und tolle Zusammenarbeit! Ich bin mir sicher, für Salewski steht schon allein für alle Verbrechen, die er bei euch begangen hat, lebenslang mit Sicherungsverwahrung auf dem Programm.«

»Auch wir bedanken uns für die gute Zusammenarbeit, Unterstützung und die gestrige Bewirtung und Unterkunft!«, sagte Carmen. »Wir haben noch ein paar Stunden Autofahrt vor uns. Gut, dass wir uns abwechseln können. Wir bleiben in Verbindung und werden euch auf dem Laufenden halten.«

Danach machten sich Carmen und Dirtje auf den Weg nach Hause, und das Soko-Team freute sich auf ein hoffentlich ruhiges Wochenende. Bert und Nina hatten das Team schon vor einiger Zeit zu einem Grillabend in ihrem Garten eingeladen.

10. Kapitel

Zur Freude Tausender sonnenhungriger Nordseeurlauber stand das gesamte August-Wochenende witterungsmäßig wieder unter Hochdruckeinfluss, der sogar noch bis zur Mitte der kommenden Woche anhalten sollte. In den Seebädern, den unzähligen Ferienorten Ostfrieslands und den Inseln mit größeren und kleineren Hotel- und Pensionsbetrieben herrschte Hochbetrieb. Inzwischen hatten alle Bundesländer Sommerferien, wodurch insbesondere auch die Strände und Spielplätze sowie Sehenswürdigkeiten sich eines großen Zuspruches erfreuen konnten.

Es war Samstag, Nina und Bert hatten spontan die Einladung ihres Teams und Sörens zu dem Grillabend auf den Nachmittag vorgezogen. Die Partnerinnen und Partner sollten am Abend nachkommen.

Auf der Terrasse unter der großen Markise hatten sie einen großen Tisch aufgestellt, den Nina als Kaffeetafel eingedeckt hatte. Als die Gäste um fünfzehn Uhr erschienen, stand auf dem gedeckten Kaffeetisch eine große Torte, die Bert extra beim *Café Heimathafen* im Carolinensieler Museumshafen bestellt und abgeholt hatte. Als allen der Kaffee oder Ostfriesentee eingeschenkt war, begrüßte Bert seine Gäste: »Es freut Nina und mich, dass ihr spontan jetzt schon kommen konntet. Eigentlich hätten wir mit unserem Meeting auch bis zum Dienstbeginn am Montag warten können. Die Einladung zum Grillen heute Abend mit euren Partnerinnen und Partnern hattet ihr ja schon länger.«

»Haben wir denn dienstlich schon was zu feiern?«, konnte sich die quirlige Rita die Frage nicht verkneifen.

»Rita, auch wenn wir noch keinen abschließenden Ermittlungserfolg zu feiern haben, waren Nina und ich der Meinung, das schöne Wetter einfach mal für ein Meeting außerhalb des üblichen Rahmens unseres Dienstgebäudes zu nutzen. Eigentlich hatten wir beide vorgehabt, heute früh eine lange Radtour zu machen. Aber dann kamen wir zu der Überlegung, die Radwege gerade an so einem Wochenende lieber den unzähligen Feriengästen unseres schönen Ostfrieslands zu überlassen.«

»Soll ja auch nicht unbedingt so gesund sein, sich bei solchem Wetter stundenlang auf einer großen Radtour die Sonne auf den Pelz brennen zu lassen, insbesondere dann nicht, wenn man abends noch Gäste zum Grillen hat«, merkte Sören mit einem Schmunzeln an.

»Genau. Deshalb haben Nina und ich uns gedacht, vielleicht habt ihr ja ähnliche Überlegungen gehabt. Sören, deine Anmerkung scheint das ja zu bestätigen. Deshalb starten wir heute Nachmittag mal ein Wochenendmeeting mit dem Markenzeichen unseres *Heimathafens*, nämlich einer überdimensionierten Torte. Greift also zu. Heute Abend, wenn eure Partnerinnen und Partner noch dazustoßen, gibt es dann vom Grill satt.«

Nachdem der erste Kuchenhunger gestillt war, nahm Bert nochmal das Wort: »Es war ja eine verdammt turbulente Woche, in der wir auf verschiedenen Hochzeiten tanzen mussten. Nina und Rita waren in Kassel unterwegs und wir haben hier an unserem Mordfall in der Peldemühle gearbeitet. Aber sowas haben wir nicht zum ersten Mal. Nina wird euch jetzt auf den aktuellen Stand von gestern bringen, bei dem am Schluss unser Pflichtanwalt Gunter Ostmann sein Mandat niederlegte, was schon für sich genommen ein bei ihm nicht übliches Ereignis ist.«

Nina fasste dann die Ereignisse zusammen und ließ währenddessen bei Bedarf ihr Tablet als Ersatz für einen großen Monitor mit den Details rumgehen. Nachdem sie geendet hatte, herrschte erst einmal betretene Stille. Auch erfahrene Kriminalisten mussten das Gehörte erst einmal verarbeiten.

Dann meldete sich Sören zu Wort: »Wir haben noch etwas in Bezug auf das Talkum der Handschuhe herausgefunden, die der Täter benutzt hat und die wir auch im Spülschrank des Wohnmobils der Hannemann entdeckt haben. Eine Mitarbeiterin von mir hat die gleichen Handschuhe zu Hause, wie wir im Labortest nachweisen konnten. Sie hat die bei einem Lebensmittelladen in Neuharlingersiel gekauft. Der Markt steht gar nicht weit vom dortigen Campingplatz entfernt. Da nicht alle Haushaltshandschuhe heute mit Talkum angeboten werden, erhöht sich nach unserer Auffassung die Wahrscheinlichkeit, dass Nanes Mörder die Handschuhe auch tatsächlich dort in dem Markt gekauft hat.«

»Das spricht schon fast dafür, dass Salewski doch unser Mörder ist«, merkte Bert an.

»Man kann es zumindest nicht ausschließen«, erwiderte Sören.

»Unabhängig davon sind Nina und ich aber zu dem Schluss gekommen, dass wir nochmal ein Brainstorming mit dem ganzen Team und dir, Sören, machen sollten«, fuhr Bert fort. »Und dazu möchten wir diesen schönen Nachmittag bei ganz tollem Wetter mit Vogelgezwitscher und Blumenduft aus dem Garten, Kaffee, Tee und Monstertorte nutzen. Vielleicht kommen wir dabei auf Gedanken, die uns auf eine ganz andere Ermittlungsschiene bringen.«

»Also, mir würde da schon spontan ein Gedanke kommen«, meldete sich Rita zu Wort. »Nane war doch eine für ihr Alter noch gut aussehende und relativ junge Witwe. Dass sie für neue Männerbekanntschaften grundsätzlich offen war, zeigt schon ihr Verhältnis zu Salewski. Was haben wir denn in diesem Zusammenhang für Informationen?«

»Roman Mayer, unser Jan-Schüpp-Stadtführer, der noch kurz vor ihrem Tod in der Mühle mit ihr gesprochen hatte, hat mir sinngemäß dazu Folgendes gesagt«, antwortete Bert. »Nach dem Unfalltod ihres Mannes hätte sie anfangs sehr zurückgezogen gelebt. Dann hätte sie noch in Rhauderfehn mal ein kurzes ›Intermezzo‹, wie sie es wohl ausgedrückt hat, gehabt. In Wittmund wären ein paar kurze Bekanntschaften mit Urlaubern dazugekommen und dann die Beziehung zu Salewski.«

»Intermezzo, das klingt für mich so, als wenn sie mit Roman da nicht drüber sprechen und das am liebsten vergessen wollte«, meldete sich auch die sensible Silke zu Wort.

»Also, ich gehe mal davon aus, dass sie das wirklich so gesagt hat«, ging Nina darauf ein. »Denn andernfalls hätte Roman das Bert nicht ausdrücklich so wiedergegeben. Daher sehe ich das genauso wie Silke. Tatsache ist, dass wir von Nanes Kindern nur etwas über Salewski wissen. Ich habe ja die Handynummer vom Sohn und werde den gleich mal dazu anrufen.«

Nach zweimal Klingeln meldete sich Nanes Sohn. »Moin Herr Immenga«, sagte die Kommissarin. »Wir sitzen gerade im Mordfall Ihrer Mutter mit unserem Team bei einem Meeting zusam-

161

men. Da stellte sich die Frage, ob Ihre Mutter auch schon vor der Beziehung zu Alexander Salewski andere Bekanntschaften oder Verhältnisse seit dem Unfalltod Ihres Vaters gehabt hat.«

»Das muss Gedankenübertragung sein«, erwiderte der Angesprochene. »Meine Frau und ich sind gerade in Wittmund im Haus meiner Mutter, um mal nach dem Rechten zu sehen. Wir sprachen soeben darüber, ob wir Sie in der nächsten Woche mal anrufen sollten. Denn wir haben im Zusammenhang mit Ihrer Frage vor Kurzem beim Backtag der Hahnentanger Mühle in Rhauderfehn eine ehemalige Kollegin und Freundin meiner Mutter getroffen. Die hat uns einiges erzählt, was wir bis dahin nicht gewusst haben.«

»Hätten Sie Lust, auf eine Tasse Tee oder Kaffee und ein Stück Torte bei meinem Mann und mir in Carolinensiel vorbeizukommen?«

»Das trifft sich gut«, antwortete Dedo. »Wir sind hier gerade mit Blumengießen fertig und hatten überlegt, uns irgendwo in Wittmund ein Café zu suchen. Danke für die Einladung. Dann sind wir gleich bei Ihnen.«

Nina gab ihm daraufhin noch ihre Adresse. Zu ihren Leuten sagte sie dann: »Das klingt interessant. Bin mal gespannt, was wir gleich erfahren werden.«

Es dauerte nicht lange, dann standen Tetta und Dedo Immenga bei Nina und Bert vor der Tür. »Kommen Sie rein«, lud Nina die beiden ein. »Mein Mann und ich sitzen mit unserem Team auf der Terrasse. Hätten Sie gerne Tee oder Kaffee?«

Wie nicht anders zu erwarten, entschieden sich beide für Tee. Nachdem sie sich bekannt gemacht hatten und von Bert und den anderen Gästen begrüßt worden waren, nahmen sie am Tisch Platz. In weiser Voraussicht hatte Nina bereits Teegeschirr für beide aufgedeckt und sie dann mit Torte versorgt.

Bevor man zum eigentlichen Thema kam, boten das Wetter und der schöne Garten der Gastgeber reichlich Gesprächsstoff. Soweit noch nicht geschehen, wurde natürlich auch noch kondoliert, denn außer Nina und Bert kannten die neuen Gäste niemand aus dem Kreis der hier anwesenden Beamten.

Doch schon bald war der Kuchen gegessen und Nina hatte bereits das dritte Mal den Tee nachgegossen, als sie zum eigentlichen Thema kam: »Herr Immenga, Sie sprachen am Telefon davon, dass sie mit Ihrer Frau überlegt haben, uns kommende Woche im Kommissariat anzurufen. Was haben Sie denn von der Freundin Ihrer Mutter erfahren?«

»Dazu muss ich vielleicht was vorausschicken«, begann Dedo. »Gar nicht lange, nachdem meine Schwester und ich kurz nacheinander zu Hause ausgezogen und unserer eigenen Wege gegangen sind, hatte mein Vater seinen tödlichen Unfall. Meine Mutter hat sehr darunter gelitten und sich auch von uns etwas zurückgezogen. Sie sagte immer: ›Ihr steht noch am Anfang eures Lebens und müsst nach vorne blicken!‹ Meine Schwester und ich waren uns einig, dass sie damit verhindern wollte, uns in ihre Trauer, die nur den Blick zurück und die Erinnerungen kannte, mit hineinzuziehen. Wir haben immer gehofft, dass sie selbst irgendwann wieder zu sich selbst findet.«

»Das spricht sehr für Ihre Mutter, aber hätte sie nicht vielleicht doch etwas mehr Zuspruch gebraucht, gerade in einer solchen Situation?«, hakte die sehr empfindsame Silke ein.

»Das haben wir immer wieder versucht«, übernahm Tetta die Antwort. »Aber an meine Schwiegermutter war da schwer heranzukommen. Sie blockte Terminvorschläge für Besuche immer mit irgendwelchen Ausreden ab. Und unangemeldete Besuche hatte sie erklärtermaßen überhaupt nicht gern, obwohl sie nicht befürchten musste, dass wir einen unaufgeräumten Haushalt vorfinden könnten. Bei ihr war es immer sauber und tipptopp. Erst als Gesa sie zur Oma machte, öffnete sie sich wieder etwas mehr, wobei sie keine Gelegenheit ausließ, Dedo und mich auf unsere Familienplanung anzusprechen. Wenn ich ehrlich sein will, ging uns das dann schon mit der Zeit ziemlich auf den Nerv, sodass wir versuchten, dem möglichst aus dem Weg zu gehen.«

»Und wo besteht da der Zusammenhang mit dem Gespräch, das Sie beim Backtag in der Hahnentanger Mühle mit der Freundin Ihrer Mutter geführt haben?«, versuchte Bert es auf den Punkt zu bringen.

»Das erklärt, warum wir offensichtlich einiges von meiner Mutter nicht wussten«, erläuterte Dedo. »Sie hatte sogar ihre Freundin ausdrücklich gebeten, uns nicht über das zu informieren, was sie ihr anvertraut hatte.«

»Und worum ging es dabei?«, konnte nun auch Nina ihre Neugier nicht zurückhalten.

»Es tut mir leid. Damit Sie das Ganze richtig verstehen, muss ich noch etwas vorwegsagen«, antwortete Dedo. »Die Freundin meiner Mutter war erst am Tag vor dem Backtag von einer Urlaubsreise aus Amerika zurückgekommen. Sie hatte sich schon gewundert, dass meine Mutter auf einmal nicht mehr über WhatsApp auf die Urlaubsbilder reagierte. Sie wusste bis zu unserem Gespräch nichts von ihrem Tod und war geschockt.« Bei diesen Worten musste Dedo wieder mit seiner Fassung ringen.

Deshalb fuhr Tetta fort: »Meine Schwiegermutter hatte vor etwa acht Jahren für ungefähr ein bis zwei Jahre, wie ihre Freundin uns schließlich sagte, eine Beziehung zu einem Seemann, der auf Containerschiffen monatelang unterwegs war. Zu irgendeinem Zeitpunkt, den wir nicht genau kennen, ist er dann für seine Landurlaube bei ihr eingezogen. Meine Schwiegermutter hat irgendwann ihrer Freundin, die sie nach der Ursache für bestimmte Verletzungen fragte, unter dem Siegel der Verschwiegenheit gebeichtet, dass Handgreiflichkeiten die Ursache waren.«

»… aber nicht zur Anzeige gebracht wurden, richtig?«, wollte Nina wissen.

»Genau das. Obwohl ihre Freundin meine Schwiegermutter zu einer Anzeige bringen wollte. Merte, so hieß ihre Freundin, meinte dann uns gegenüber abschließend, dass sie nicht wüsste, was daraus geworden ist. Jedenfalls hätte meine Schwiegermutter danach keine Verletzungen mehr gehabt und auch nie wieder darüber gesprochen. Aber mein Mann und ich waren uns schließlich einig darin, dass Sie von dieser Geschichte zumindest wissen sollten, auch wenn sie schon so lange zurückliegt.«

»Wissen Sie, wie der Mann heißt, und können Sie uns die Kontaktdaten der Freundin geben?«, hakte Bert nach.

»Merte sprach nur von Janto, mehr weiß ich nicht. Die Kontaktdaten von ihr habe ich in meinem Handy gespeichert, schicke ich Ihnen«, antwortete Dedo.

»Können Sie auch mir schicken, meine Nummer müssten Sie auch haben«, sagte Nina.

»Mache ich«, bestätigte Dedo. »Und wenn Sie keine Fragen mehr an meine Frau und mich haben, würden wir uns gerne für Tee und Kuchen bedanken und uns verabschieden. Wir sind heute Abend nämlich bei meiner Schwester zum Grillen eingeladen.«

Nachdem die Eheleute gegangen waren, fragte Bert: »Was haltet ihr denn von der Geschichte?«

»Ist ja wohl schon einige Jahre her, als die Beziehung und damit auch die Handgreiflichkeiten ein Ende fanden, wie Dedo sagte«, stellte Sören fest. »So wie das klingt, kann ich mir kaum vorstellen, dass der Seemann plötzlich wieder in Nanes Leben getreten ist. Der wird sich doch inzwischen neue Opfer gesucht haben, mit denen er machen kann, was er will. Möglicherweise hatte der auch noch in anderen Häfen Seemannsbräute, wie man die früher immer nannte.«

»Nicht auszuschließen«, sagte Nina. »Und was meint ihr?«, richtete auch sie nochmal die Frage an ihr Team.

»Also, ich sehe das auch so wie Sören«, sagte Oke.

»Ich hab in Osnabrück selbst auch schon mal eine ähnliche Erfahrung gemacht, wobei es da bei dem Versuch geblieben ist«, äußerte sich Rita. »Statt 'ner Anzeige hab ich den gleich rausgeschmissen. Allerdings wollte der bei mir erst noch einziehen.«

»Ich weiß gar nicht, was ich dazu sagen soll«, meldete sich auch Silke noch zu Wort. »Als Polizistin kennt man solche Geschichten ja. Aber ich frage mich immer: Was geht in solchen Menschen vor? Ja, und zur Frage, ob der bei Nane nochmal wieder aufgetaucht ist: kann ich mir eigentlich auch nicht vorstellen. Aber wissen kann man das bei solchen Typen wohl nie.«

»Silke, da hast du sicher recht, und deswegen werde ich gleich mal versuchen Merte Buurmann, wie die Freundin mit vollständigem Namen heißt, anzurufen. Aber ich werde sie jetzt nicht zum Kaffee einladen, denn bis sie von Rhauderfehn, wo sie wohl herkommt, hier ist, kommen auch schon bald unsere weiteren

Gäste zum Grillen. Vielleicht können Bert und ich sie morgen treffen.« Dann ging der Ruf raus.

Es dauerte nicht lange und dann meldete sich die Angerufene. Nina erklärte ihr, dass Dedo und seine Frau gerade da gewesen wären und was sie gesagt hatten. Dann fragte sie, ob sie mit Bert morgen mal bei ihr vorbeikommen dürften. Merte hatte keine Einwände und stimmte einem Termin bei sich zu Hause um fünfzehn Uhr zu.

Danach machten sich Nina und Bert an die Vorbereitungen des Grillabends. Ihre Gäste nutzten derweil den Rasen für ein Boule-Spiel, bei dem jeder Spieler zwei Metallkugeln mit etwa zehn Zentimeter Durchmesser erhielt, um damit möglichst näher an eine kleine Zielkugel aus Holz zu gelangen als der Gegner.

Als die Gastgeber mit ihren Vorbereitungen fertig waren, stand auch bereits der Sieger des Boule-Spiels fest. Es war Sören, der das Spiel aus einigen Frankreichurlauben kannte. Zweite war Rita, die das auch schon vorher mal gespielt und sich besonders im Wegkicken der Gegner hervorgetan hatte. Spaß hatten aber alle gehabt. Und jetzt warteten sie auf die Ankunft ihrer Partnerinnen und Partner, die schon bald darauf nach und nach eintrafen.

Es wurde nicht nur ein kulinarischer, sondern auch ein sehr geselliger Abend. Als das letzte Taxi abfuhr, war es bereits kurz nach Mitternacht. Da es aber noch angenehm warm draußen war, machten Nina und Bert es sich noch mit einem Absacker in ihrem Strandkorb ein wenig gemütlich.

Über ihnen funkelten die Sterne vom nachtklaren Himmel und der Vollmond tauchte alles in ein fahles Licht.

Nach einer ganzen Weile, die Eheleute hatten beide still die Ruhe genossen, sagte Nina: »Wir lassen uns morgen von Merte Buurmann die Geschichte noch einmal genau erzählen. Das werde ich dann aufzeichnen. Wer weiß, vielleicht können wir das doch noch gebrauchen. Morgen nach dem Frühstück werde ich mal in unsere Zentraldatei gehen. Ich denke, den Vornamen Janto wird es nicht so oft geben. Vielleicht werde ich ja fündig und wir können dann mit unserer Zeugin herausfiltern, ob der eventuelle Fund ins Bild passen könnte.«

»Gute Idee«, stimmte Bert seiner Frau zu. Dann beschlossen die beiden zur Ruhe zu gehen.

***

Am nächsten Morgen nach dem Frühstück räumte Bert den Tisch ab und das Geschirr in die Spülmaschine, während Nina in ihr Büro ging, um im Zentralarchiv zu forschen.

Es dauerte nicht lange, dann rief sie ihren Mann zu sich. »Ich hab was gefunden. Das könnte sogar passen. Hier geht es um einen Janto de Fries, ist schon etwas mehr als acht Jahre her. Der wurde wegen schwerer Körperverletzung zu zehn Jahren Haft verurteilt.«

»Und wo war das?«, wollte Bert wissen.

»In Rhauderfehn.«

»Das würde ja schon mal ins Bild passen. Was ist denn da passiert?«

»Ich hab nur das Urteil überflogen. Danach hat sich dieser Janto de Fries in einer Gaststätte mit einem anderen Gast angelegt. Kurz nachdem dieser das Lokal verlassen hatte, soll er dem gefolgt sein. Das Gericht sah es als erwiesen an, dass er – wahrscheinlich mit einem großen Stein, der aber nicht gefunden wurde – den Gast unweit von dessen Haus von hinten niedergeschlagen hatte. Das Opfer lag mit Schädelbasisbruch lange Zeit im Koma. De Fries gab an, von dem Lokal aus nicht dem anderen Gast gefolgt zu sein, wie ihm vorgeworfen wurde. Vielmehr wäre er von seiner Lebenspartnerin mit dem Auto direkt vor dem Lokal abgeholt worden und mit ihr sofort nach Hause gefahren.«

»Wie weit war es denn von der Gaststätte bis zum Haus des Opfers? Stand das auch in der Akte?«

»Ja, das soll zu Fuß eine gute halbe Stunde gewesen sein. Das Opfer hatte sein Auto vor dem Lokal stehen lassen.«

»Aber du sagtest doch, dass de Fries verurteilt wurde. Obwohl er eine Zeugin hatte?«

»Die ist nur widerwillig vor Gericht erschienen, wie sie aussagte, und hat die Aussage von de Fries nicht bestätigt. Sie verwies dabei auf ihre Zeugenaussage bei der Vernehmung bei der Polizei. Dort hätte sie bereits ausgesagt, dass sie in der Nacht geschlafen hat und deshalb auch de Fries nicht abgeholt haben könnte. Außerdem hätte der nur gelegentlich bei seinen Landurlauben bei ihr gewohnt.«

»Stand im Urteil nicht auch, wie die Zeugin hieß?«

»Es wird dich sicher nicht überraschen, Bert, wenn ich dir den Namen sage: Nane Immenga.«

»Überrascht mich tatsächlich jetzt nicht. Aber wenn der für zehn Jahre verurteilt wurde, dann sitzt der doch immer noch hinter Gitter. Es sei denn, er wäre auf Bewährung vorzeitig entlassen worden.«

»Davon stand nichts in der Akte, was aber nichts heißen will. Die lahmende Digitalisierung unserer Behörden lässt grüßen. Das heißt, ich werde das morgen bei Dienstbeginn überprüfen.«

»Dann werden wir heute Nachmittag in jedem Fall eine dokumentierte Zeugenbefragung mit Merte Buurmann durchführen«, entschied der Soko-Leiter abschließend.

Pünktlich erreichten Nina und Bert um fünfzehn Uhr das Haus der Zeugin in Rhauderfehn. Sie wurden schon erwartet und in der Küche standen bereits die Teetassen bereit. Und sie merkten, dass sie es mit einer Bäckerin zu tun hatten. Es stand frisch gebackener Krintstuut, der ostfriesische Rosinenstuten, auf dem Tisch. Dazu durfte natürlich die Butter nicht fehlen. Zum Glück hatten weder Nina noch Bert Gewichtsprobleme und beide ließen es sich zum Tee und Smalltalk gut schmecken, bevor sie zum eigentlichen Thema kamen.

Nachdem die bei Zeugenvernehmungen üblichen Formalien erledigt waren, forderte Bert Merte auf, für die Aufzeichnung noch einmal das zu wiederholen, was sie Dedo und Tetta schon über das Verhältnis von Nane zu Janto de Fries erzählt hatte. Darüber, was Nina inzwischen in der Zentraldatei herausgefunden hatte, sagte er nichts.

Als Merte mit ihrem Bericht fertig war, fragte Nina noch einmal gezielt nach: »Frau Buurmann, überlegen Sie noch einmal genau. Hat Nane nicht doch später nochmal was gesagt, zum Beispiel, dass Janto wieder auf Landurlaub da ist?«

»Da brauche ich nicht drüber nachdenken. Hat sie nicht. Aber ich habe gelegentlich nochmal daran gedacht und sie auch gefragt. Anfangs sagte sie immer: ›Alles gut, mach dir keine Sorgen.‹«

»Und später?«, bohrte die Kommissarin nach.

»Irgendwann hat sie dann mal geantwortet: ›Hat sich von selbst erledigt. Du brauchst auch nicht mehr nachzufragen!‹«

»Heißt das, sie hat auch nichts von einer Gerichtsverhandlung gesagt?«, bohrte Bert weiter nach.

»Nein. Daran könnte ich mich ganz bestimmt erinnern.«

»Haben Sie denn nicht aus der Regionalzeitung vor etwa acht Jahren mitbekommen, dass da über einen Prozess berichtet wurde, in dem ein Hiesiger nach einem Kneipenbesuch mit einem Stein fast totgeschlagen worden wäre?«, wurde Nina langsam konkreter.

»In Bezug auf Zeitunglesen haben mein Mann und ich Arbeitsteilung. Er liest den redaktionellen Teil und ich die Angebote, weil ich mich um den Lebensmittel- und sonstigen Einkauf kümmere und nach Sonderangeboten schaue.«

Die Kommissarin erkannte, dass sie von der Zeugin keine weiteren verwertbaren Aussagen mehr bekommen würde, und beendete daher die Zeugenanhörung. Sie hielt es dabei aber auch für nicht angebracht, diese über ihren Kenntnisstand aus der Zentraldatei zu informieren.

Nachdem die Kommissare sich für Tee und Krintstuut bedankt hatten, machten sie sich auf den Weg nach Hause. Für sie war an diesem Sonntag Feierabend, und den wollten sie heute Abend mit dem Grillen der Reste in aller Ruhe ausklingen lassen.

***

Da immer noch schönes Wetter angesagt war, fuhren Nina und Bert am Montagmorgen mit dem Fahrrad zum Dienst und genossen dabei die Morgensonne und die noch gut erträglichen Temperaturen. Nina machte sich als Erstes daran zu ermitteln, in welcher Haftanstalt Janto de Fries einsaß. Gestern hatte sie sich nur mit dem Gerichtsurteil beschäftigt. Bert kümmerte sich derweil um neue Posteingänge.

Wie Nina schon vermutet hatte, saß de Fries seine Haftstrafe in Oldenburg ab. Sie rief also dort bei der Anstaltsleitung an. Nachdem die Kollegin nachgeschaut hatte, sagte sie: »Janto de Fries wurde bereits vor drei Wochen entlassen.«

»Der wurde doch eigentlich zu zehn Jahren Haft verurteilt, wie ich der Gerichtsakte entnommen habe, und müsste demnach noch einsitzen«, sagte Nina.

»Das ist richtig«, bestätigte die Justizvollzugsbeamtin. »Er hat aber an allen Resozialisierungsmaßnahmen, die bei uns angeboten wurden, erfolgreich teilgenommen. Dazu gehörte auch in seinem speziellen Fall ein Anti-Aggressions-Training, was sich auch in einer sehr guten Führung dokumentierte. Sein Anwalt hat dann ein psychologisches Gutachten beantragt. Sie wissen ja, dass unsere gerichtlichen Strafen nicht der Vergeltung der Strafen dienen, sondern ausschließlich der Resozialisierung. Auf dieser Grundlage wurde seine Haftstrafe um etwas mehr als ein Jahr verkürzt, sodass er vorzeitig entlassen wurde. Hier steht, dass er sich über seinen Anwalt auch wieder bei einer Reederei im Containerdienst beworben hat und eigentlich schon wieder auf See sein müsste. Aber worum geht es Ihnen genau? Sie sagten eingangs nur, dass Ihre Nachfrage im Zusammenhang mit Ermittlungen steht, zu denen de Fries eventuell etwas sagen könnte.«

»Das ist richtig«, bestätigte Nina. »Aber so wie es aussieht, wird er ohnehin nichts zu unserem laufenden Verfahren sagen können. Vielen Dank für Ihre Auskunft.« Dann beendete Nina das Telefonat. Für die Ermittlerin stand fest, dass sie sich auf einer heißen Fährte befand.

Als Nina zu ihrem Mann kam, um ihm vom Telefonat mit der JVA Oldenburg zu berichten, sprach dieser gerade mit Oke. Dann sagte er zu Nina: »Unser kleiner IT-Freak hat mal wieder eine nicht ganz astreine Aktion gestartet. Es gab in Nanes Gesprächsnachweisen, unmittelbar bevor sie mutmaßlich umgebracht wurde, noch einen Anruf einer unbekannten Prepaid-Handynummer, die wir immer noch nicht zuordnen können. Wahrscheinlich war das auch nur ein Irrtum des Anrufers, denn das Gespräch wurde unmittelbar, nachdem Nane es angenommen hatte, beendet. Daher hatte auch unsere Forensik dies bisher nicht weiter verfolgt. Stattdessen haben wir uns auf den vorletzten Anruf von Salewski konzentriert.«

»Lass mich raten«, sagte Nina mit einem wissenden Schmunzeln. »Oke hat das Handy geortet.«

»Genau das. Nach Google Maps befindet es sich in einem Haus ganz in der Nähe des Lebensmittelmarktes beim Campingplatz Neuharlingersiel. Und wir überlegen gerade, ob sich eine Observierung wie auf dem Campingplatz bei Salewski lohnt. Schräg gegenüber von diesem Haus ist ein Ferienhaus mit mehreren Wohnungen und großem Parkplatz davor. Nach der Webseite des Vermieters gibt es dort acht Wohnungen, und so wie es auf Google Maps aussieht, sind vor dem Haus zehn Parkplätze.«

»Klingt gut. De Fries wurde vor drei Wochen wegen eines psychologischen Gutachtens und sehr guter Führung vorzeitig entlassen. Theoretisch könnte er also der Handybesitzer sein. Aber nur theoretisch, denn wie mir die Justizkollegin der JVA Oldenburg gerade sagte, müsste de Fries eigentlich schon wieder auf See sein.«

»Es ist ja nur ein Versuch«, sagte Oke. »Ich habe schon mit Rita gesprochen. Ich könnte mit meinem SUV auf einen der Parkplätze des gegenüberliegenden Hauses fahren, dann aussteigen und aus Sichtweite des Hauses gehen. Rita kann durch meine hinten verdunkelten Scheiben das Haus mit dem Handysignal, das ich geortet habe, observieren. Zur zwischenzeitlichen Ablösung könnte Silke mit ihrem Pkw für kurze Zeit übernehmen, damit Rita mal austreten und sich die Füße vertreten kann.«

»Bert, ich würde sagen, machen. Wir haben doch nichts zu verlieren, und von dem Handysignal machen wir ja sonst keinen Gebrauch, genauso wie bei Salewski. Vielleicht haben wir Glück und der Typ ist noch da, aus welchem Grund auch immer. Ich gebe euch dann mehrere Fotos aus der Akte von de Fries mit. Da gibt es Bilder mit und ohne Bart und auch mal mit rasierter Glatze.«

»Dann machen wir das so«, entschied der Soko-Leiter. »Die Pausen sprecht ihr mit Silke individuell ab. Sonnenuntergang ist gegen einundzwanzig Uhr. Bis dahin entscheiden wir, wie es weitergehen soll. Notfalls lösen Nina und ich euch mit meinem Volvo ab, der hat hinten auch dunkel getönte Scheiben, wobei das nachts nicht die entscheidende Rolle spielt.«

Oke ging mit Nina in ihr Dienstzimmer. Dort druckte sie ihm die Fotos von de Fries aus. Dann machte er sich mit Rita und seinem privaten SUV auf den Weg nach Neuharlingersiel.

11. Kapitel

Es war schon nach achtzehn Uhr, und Nina saß gerade bei ihrem Mann im Dienstzimmer, als ihr Handy klingelte. »Er ist es«, flüsterte Rita ins Handy, obwohl der Observierte sie auf der gegenüberliegenden Straßenseite mit Sicherheit nicht würde hören können. Trotzdem flüsterte sie weiter: »Er kam gerade die Treppe neben der Garage runter. Übrigens zur Aktualität der Bilder: Er hat jetzt kurze schwarze Haare und keinen Bart. Über der Doppelgarage befindet sich eine Wohnung, die hinten über die Außentreppe an der Seite zu erreichen ist. Jetzt holt er gerade die Restmülltonne aus der Garage und bringt sie vor zur Straße. … Soeben ist er wieder in seine Wohnung gegangen. Es sieht nicht so aus, als wenn er sich beobachtet fühlt.«

»Dann haben wir schon mal die Bestätigung, dass Okes Ortung den Richtigen erwischt hat. Das heißt auch, dass de Fries nicht auf See ist, wie die Justizangestellte vermutete. Er könnte also doch unser Mann sein«, stellte Nina fest. »Seid also sehr vorsichtig. Bert hat schon die Staatsanwaltschaft in Aurich mit der Zeugenanhörung von Merte Buurmann vorinformiert und wird deine Meldung gleich weitergeben. Könnte sein, dass wir schnell einen Einsatz bekommen.«

Bert, der das Telefonat mitgehört hatte, rief sofort Oberstaatsanwalt Mattes Boer, den Leiter der Staatsanwaltschaft Aurich, an. Da die beiden sich schon lange kannten, waren sie per Du, wie es in Ostfriesland nicht unüblich war – natürlich nur außerhalb der Gerichtsräume. Mattes hatte nach der Ermordung der Oberstaatsanwältin Ulrike Naumann in dem unter ›Raddampfermord‹ geführten Fall die Leitung in Aurich übernommen und war damit auch für den Landkreis Wittmund zuständig.

»Mattes, unsere Observierung in Neuharlingersiel ist ein Treffer!«, meldete Bert dem Oberstaatsanwalt. »Meine Mitarbeiterin hat ihn gerade beim Rausbringen der Mülltonne als Janto de Fries identifiziert.«

»Wie ich dir schon bei unserem Telefonat vorhin sagte: Ich will nicht wissen, wie ihr auf die Idee gekommen seid, scheinbar zufällig gezielt in Neuharlingersiel an einer ganz bestimmten

Stelle zu observieren«, konnte sich der Oberstaatsanwalt die Bemerkung nicht verkneifen. »Nennen wir es einfach kriminalistische Intuition. Die habt ihr schon manches Mal bewiesen und auch der Richter staunt immer wieder darüber. Aber letztlich gibt euch der Erfolg recht, wie jetzt in diesem Fall. Jedenfalls konnte ich den Richter davon überzeugen, für die Prepaid-Handynummer, die du mir durchgegeben hast, die Freigabe zur Ortung zu erteilen. Somit ist euer Observierungsergebnis jetzt offiziell.«

»Danke, Mattes! Obwohl wir uns bis jetzt eigentlich auf Salewski als Haupttatverdächtigen eingeschossen hatten«, erwiderte der Soko-Leiter. »Aber der Verdacht gegen de Fries ist angesichts seines Rache-Motivs ja inzwischen mehr als eine Intuition.«

»So wie ich es jetzt sehe, wohl schon deutlich mehr, Bert. Ich habe mir nach unserem Telefonat die Akte de Fries noch einmal angeschaut. Es ist ja schon mehr als acht Jahre her. Und seitdem habe ich schon unzählige andere Fälle auf dem Tisch gehabt. Aber ich war zu der Zeit in Leer der verantwortliche Staatsanwalt. Und da sind mir beim Lesen wieder so einige Dinge ins Gedächtnis gekommen.«

Der Oberstaatsanwalt blickte zurück:

Der große Saal im Amtsgericht war bei der öffentlichen Sitzung im Strafverfahren gegen den Angeklagten Janto de Fries bis auf den letzten Platz besetzt. Das öffentliche Interesse war groß, da das Opfer einer schweren Körperverletzung ein angesehenes Mitglied des Gemeinderates Rhauderfehn war. Dem Angeklagten wurde vorgeworfen, das Gemeinderatsmitglied heimtückisch mit einem großen Stein von hinten niedergeschlagen und schwer verletzt zu haben. Das Opfer hatte einen Schädelbasisbruch erlitten und lange im Koma liegend mit dem Tode gerungen. Auslöser sollte eine Auseinandersetzung in einer hiesigen Gaststätte gewesen sein.

Der Angeklagte bestritt die Tat. Er behauptete, dass er nicht dem Opfer gefolgt sei, als er die Gaststätte verließ, wie ihm die Anklage vorwarf. Stattdessen sei er von seiner Lebenspartnerin unmittelbar vor dem Lokal mit dem Auto abgeholt worden.

Obwohl seine Partnerin Nane Immenga bereits bei der Zeugenvernehmung durch die Polizei ausgesagt hatte, dass sie den Angeklagten nicht mit dem Auto abgeholt hätte, bestand dessen Anwalt auf ihrer Vorladung vor Gericht. Er begründete das damit, dass sich die Zeugin wegen eines häuslichen Streits mit dem Angeklagten an diesem rächen wollte. Er bestand sogar auf einer Vereidigung der Zeugin, wohl in der Hoffnung, dass sie dadurch einknicken würde.

Aber die Zeugin blieb auch nach der Vereidigung bei ihrer Aussage und wiederholte: »Es wäre nicht die Wahrheit, wenn ich hier, wie von Janto verlangt, aussage, dass ich ihn mit dem Auto vor dem Lokal abgeholt hätte. Ich bin an dem Abend zeitig im Bett gewesen und habe schon fest geschlafen, als Janto wie so oft angetrunken nach Hause kam und mich wach machte.«

»Haben Sie da mit ihm gesprochen?«, wollte der Staatsanwalt wissen.

»Zwangsläufig. Er hatte mich ja extra geweckt, um mir vorzuschreiben, was ich zu sagen habe, falls ich danach gefragt würde.«

»Und was sollten Sie sagen?«, ging der Staatsanwalt ins Detail.

»Das habe ich mir genau gemerkt, er hat es bis zu seiner Verhaftung oft genug wiederholt. Er sagte: ›Merke dir, du hast mich an dem Abend mit dem Auto bei dem Lokal abgeholt! Wage es nicht, etwas anderes zu sagen! Du weißt, was dir blüht!‹ Ich habe dann nur genickt, weil ich Angst hatte.«

»Wussten Sie denn, warum Sie ihm ein Alibi geben sollten?«, bohrte der Staatsanwalt weiter.

»Anfangs nicht. In der besagten Nacht hat er es mir nicht gesagt. Erst als die Polizei kam und ihn verhaftete, bekam ich mit, worum es ging. Ich hatte natürlich schon mitbekommen, dass ein Gemeinderatsmitglied niedergeschlagen worden war. Danach hatte ich ihn auch vor seiner Verhaftung gefragt, aber er meinte, er hätte damit nichts zu tun.«

»Sie sprachen gerade davon, dass der Angeklagte Ihnen gedroht hat und dass Sie wüssten, was Ihnen blüht. Wovor mussten Sie da Angst haben?«

»Dass er mich erwürgt! Er hatte mich schon mal bis zur Besinnungslosigkeit gewürgt. Danach war mir schon durch den Kopf gegangen, ihn anzuzeigen. Aber er bat mich so inständig um Verzeihung, dass ich das nicht übers Herz brachte. Zumal ich ihn an dem Abend auch wirklich zur Weißglut gebracht habe, das muss ich eingestehen.«

»Alles keine Rechtfertigung für derartiges Handeln!«, stellte der Staatsanwalt fest. »Im Gegenteil, das ist sogar ein Hinweis auf die latente Gewaltbereitschaft des Angeklagten! Daher bitte ich dies ausdrücklich im Protokoll so zu vermerken.«

»Dazu möchte ich noch etwas sagen«, meldete sich Nane noch einmal zu Wort. »Heute sehe ich vieles anders. Daher möchte ich auch zu Protokoll geben, dass ich nur deswegen den Mut habe, hier die Wahrheit zu sagen, weil Janto inzwischen verhaftet wurde.«

»Miststück! Kannst du nicht die Klappe halten!«, fauchte der Angeklagte die Zeugin an.

»Angeklagter, ich verwarne Sie!«, sagte der Richter in scharfem Ton.

»Herr Richter, merken Sie nicht, dass die Zeugin hier meinen Mandanten nach den Suggestivfragen der Staatsanwaltschaft nur denunzieren will?!«, versuchte der Strafverteidiger für seinen Klienten wieder Boden zu gewinnen.

»Herr Anwalt, die Unbeherrschtheit Ihres Klienten hat er hier gerade selbst vorgeführt. Dazu bedurfte es keiner Denunzierung durch die Zeugin, die zudem unter Eid ausgesagt hat«, belehrte ihn der Richter.

Als es dann später zur Urteilsverkündung kam und der Angeklagte zur Höchststrafe bei schwerer Körperverletzung von zehn Jahren verurteilt wurde, sagte der Richter am Schluss: »Wir haben es dem Mut einer Zeugin zu verdanken, dass durch dieses Urteil die volle Härte des Gesetzes hoffentlich den Angeklagten zur Besinnung und letztlich auf den rechten Weg führen wird.«

In diesem Moment brüllte der Verurteilte in den Raum: »Nane Immenga, das wird dir noch leidtun! Ich vergesse nichts, darauf kannst du dich verlassen!«

»Herr de Fries, wenn wir nicht ohnehin die Gerichtsverhandlung jetzt schließen würden, hätte ich Sie jetzt von der weiteren

Teilnahme daran ausgeschlossen!«, wies ihn der Richter mit scharfem Ton zurecht und schloss die Verhandlung endgültig.

Als sich etwas später Richter und Staatsanwalt ohne Roben auf dem Flur des Gerichtsgebäudes begegneten, blieb der Richter stehen und sagte: »Herr Boer, mal eine Frage außerhalb des Protokolls. Gibt es aus Ihrer Kenntnis irgendwelche Hinweise, dass de Fries Verbindungen zur organisierten Kriminalität hat?«

»Diesbezüglich hat es auch im Zuge der Ermittlungen durch unsere Polizei keine Hinweise gegeben. De Fries war seit Jahren monatelang bei verschiedenen Reedereien in Heuer und auf Containerschiffen unterwegs. Zwischendurch hat er seine Landurlaube bei einem Cousin und die letzten eineinhalb Jahre bei der Zeugin verbracht. Er gilt als aufbrausend und vor allem nach Alkoholgenuss als unberechenbar. Aber von Verbindungen ins Milieu ist mir nichts bekannt. Warum fragen Sie?«

»Wenn man seine Drohungen ernst nimmt, müssten wir bei eventuellen Verbindungen ins Milieu, wie Sie es nennen, über Zeugenschutz der Frau nachdenken. Aber das scheint dann ja nicht erforderlich zu sein. Außerdem bedürfte das ohnehin der Abstimmung mit der Zeugin. Jedenfalls habe ich vorgeschlagen, dass im Vollzug ganz besonders darauf geachtet werden soll, dass de Fries an Resozialisierungsmaßnahmen, insbesondere Anti-Aggressions-Trainings, teilnimmt.«

»Jetzt könnt ihr euch vorstellen, warum es mir gar nicht so abwegig erscheint, dass de Fries als Täter in Betracht kommt«, kam der Oberstaatsanwalt wieder in die Gegenwart zurück.

»Wenn ich die Justizkollegin richtig interpretiere, dann hat sich de Fries in der JVA tatsächlich sehr gut geführt und an allen Resozialisierungsangeboten teilgenommen«, sagte Nina. »Jedenfalls habe ich es aus dem Bauch heraus vermieden, ihr zu sagen, dass wir eventuell wegen Mordes gegen ihn ermitteln. Ich hab mich nur von unserem Kommissariat gemeldet und davon gesprochen, dass wir de Fries im Zuge von Ermittlungen befragen möchten. Sie zeigte sich dann ja auch recht offen und gesprächig.«

»Das war sicher nicht verkehrt«, sagte Mattes. »Aber es ist schon beeindruckend, dass sich de Fries über einen längeren Zeitraum dann so unter Kontrolle hatte, ohne seine Rachegedanken aus den Augen zu verlieren. Vorausgesetzt natürlich, er ist tatsächlich der Täter.«

»Vielleicht heißt die Erklärung Alkohol«, sagte Bert. »Wenn ich an das Gespräch mit Nanes Freundin Merte Buurmann denke … Da kam immer wieder zur Sprache: ›… wenn er was getrunken hatte.‹ Und immer wieder hatte Nane gegenüber ihrer Freundin erwähnt, dass de Fries auch sehr zärtlich und lieb sein konnte.«

»Stimmt«, bestätigte der Oberstaatsanwalt. »Das kam auch bei der Gerichtsverhandlung immer wieder so raus. Es könnte in der Tat eine Erklärung dafür sein, dass er sich in der Haftanstalt gut geführt hat. Denn Alkohol ist in der JVA nicht so einfach zu haben wie im Spirituosenladen. Trotzdem ist nach meiner Einschätzung seine Gewaltbereitschaft deswegen nicht weg. Wie oft müssen wir immer wieder erleben, dass selbst scheinbar resozialisierte Strafgefangene nach der Haftentlassung wieder rückfällig werden.«

»Mattes, hinzu kommt seine Drohung am Ende der Gerichtsverhandlung, von der du gesprochen hast«, nahm Bert den Gedanken auf.

»Das sehe ich genauso«, bestätigte der Jurist. »Deshalb bereitet alles für den Einsatz vor. Ich spreche mit dem Richter. Allein die Tatsache, dass de Fries nach dem Gesprächsnachweis der Ermordeten der letzte Anrufer gewesen ist und er nach der Gerichtsakte ein starkes Rachemotiv hat, dürfte den Richter überzeugen.«

Inzwischen war es nach neunzehn Uhr, als der richterliche Haftbefehl und Durchsuchungsbeschluss vorlag. Ein SEK-Trupp war zufällig gerade bei der Polizeiinspektion in Aurich in Bereitschaft. Eigentlich war der für einen anderen Einsatz am nächsten Morgen vorgesehen. Da es schnell gehen musste, wurde dieser Trupp sofort in Marsch gesetzt.

Die Eile war deshalb geboten, weil zurzeit niemand ermitteln konnte, warum de Fries sich noch nicht auf See befand, wie in der JVA angenommen worden war. Daher bestand aber auch die Gefahr, dass er sich jederzeit in sein Auto setzen könnte, um nach Rotterdam auf Nimmerwiedersehen zu verschwinden. Denn so viel hatte der Oberstaatsanwalt in einem Telefonat mit dem Leiter der JVA erfahren: De Fries wollte seine Heuer nutzen, um auf Dauer irgendwo auf der Welt unterzutauchen, wie er einem Mitgefangenen anvertraut hatte.

Bert und Nina waren wie der SEK-Trupp auch unterwegs nach Neuharlingersiel. Rita hielt sie von ihrem Beobachtungsposten aus auf dem Laufenden. De Fries war seit der Mülltonnenaktion nicht wieder aus seiner Wohnung herausgekommen. Oke meldete inzwischen von einem zurückliegenden Nachbargrundstück, dass im Wohnzimmer nach hinten raus der Fernseher lief. Nina hatte herausbekommen, wer die Hauseigentümerin war. Es war de Fries' Schwester, die seit ihrer Scheidung allein im Haus lebte.

Fast zeitgleich erreichten die beiden Fahrzeuge des SEK-Trupps sowie Nina und Bert gefolgt von einem Spurensicherungsteam das Zielobjekt. Blitzschnell verteilte sich der SEK-Trupp um das Haus und die Garage, weil nicht sicher ausgemacht werden konnte, ob es eine Verbindung zwischen der Wohnung auf der Garage und dem Haupthaus gab. Drei SEK-Leute stürmten leise die Metalltreppe zu einem kleinen Balkon rauf. Die Tür zum Wohnzimmer stand offen, wahrscheinlich wegen der warmen Witterung.

Sie überraschten de Fries schlafend auf der Couch vorm Fernseher sitzend. Eine fast leere Schnapsflasche ließ vermuten, dass er schon einiges getrunken hatte. Als ihn die SEK-Beamten ansprachen, sprang er auf und versuchte sich, auf den vordersten Polizisten einschlagend, einen Weg zur Tür zu verschaffen.

Was ihm aber nicht gelang. Im Nu hatte er Handfesseln auf dem Rücken und saß wieder auf seiner Couch.

Als Nina und Bert oben den Raum betraten und de Fries den Haftbefehl und Durchsuchungsbeschluss vorlasen, schien der das überhaupt nicht richtig zu realisieren. Er sagte nur immer wieder: »Arsch lecken! Ihr könnt mich alle mal!«

Bert ließ ihn schließlich zur Ausnüchterung abführen. Der war heute nicht mehr vernehmungsfähig. Um das zu wissen, bedurfte es keiner Blutprobe. Der Geruchssinn der Kommissare und der Augenschein genügten in diesem Moment.

Nina und Bert hatten sich schon vor Betreten des Raumes Überzieher über die Schuhe und Handschuhe angezogen. Auf einem kleinen Schreibtisch neben dem Fernseher, den Nina ausschaltete, lag ein aufgeklapptes Notebook. Nina berührte das Touchpad und ein Landschaftsbild öffnete sich. Als sie mit der Maus, die neben dem Notebook lag, erst auf das Bild und dann auf das Feld ›Anmelden‹ klickte, öffnete sich der E-Mail-Posteingang.

Sie las sich die Absender durch und öffnete die E-Mail einer Reederei aus Rotterdam, die offensichtlich schon gelesen worden war. Da stand: »Hi Janto, Maschinenschaden größer als gedacht. Dein Schiff liegt immer noch in Marseille. Wir melden uns. Gruß Pit«.

»Hab mir schon fast sowas gedacht«, sagte Nina, nachdem sie Bert darüber in Kenntnis gesetzt hatte. Die SEK-Leute hatten nach Rücksprache mit der Staatsanwaltschaft de Fries zur Ausnüchterung zur Polizeiinspektion nach Aurich mitgenommen, da die Inspektion für solche Fälle etwas besser ausgestattet war als das Kommissariat in Wittmund. Der Festgenommene sollte am nächsten Morgen nach Wittmund zur Vernehmung gebracht werden.

Inzwischen war auch Sören im Wohnzimmer erschienen. Er brachte gleich die Hausherrin und Schwester des Festgenommenen mit, die sich als Sylvia de Fries vorstellte und gleich sagte, dass sie nach ihrer Scheidung wieder ihren Geburtsnamen angenommen hatte. Beide waren über einen Verbindungsgang vom Wohnhaus zur Wohnung gekommen.

Bert informierte die Frau, dass ihr Bruder wegen des Verdachtes, ein Tötungsdelikt begangen zu haben, verhaftet worden war und dass es deshalb auch einen Durchsuchungsbeschluss für ihr Haus gab. Abschließend sagte er: »Es tut mir leid, Frau de Fries, aber bei Ihrem Bruder besteht leider Verdunkelungs- und Fluchtgefahr. Wir können daher auch nicht ausschließen, dass er Beweismittel in Ihrem Haus versteckt hat. Zumal, wie wir inzwischen gemerkt haben, es eine Verbindung zwischen seiner Wohnung und Ihrem Haus gibt. Haben Sie Kinder im Haus?«, wollte er dann noch wissen.

»Nein. Mein geschiedener Mann und ich haben keine Kinder. Und ich muss ehrlich sagen, mein Bruder mit seinen Eskapaden reicht mir als großes Kind, obwohl ich über zehn Jahre jünger bin als er. Aber auch wenn er ein Hitzkopf ist, kann ich mir nicht vorstellen, dass er absichtlich jemand tötet. Übrigens, wenn mein Ex noch hier wäre, dann hätte Janto sich nach seiner Entlassung aus dem Knast eine andere Bleibe suchen müssen. Mein Ex hatte ihn schon lange vor seiner Verurteilung bei uns rausgeschmissen.«

»Was wissen Sie denn über die Beziehung Ihres Bruders zu Nane Immenga?«, wollte Nina wissen.

»Die Frau kenne ich nicht. Wer soll das sein?«

»Wissen Sie, warum Ihr Bruder zu zehn Jahren Gefängnis verurteilt wurde?«, fragte die Kommissarin weiter, ohne auf die Frage der Frau einzugehen.

»In der Zeitung stand damals, dass er einen Gemeinderat nach einem Streit in einer Kneipe in Rhauderfehn niedergeschlagen und schwer verletzt haben soll. Wie gesagt, ein Hitzkopf war mein Bruder schon immer. Mein Mann und ich haben das nur mehr oder weniger zufällig gelesen, weil wir ja hier in Neuharlingersiel und nicht im Landkreis Leer wohnen. Zu meinem Bruder hatten wir seit seinem Rausschmiss bei uns keinen Kontakt mehr. In der Zeitung war die Rede von ›Janto D.‹. Ich hab dann bei Ole, einem Cousin von uns, bei dem er nach dem Rausschmiss untergekommen war, nachgefragt und der hat bestätigt, dass es in dem Zeitungsartikel um meinen Bruder ging.«

»Aber jetzt hatten Sie ja offensichtlich wieder Kontakt zu Ihrem Bruder«, stellte Bert fest.

»Ja, irgendwann hat er mir mal aus dem Gefängnis geschrieben. Und nachdem ich mich von meinem Mann getrennt hatte, hab ich ihn mal besucht. Inzwischen habe ich mitbekommen, dass er sich dort sehr gut geführt haben soll. Sonst wäre er auch bestimmt nicht vorzeitig entlassen worden. Deshalb war ich auch damit einverstanden, dass er erst einmal, wenn er rauskommt, in der Ferienwohnung bei mir unterkommen kann.«

»Dass Ihr Bruder sich im Strafvollzug gut geführt hat, ist wohl richtig«, bestätigte die Kommissarin und wollte dann wissen: »Was hat Ihr Bruder denn am Freitag vor einer Woche gemacht?«

»Das weiß ich nicht. Ich bin an dem Freitag über das Wochenende zu einer Freundin in Wilhelmshaven gefahren und erst am

Sonntag zurückgekommen. Janto hatte sich schon vom Gefängnis aus um eine neue Heuer bemüht. Und eigentlich hätte das Schiff am letzten Montag auch schon auslaufen sollen. Deshalb wollte er bereits am Sonntag nach Rotterdam fahren. Als ich aus Wilhelmshaven zurückkam, war ich ganz überrascht, dass er noch da war. Denn wir hatten uns schon am Freitag voneinander verabschiedet.«

»Was war denn der Grund dafür, dass Ihr Bruder noch da war?«, hakte der Soko-Leiter ein, obwohl er den Grund aus der E-Mail ja schon kannte.

»Janto hatte eine Nachricht von der Reederei erhalten, dass der Container mit einem Motorschaden in Marseille festsitzt. Und um in Rotterdam die Hotelkosten zu sparen, ist er dann noch hier bei mir geblieben. Heute Morgen bekam er dann die Nachricht, dass der Motorschaden am Schiff noch nicht behoben werden konnte und dass sich die Reederei wieder melden würde. Da hat er sich aus meinem Vorratsraum eine Flasche Schnaps geholt, und wie ich sehe, ist das wohl noch der Rest«, antwortete die Frau und wies dabei auf die auf dem Tisch stehende fast leere Flasche.

»Ihr Bruder wurde doch schon vor etwa drei Wochen entlassen. War er die ganze Zeit hier bei Ihnen?«, wollte Nina wissen.

»Ja, als Erstes hat er sich ein gebrauchtes Auto gekauft. Genug Geld hatte er ja auf seinem Konto. Während der Zeit auf See gab es für ihn die ganzen Jahre wenig Gelegenheiten zum Geldausgeben und im Knast noch weniger. Der Wagen steht unten neben meinem in der Doppelgarage. Mit dem war er hier viel unterwegs. Ich hab ihn mal gefragt, wo er sich denn immer rumtreibt, zumal er manchmal auch die ganze Nacht weg war. Bevor ich zu Bett gehe, schaue ich immer nach, ob alle Türen zu sind. Und dann sah ich ja, wenn sein Auto nicht da war. Hatte schon gedacht, er hätte eine neue Freundin über das Internet gefunden. Er meinte aber nur, er müsste einfach mal wieder seine Freiheit genießen, schließlich hätte er lange genug zwischen vier Wänden verbracht. Aber mehr hat er dazu nicht gesagt. Aber so ist er eben.«

»Hat Ihr Bruder über seine weiteren Pläne gesprochen«, hakte der Kommissar noch einmal nach.

»An einem Abend, als er mal zu Hause war und wir zusammen gegessen haben, sagte er, dass er vielleicht länger wegbleiben würde. Er deutete an, dass er ein paar Internetbekanntschaften gemacht hätte. Aber wo und wie, darüber ließ er sich nichts entlocken. Obwohl mich das als seine einzige Schwester schon interessiert hätte. Aber ich sagte ja schon, ich kenne ihn nicht anders. Er ließ sich noch nie gerne in die Karten gucken und schon gar nicht von seiner kleinen Schwester.«

Bert und Nina bedankten sich und verabschiedeten sich von der Frau, um Sören zu suchen. Für sie gab es im Moment hier nicht mehr viel zu sehen. Da waren jetzt seine Leute gefragt. Sie fanden ihn schließlich unten in der Garage.

Die Spurensicherer hatten die Tonne mit Papiermüll auf einer Plane ausgeleert. Sören hielt ein Blatt Papier in der Hand. Es war die Meldebestätigung des Einwohnermeldeamtes Rhauderfehn für Janto de Fries in Nane Immengas Haus.

»Jetzt wissen wir, was de Fries bei der Ermordeten in ihren Aktenordnern gesucht hat«, sagte Sören. »Wir haben auch noch einige Fotos gefunden, auf denen die beiden zusammen zu sehen sind. Und im Restmüll, der dahinten liegt, haben wir Nanes Notebook und ihr Handy gefunden. Das wäre morgen früh von der Müllabfuhr abgeholt worden.«

»Wie bescheuert«, konnte Nina sich den Kommentar nicht verkneifen. »Dass de Fries bei ihr gemeldet war, hätten wir im Zweifel auch bei der Gemeinde Rhauderfehn ermitteln können. Bei den Bildern okay, aber aus der Gerichtsakte ging doch schon unstrittig hervor, dass er mit Nane Immenga damals ein Verhältnis gehabt hat. Aber ich habe schon lange aufgehört mich zu fragen, was in manchen kranken Gehirnen vor sich geht. Mich würde allerdings viel mehr interessieren, woher de Fries wusste, dass Nane an dem Freitag bei der Mühle sein würde.«

»Vielleicht gibt uns da auch die Restmülltonne die Antwort«, sagte Sören. »Da wurden unter anderem auch kleine Funkmikrofone, die man zum Beispiel an Fensterscheiben anbringen kann, entsorgt. Es sollte mich nicht wundern, wenn auf dem Notebook unseres Verdächtigen die dazugehörigen Aufzeichnungen gespeichert sind. Allerdings haben die Mikrofone keine große Reichweite, das heißt, er muss sich dabei in der Nähe von Nanes Haus aufgehalten haben.«

»Das würde passen«, stellte Bert fest. »Sylvia de Fries hat uns gerade gesagt, dass ihr Bruder viel unterwegs gewesen wäre, zum Teil auch über Nacht. Halten wir also mal fest: Die Hinweise, dass tatsächlich Janto de Fries unser gesuchter Mörder ist, verdichten sich.«

»Meine Leute werden heute Nachtschicht einlegen, das haben wir schon geklärt«, sagte der Leiter der Forensik. »Wenn ihr Glück habt, dann kann ich euch morgen früh, bevor de Fries aus Aurich zum Verhör kommt, schon entsprechende Fakten liefern.«

***

Es war Dienstagmorgen und Nina und Bert betraten voller Spannung heute das Kommissariat. Trotz schönen Wetters hatten sie das Auto genommen, um schneller in der Dienststelle zu sein. Bert hatte eine Nachricht aus Aurich auf seinem Rechner. Darin teilten ihm die Kollegen mit, dass de Fries noch gestern Abend mit seinem Anwalt aus Oldenburg telefoniert hatte. Dieser stände heute Vormittag ab zehn Uhr zur Verfügung, um seinen Mandanten bei der Vernehmung im Kommissariat in Wittmund zu vertreten.

»Damit hätte ich noch nicht gerechnet«, stellte Bert fest.

»Die Verhaftung gestern Abend hat wohl ernüchternd auf den Verdächtigen gewirkt«, sagte Nina lachend. »Dann wird es wohl nicht lange dauern, bis die Kollegen aus Aurich de Fries hier abliefern.«

In diesem Moment kam Silke, die Ninas letzten Satz noch mitbekommen hatte, und meldete: »Der ist bereits unterwegs. Die Kollegen aus Aurich sind gerade losgefahren.«

»Na, dann setzen wir die Vernehmung doch auf zehn Uhr an«, sagte Bert. »Silke, dann informiere doch bitte den Anwalt. Seine Telefonnummer steht in der Nachricht, die ich gerade an dich weitergeleitet habe.«

Kaum hatte Silke den Raum verlassen, erschien Sören. »Moin, habe gute Neuigkeiten. Am besten holt ihr euer Team in eurem

Meetingraum zusammen, dann kann ich einiges gleich über den Beamer an die Wand werfen.«

Zehn Minuten später saß das Soko-Team im Meetingraum zusammen. Jeder hatte einen Pott Kaffee vor sich und schaute gespannt auf den Leiter der Forensik. Dieser hatte sein Notebook über WLAN mit dem Beamer verbunden.

»Wir haben gestern einige Asservate aus dem Müll gefischt, die ganz sicher heute Morgen auf dem Weg in die Müllverbrennung gewesen wären«, begann Sören seinen Vortrag. »Mal abgesehen davon, dass Elektronikgeräte im Restmüll nichts verloren haben, war das gestern ein Glücksgriff in allerletzter Minute.«

Hierzu zeigte er über den Beamer Fotos eines Notebooks, Handys und mehrerer Minimikrofone. »Wir haben dazu in de Fries' Notebook nach Aufzeichnungen der Funkmikrofone gesucht und sind fündig geworden. Da ist unter anderem ein Telefonat aufgenommen, das Nane mit ihrer Kollegin Aike geführt hat. Dabei hatte Nane wohl zufällig den Lautsprecher ihres Handys eingeschaltet. Da ging es um die Absprache, dass Nane wegen einer Geburtstagsfeier von Aikes Sohn am besagten Freitag bei den Vorbereitungen für den Backtag einspringen sollte. Das Anheizen des Ofens sollte einer der beiden Müller der Mühle machen.«

»Wie wir ja inzwischen wissen, konnten beide nicht, sodass Roman Mayer kurzfristig am Freitag eingesprungen ist«, unterbrach Bert. »Haben sich die beiden Frauen denn auch über Uhrzeiten abgestimmt?«

»Genau das haben sie. Nane ging dabei davon aus, dass sie wohl bis siebzehn Uhr mit ihren Vorbereitungen fertig sein würde.«

»Dann kannte de Fries sogar das Zeitfenster. Unbekannter Faktor war nur noch Roman. Oder haben die Frauen auch darüber gesprochen?«, wollte Nina wissen.

»Haben sie. Nane meinte, bis siebzehn Uhr müsste Roman das Anheizen in jedem Fall auch abgeschlossen haben.«

»Ich hatte ja schon von allen Handynummern, die im besagten Zeitfenster mit Nane Kontakt hatten, auch die Bewegungsprofile der Provider angefordert«, meldete sich Oke zu Wort. »Zu dem letzten Anruf bei ihr, bei dem der Anrufer sofort wieder auflegte, nachdem Nane sich gemeldet hatte, gab es kein GPS-Profil. Nur anhand der Funkmasten war zu erkennen, dass der Anrufer sich zumindest in der Nähe der Peldemühle aufgehalten hat. Da stellt sich die Frage nach dem Sinn. Warum überhaupt der Anruf, um dann gleich nach der Annahme durch Nane wieder aufzulegen?«

»Ich könnte mir vorstellen, dass de Fries Licht in der Küche des Anbaus gesehen hat. Das war nämlich auch beim Backtag am Samstag tagsüber trotz Tageslicht dort in der Küche an«, versuchte Nina eine Antwort zu finden. »Dass der Ofen bereits angeheizt war, konnte er durch das Fenster des Backhauses sehen; auch, dass da niemand mehr war. Das konnte er auch daraus schließen, dass zu diesem Zeitpunkt wohl nur Nanes Auto noch auf dem Parkplatz gestanden haben dürfte. Um ganz sicherzugehen, ob nicht doch noch jemand bei Nane war, wird er erst einmal gelauscht haben, ob sich drinnen jemand unterhält. Dann brauchte er nur noch zu hören, ob bei seinem Anruf drinnen Nanes Handy klingelt. So konnte er ziemlich sicher sein, dass kein anderer als sie und auch dass sie allein in der Küche war.«

»Das klingt sehr plausibel«, sagte Sören. »Wenn man sich aus Sicht von de Fries die zu erwartenden Zeitabläufe anschaut, dann muss man feststellen: Wenn alles planmäßig gelaufen wäre, hätten wir kaum was gegen ihn in der Hand und er wäre längst über alle Berge. Die einen Asservaten lägen in der Müllverbrennung, die in der Papiermülltonne geben als echte Beweise kaum etwas her, und sein eigenes Notebook wäre mit ihm auf den Weltmeeren unterwegs und für uns unerreichbar.«

»Da hätte wahrscheinlich auch nicht viel genützt, dass sein Prepaid-Handy in der Nacht von Freitag auf Samstag in Wittmund in der Nähe von Nanes Haus geortet wurde, als dort mutmaßlich jemand nach Papieren und Nanes Notebook gesucht hat«, hatte Oke noch eine Anmerkung.

»Aber wir haben noch ein Ass im Ärmel«, übernahm wieder der Leiter der Forensik das Wort. »Dieses hätte uns aber auch nur bedingt etwas genützt, wenn wir ihn nicht gestern festgenommen hätten und er jetzt bereits wieder auf See und auf einem Schiff wäre, dessen Reeder in einem Land seinen Sitz hat, mit dem Deutschland keinen Auslieferungsvertrag hat. Und jetzt haltet euch fest. Das Schiff, auf dem er angeheuert hat, fährt unter philippinischer Flagge und mit den Philippinen gibt es kein Auslieferungsabkommen mit Deutschland. Das hatte er sich schon sehr gut ausgerechnet.«

»Wie konnte der sich denn aus dem Gefängnis überhaupt schon bei Reedereien bewerben?«, wunderte sich Rita.

»Die Justizbeamtin der JVA sagte, dass das über seinen Anwalt gelaufen ist«, erwiderte Nina.

»Okay, aber im Gefängnis konnte der doch noch gar nicht wissen, dass Nane ausgerechnet an dem Freitag, nach dem er drei Tage später mit dem Schiff auslaufen sollte, zur Vorbereitung des Backtages in der Mühle sein würde«, blieb Rita hartnäckig.

»Ich bin mir sicher, dass er bei seiner Abhöraktion erst diese Chance erkannt hat«, antwortete der Forensiker. »Andernfalls hätte er ja auch bei Nane ins Haus einbrechen und sie dort umbringen können. Nachteil wäre nur gewesen, dass die unmittelbare Nachbarschaft bei Nanes Haus da vielleicht etwas mitbekommen hätte, während die Mühle diesbezüglich etwas abgeschirmter ist.«

»Das sehe ich auch so«, übernahm Bert das Wort. »Aber, Sören, jetzt lass mal dein Ass aus dem Ärmel!«

»Gestern meldete unsere Streife ein Auto, gleiche Marke und Farbe wie Nanes Fahrzeug, nach dem seit über einer Woche gefahndet wird, allerdings mit Groninger Kennzeichen. Der Wagen stand auf einem der Besucherparkplätze des Wittmunder Waldes. Die Kollegen haben den zu uns abschleppen lassen, nachdem sich herausgestellt hatte, dass die Kennzeichen gestohlen waren und anhand der Fahrgestellnummer festgestellt wurde, dass es sich um das bereits gesuchte Fahrzeug handelte.«

»Und das ist jetzt unser Ass im Ärmel?«, zeigte sich Bert skeptisch.

»Das noch nicht. Aber als meine Leute gestern Abend vom Einsatz ins Kommissariat zurückkamen, haben sie sich trotz vorgerückter Stunde noch den Wagen vorgenommen. Und ihr werdet es nicht glauben, de Fries muss wohl beim Fahren mit dem Auto geniest haben. Jedenfalls waren auf dem Lenkrad Schleimspritzer mit seiner DNA. Es gab zwar keine Fingerabdrücke von ihm, aber Talkumreste, wie sie auch an der Leiche sichergestellt worden waren. Außerdem waren Dreckspuren im Kofferraum, die mit denen übereinstimmten, die wir an den Reifen eines Klapprades sichergestellt hatten, das da in der Garage bei seinem Wagen stand.«

»War das Zufall, dass ihr die Dreckspuren von den Fahrradreifen sichergestellt habt?«, wollte Nina wissen.

»Nein, das war kein Zufall, weil diese Spuren auch in seinem Kofferraum zu finden waren. Das heißt für uns: Er hat irgendwo in der Nähe der Mühle sein Auto geparkt und ist mit dem Klapprad zur Mühle gefahren. Nachdem er Nane umgebracht hat, ist er mit ihrem Auto zum Wittmunder Wald gefahren und hat das Klapprad dabei im Kofferraum transportiert. Von dort ist er dann wieder zu seinem Auto zurück und damit dann nach Hause. Das heißt, wir haben seine DNA an Nanes Lenkrad und die Dreckspuren des Klapprades sowohl im Auto des Opfers als auch in seinem. Zudem gab es Talkumspuren am Lenkrad des Klapprades, aber auch Fingerabdrücke von ihm, da er dies offensichtlich auch ohne Handschuhe angefasst hatte. Ich gehe mal davon aus, dass diese Indizien in Verbindung mit unseren anderen Ergebnissen für einen gerichtlichen Schuldspruch reichen sollten. Alles, was ich euch jetzt hier präsentiert habe, ist auch schon bei der Staatsanwaltschaft.«

»Sören, der Teufel ist zwar manchmal ein Eichhörnchen«, sagte der Soko-Leiter. »Aber ich teile deine Zuversicht und bin nachher gespannt, was unsere Vernehmung ergibt. Aber vermutlich wird es darauf hinauslaufen, dass der Beschuldigte schweigen wird. De Fries müsste bald hier eintreffen und sein Anwalt kommt um zehn. Ich danke dir und deinem Team für die tolle Arbeit!«

Pünktlich um zehn Uhr erschien der Anwalt aus Oldenburg, der aufgrund des psychologischen Gutachtens auch für die vorzeitige Haftentlassung gesorgt hatte. Zunächst setzte er sich mit der Ermittlungsakte in den Verhörraum. Nachdem er diese ausgiebig studiert und sich immer wieder Notizen in sein Tablet gemacht hatte, ließ er seinen Klienten zu einem vertraulichen Gespräch kommen. Dieses dauerte fast eine Stunde. Dabei machte er sich ebenfalls Notizen in seinem Tablet. Dann winkte er die Kommissare rein.

Nachdem Bert die vorschriftsmäßigen Formalien und Belehrungen abgeschlossen hatte, sagte der Anwalt: »Mein Mandant bestreitet, Nane Immenga etwas angetan zu haben. Die von Ihnen gesammelten Indizien sind rein zufällig entstanden. Er war im besagten Zeitraum tatsächlich im Raum Wittmund unterwegs. Wann er wo genau gewesen ist, kann er nicht mehr sagen. Seit er aus der Haftanstalt entlassen wurde, hatte er einfach immer nur das Bedürfnis, sich in Freiheit zu bewegen. Dabei hat er sich dann einfach mit seinem Auto oder Fahrrad oder auch zu Fuß ziel- und planlos treiben lassen. Im Übrigen dachte ich, dass Sie bereits einen Verdächtigen auf dem Campingplatz in Neuharlingersiel verhaftet haben.«

»Wie kommen Sie darauf?«, wollte der Kommissar wissen.

»Das tut hier nichts zur Sache!«

»Herr de Fries, Sie haben als letzter Anrufer die Handynummer von Nane Immenga gewählt und, unmittelbar nachdem diese das Gespräch angenommen hatte, wieder aufgelegt. Warum?«

»Ich hatte die Nummer noch in meinen Kontakten gespeichert, die ich auf das Prepaid-Handy übertragen habe. Und da muss ich versehentlich auf Nanes Kontakt gekommen sein, habe es aber erst bemerkt, als sie sich meldete. Wo sie sich zu diesem Zeitpunkt aufgehalten hat, kann ich nicht sagen. Es hat mich aber auch nicht interessiert. Mit dieser Frau habe ich nach dem Gerichtsurteil endgültig abgeschlossen! Sie hat mich mit einer Lüge unter Eid vor Gericht ins Gefängnis gebracht. Mit dieser Frau will ich nichts mehr in diesem Leben zu tun haben! Ihre Kontaktdaten habe ich in meinem Handy danach auch sofort gelöscht. Das können Sie gerne überprüfen.«

»Und wie sind dann Ihre DNA-Spuren auf das Lenkrad in Frau Immengas Auto gekommen?«, wollte Nina jetzt wissen. »Und wie erklärt es sich, dass am Lenkrad das Talkumpuder von Haushaltshandschuhen nachgewiesen werden konnte, genau wie am Hals der Toten?«

»Das weiß doch ich nicht. Aber was ich weiß, ist, dass mir hier schon wieder etwas untergeschoben werden soll!«, erwiderte de Fries.

»Also, ich will Ihnen oder Ihren Kollegen jetzt nichts unterstellen, aber das hat schon verdächtige Ähnlichkeiten mit dem Verfahren vor nicht ganz zehn Jahren, bei dem ich Janto de Fries auch vertreten habe«, mischte sich der Anwalt ein. »Sollte mich nicht wundern, wenn dieser Fall jetzt auch bei Oberstaatsanwalt Mattes Boer liegt, den ich für befangen halte.«

»Jetzt sage ich Ihnen, Herr Anwalt, das tut hier nichts zur Sache! Fakt ist, dass unsere Forensik diese DNA-Spuren dokumentiert und gesichert hat. Unabhängig davon ist auf dem Notebook Ihres Klienten unter anderem ein abgehörtes Telefonat zwischen Nane Immenga und ihrer Kollegin Aika Feldkamp aufgezeichnet, in dem die beiden Frauen den Termin für die Vorbereitungen des Backtages der Peldemühle Wittmund abgesprochen haben. Und wie erklären Sie, dass auch noch andere Mitschnitte von Gesprächen und Telefonaten der Ermordeten von Ihrem Klienten aufgezeichnet und gespeichert wurden? Die Minifunkmikrofone wurden übrigens im Restmüll seiner Schwester, bei der er zurzeit wohnt, gefunden.«

»Hier kann ich meinem Mandanten nur recht geben. Das sieht wirklich so aus, als wenn sich alles gegen ihn verschworen hätte. Es ist ja inzwischen hinreichend bekannt, dass man solche Aufzeichnungen auch fälschen kann.«

»Herr Anwalt, ich glaube, hier bewegen Sie sich persönlich auf sehr dünnem Eis«, sagte der Soko-Leiter. »Ich entscheide daher, dass wir das hier abbrechen und ich einen Haftprüfungstermin vor dem Haftrichter beantrage, zumal Sie indirekt ja auch mich und meine Kollegen sowie den Oberstaatsanwalt in Generalverdacht stellen, die Indizien gefälscht zu haben!«

»Das habe ich so nicht gesagt«, dementierte der Anwalt.

»Aber wir haben das genau so verstanden. Daher überlassen wir das weitere Verfahren der Justiz, die dann auch eine Überprüfung der Asservate und Indizien durch das KTI des Landes Niedersachsen veranlassen kann.«

Damit beendete Bert die Vernehmung und ließ de Fries in die JVA Oldenburg überführen.

Epilog

Bekanntlich mahlen die Mühlen der Justiz im Gegensatz zu einer Peldemühle langsam. Monate waren ins Land gegangen. Der Haftprüfungstermin hatte stattgefunden. Die vom Anwalt beanstandeten Asservate und Ermittlungen des Kommissariats Wittmund vom Kriminaltechnischen Institut in Hannover waren überprüft worden. Mit eindeutigem Ergebnis: In keinem Fall konnte eine Fälschung nachgewiesen werden. Im Gegenteil, es waren noch weitere Indizien aufgetaucht, die erst im Laufe der Zeit durch die Wittmunder Forensik aufgedeckt worden waren.

Im Mordprozess gegen Janto de Fries kam das Gericht zu dem Urteil, dass der Angeklagte Nane Immenga aus niederen Rachemotiven, die er sich selbst in den Jahren seiner Haft erhalten hatte, kaltblütig ermordet hatte. Daher wurde er zu lebenslänglich mit anschließender Sicherungsverwahrung verurteilt. Dies begründete sich auch damit, dass bereits aus der ersten Verurteilung seine Gefahr für die Allgemeinheit deutlich zutage getreten war, was durch den Racheakt – bei nach außen hin sogar guter Führung in der JVA – nach über acht Jahren seine absolute Bestätigung fand.

Alexander Salewski wurde im neuaufgerollten Prozess ebenfalls zu lebenslanger Haft mit anschließender Sicherungsverwahrung verurteilt. Seine Cousine, Sabine Hannemann, die als Kronzeugin gegen ihren Cousin ausgesagt hatte, stellte das Betrugsgeld von ihren Wallets zur Entschädigung der Opfer zur Verfügung und ging in den Zeugenschutz.

Salewskis Komplize bei der Brandstiftung, Lucas Müller, erhielt wegen dieser und der nachgewiesenen Autoschieberei acht Jahre Haft. Seine Partnerin kam mit einer Bewährungsstrafe davon. Sein Kompagnon bekam wegen der Autoschieberei vier Jahre Haft.

Wieder einmal hatte das Wittmunder Soko-Team mit den Kommissaren Bert Linnig, Nina Jürgens, Silke Jansen, Rita Schneider und Oke Helmers mit Unterstützung des Forensikers Sören Nansen und seines Teams einen kniffeligen Mordfall gelöst! Zusätzlich konnten sie noch dazu beitragen, dass bislang ungesühnte Verbrechen aufgeklärt wurden und die Täter ihre gerechte Strafe erhielten.

ENDE

Liebe Leserin, lieber Leser,

es freut mich sehr, dass »Peldemühlenmord in Wittmund«, der achtzehnte Band aus meiner Ostfrieslandkrimi-Serie »Die Kommissare Bert Linnig und Nina Jürgens ermitteln« Ihr geschätztes Interesse gefunden hat. Noch mehr würde es mich natürlich freuen, wenn Sie durch die Lektüre meines Buches durchgehend eine spannende Unterhaltung gefunden haben.

Dann wäre ich Ihnen für eine Rezension oder eine Rückmeldung per E-Mail (rolf-uliczka@ewetel.net) sehr dankbar. Auch konstruktive Kritik ist sehr hilfreich, damit habe ich die Möglichkeit, weiter an mir als Autor zu arbeiten.

Da der Onlinehandel Sie automatisch zur Abgabe einer Rezension auffordern wird, ist das dort für Sie ganz einfach. Sie brauchen nur den Links zu folgen. An dieser Stelle schon meinen herzlichsten Dank! Denn was für den Künstler auf der Bühne der Applaus ist, das ist für den Autor eine positive Rezension.

Sollten Sie sich für weitere Fälle aus meiner ersten Ostfrieslandkrimi-Serie »Die Kommissare Bert Linnig und Nina Jürgens ermitteln« oder aus meiner zweiten Ostfrieslandkrimi-Serie »Kommissarin Femke Peters ermittelt« interessieren, dann finden Sie diese unter:

meiner Website: www.rolf-uliczka.de
oder auf meiner
Facebook-Fanpage:www.facebook.com/Rolf-Uliczka-753214611363796
oder unter meinem Autorennamen beim
Klarant Verlag: www.klarant-verlag.de
beziehungsweise bei vielen weiteren Vertriebskanälen wie Amazon, Hugendubel, Kobo, Thalia, Weltbild und vielen weiteren mehr!

Herzliche Grüße
Ihr Rolf Uliczka

Ein herzliches Dankeschön geht an den Gründer und Administrator der Facebook-Gruppen *wi sünd Oostfreesen un dat mit Stolt* und *Leckerst un Best van stolt Oostfreesen*, Siegfried Klock, für seine Übersetzungen einiger Passagen des Buches in Ostfriesenplatt.

Einen herzlichen Dank möchte ich Polizeioberkommissar a. D. Rolf Thoben sagen, der auf meine fachlichen Fragen immer kompetente Antworten hat! Wobei ich darauf hinweisen möchte, dass meine Beschreibung der Polizeiarbeit trotz mancher Realitätsnähe reine Fiktion ist.

Ebenso herzlich bedanke ich mich bei meinem Facebook-Freund Roman Mayer für seine Idee, die Wittmunder Kultfigur Jan Schüpp und die Peldemühle Wittmund mal in einem Ostfrieslandkrimi unterzubringen. Dies habe ich im »Peldemühlenmord in Wittmund« umgesetzt. Hier übernimmt Roman Mayer, genau wie in der Wirklichkeit, die Rolle des ehrenamtlichen Stadtführers und ist zudem für die Öffentlichkeitsarbeit im Förderverein Peldemühle Wittmund e. V. verantwortlich.

Im Krimi führt Roman fiktiv eine Besuchergruppe, die St. Hubertus Schützenbruderschaft e. V. Rheinbach-Oberdrees mit ihrem Brudermeister Manfred von Goscinski, der im Buch ebenfalls namentlich mitspielt, durch die Sehenswürdigkeiten von Wittmund. Dafür der Bruderschaft, für die meine liebe Frau, als wir noch im Rheinland lebten, manchen Pokal geholt hat, und dem Brudermeister Manfred von Goscinski meinen herzlichen Dank!

Der Gewinnerin unseres Gewinnspieles für eine kleine Nebenrolle im Buch, Michaela Kaiser aus Garmisch-Partenkirchen, meinen Glückwunsch und Dank für die Bereitschaft zum Mitspielen als fiktive Hundeführerin und Zeugin!

Einen ganz besonderen Dank möchte ich an meine liebe Frau richten, die mich wieder mit viel Geduld und konstruktiver Kritik beim Schreiben begleitet hat!

Ostfrieslandkrimi-Empfehlungen
des Klarant Verlages

In der Reihe »**Bert Linnig und Nina Jürgens ermitteln**« von Rolf Uliczka sind bereits folgende spannende Ostfrieslandkrimis als Taschenbuch und eBook erschienen:

»Hafenmord in Carolinensiel«, Band 1
Taschenbuch-ISBN: 978-3-95573-798-6
eBook-ISBN: 978-3-95573-799-3

Ein Mord versetzt das ostfriesische Fischerdorf Carolinensiel in helle Aufregung. Im idyllischen Museumshafen schwimmt eine männliche Leiche erschlagen im Wasser. Bei dem Toten handelt es sich ausgerechnet um Torsten Oltmann, den beliebten Jugendtrainer des lokalen Fußballvereins. Die Kommissare Bert Linnig und Nina Jürgens von der Polizei Wittmund nehmen die Ermittlungen auf, und schnell mehren sich die Hinweise auf eine Affäre zwischen dem Fußballtrainer und Katja Schmitz, der attraktiven Mutter eines seiner Schützlinge. In den Fokus gerät Katjas Mann Gerd Schmitz, der sich immer mehr in Widersprüche verstrickt. Ein klassischer Mord aus Eifersucht? Doch je tiefer die Ermittler graben, desto mehr Verdächtige kommen ins Spiel. Sogar der Jogger, der den Toten angeblich zufällig entdeckt hat, scheint eine offene Rechnung mit ihm gehabt zu haben. War die Meldung des Leichenfunds nur ein perfider Weg, um von sich selbst abzulenken?

»Serienmord in Neuharlingersiel«, Band 2
Taschenbuch-ISBN: 978-3-95573-800-6
eBook-ISBN: 978-3-95573-801-3

»Bauernmord in Bensersiel«, Band 3
Taschenbuch-ISBN: 978-3-95573-802-0
eBook-ISBN: 978-3-95573-803-7

»Wattmord in Carolinensiel«, Band 4
Taschenbuch-ISBN: 978-3-95573-804-4
eBook-ISBN: 978-3-95573-805-1

»Sektenmord in Neuharlingersiel«, Band 5
Taschenbuch-ISBN: 978-3-95573-866-2
eBook-ISBN: 978-3-95573-867-9

»Campermord in Bensersiel«, Band 6
Taschenbuch-ISBN: 978-3-95573-922-5
eBook-ISBN: 978-3-95573-923-2

»Kluntjesmord in Carolinensiel«, Band 7
Taschenbuch-ISBN: 978-3-95573-950-8
eBook-ISBN: 978-3-95573-951-5

»Strandmord in Neuharlingersiel«, Band 8
Taschenbuch-ISBN: 978-3-96586-031-5
eBook-ISBN: 978-3-96586-032-2

»Skippermord in Bensersiel«, Band 9
Taschenbuch-ISBN: 978-3-96586-079-7
eBook-ISBN: 978-3-96586-080-3

»Küstenmord in Harlesiel«, Band 10
Taschenbuch-ISBN: 978-3-96586-159-6
eBook-ISBN: 978-3-96586-160-2

»Fetenmord in Neuharlingersiel«, Band 11
Taschenbuch-ISBN: 978-3-96586-209-8
eBook-ISBN: 978-3-96586-210-4

»Deichbrückenmord in Bensersiel«, Band 12
Taschenbuch-ISBN: 978-3-96586-285-2
eBook-ISBN: 978-3-96586-286-9

»Utkiekermord auf Spiekeroog«, Band 13
Taschenbuch-ISBN: 978-3-96586-380-4
eBook-ISBN: 978-3-96586-381-1

»Wattführermord in Harlesiel«, Band 14
Taschenbuch-ISBN: 978-3-96586-489-4
eBook-ISBN: 978-3-96586-490-0

»Surfermord in Neuharlingersiel«, Band 15
Taschenbuch-ISBN: 978-3-96586-593-8
eBook-ISBN: 978-3-96586-594-5

»Anglermord in Altfunnixsiel«, Band 16
Taschenbuch-ISBN: 978-3-96586-702-4
eBook-ISBN: 978-3-96586-703-1

»Raddampfermord in Carolinensiel«, Band 17
Taschenbuch-ISBN: 978-3-96586-840-3
eBook-ISBN: 978-3-96586-841-0

»Peldemühlenmord in Wittmund«, Band 18
Taschenbuch-ISBN: 978-3-96586-985-1
eBook-ISBN: 978-3-96586-986-8